grafit

Krimis mit Martin Nettelbeck (alle auch als E-Books erhältlich):
Schneckenkönig. ISBN 978-3-89425-416-2
Kalter Hund. ISBN 978-3-89425-430-8
Frettchenland. ISBN 978-3-89425-457-5
Stumme Hechte. ISBN 978-3-89425-469-8

Chemnitzer Str. 31, 44139 Dortmund
Internet: http://www.grafit.de
E-Mail: info@grafit.de

Umschlagfoto: kallejipp / photocase.de
Druck und Bindearbeiten: CPI – Clausen & Bosse, Leck
ISBN 978-3-89425-457-5
2. 3. 4. / 2018 17 16

Rainer Wittkamp

Frettchenland

Kriminalroman

grafit

Rainer Wittkamp wurde in Münster/Westfalen geboren. Er führte bei diversen Fernsehserien Regie und betätigte sich als Producer, Dramaturg, Headwriter und Stoffentwickler für namhafte Produktionsfirmen. Seit Mitte der Neunzigerjahre schreibt er Drehbücher, seit 2013 auch Kriminalromane. Für *Kalter Hund* wurde er mit dem ›Krimiblitz‹, dem Publikumspreis der Besprechungsplattform ›www.krimi-couch.de‹ ausgezeichnet.

www.rainerwittkamp.de

Helge Kain gewidmet
Freund / Fachberater / Consigliere

Frettieren, *das Jagen kleiner Tiere mittels eines Frettchens. Durch penetranten Geruch und stetigen Lärm nötigt das Frettchen seine Opfer, ihre unterirdischen Wohnstätten zu verlassen. Einmal am Tageslicht, werden die flüchtenden Tiere sodann gefangen oder vom Waidmann zur Strecke gebracht. Das Frettieren ist ganzjährig möglich, jedoch wird eine Unterlassung zwischen dem frühen Sommer und dem Herbst angeraten. So sich nämlich Jungtiere im Bau aufhalten, die noch nicht zur Flucht befähigt sind, wird das Frettchen diese reißen und danach womöglich stundenlang gesättigt unter der Erde schlummern. Und darob mitunter selbst zur Beute seiner Feinde werden.*

Riemannsche Große Enzyklopädie, Band 5., Dresden 1906, S. 187.

I

Die junge Frau stand vor dem raumhohen Fenster und beobachtete regungslos, wie die Gruppe die Auffahrt zum Reichstagsgebäude hochging. Die Gesichter waren ihr aus den täglichen Nachrichtensendungen vertraut. An der Spitze die ehemalige FDJ-Funktionärin für Agitation und Propaganda mit ihren drei wichtigsten Kabinettsmitgliedern – dem Dicken, der Fiesen und dem Mann im Rollstuhl. Aus ihrer Vogelperspektive im siebten Stock des Paul-Löbe-Hauses wirkten sie allesamt ziemlich kümmerlich. Nicht gerade wie Ameisen, eher wie die Spielzeugfigürchen in den altmodischen Dioramen, die sie so oft mit ihrer Großmutter im Museum Europäischer Kulturen angeschaut hatte.

Die junge Frau warf einen Blick zum PC-Monitor, doch der Farbbalken war nicht kleiner geworden, das Brute-Force-Programm kämpfte immer noch damit, das Passwort zu entschlüsseln. Ihr blieb nicht mehr viel Zeit. Höchstens viereinhalb Minuten bevor sie abbrechen musste.

Sie schaute auf die Inschrift unterhalb des Giebels, die sie aus ihrem verkürzten Blickwinkel nur schwer entziffern konnte. Aber sie kannte die Worte auswendig: *Dem Deutschen Volke*. Wer auch immer das war, wer auch immer sich zugehörig fühlte.

Vor dem Westportal stellten sich die Regierungsmitglieder auf den Stufen des Mitteleinganges zum Gruppenbild auf. Der Fotograf und seine Assistenten gaben letzte Anweisungen, brachten die ungelenken Figuren in Reih und Glied. Hielten Reflektoren hoch, setzten Lichter. Für das ultimative Kabinettfoto.

Die ideale Situation für einen Amokläufer, dachte die junge Frau. Nahezu perfekt. Wenn sie jetzt ihre Pistole ziehen würde ... Wie viele aus der Gruppe würde sie wohl erwischen? Sie war gut im Schießen, das lag in ihrer Familie. Mütterlicherseits. Sie würde punktgenau treffen. Das stellte für sie bei einer Distanz von fünfzig bis sechzig Metern kein Problem dar. Jeder ordentliche Attentäter mit etwas Berufsstolz sollte dazu in der Lage sein. Sollte ... Die junge Frau lächelte. An Berufsstolz mangelte es ihr jedenfalls nicht.

Ein Signalton summte – endlich. Sie beugte sich über den Computer, startete ein weiteres Programm. Dort gab sie den Befehl, sämtliche Kontaktdaten und E-Mails auf ihren USB-Stick zu kopieren.

Aus dem Nebenzimmer ertönten Geräusche, die junge Frau prüfte hastig die Uhrzeit – siebzehn Minuten nach acht. Sie sollte längst verschwunden sein. Mit einem Mitteilungsfenster signalisierte das Programm, dass es den Auftrag abgearbeitet hatte.

Jemand klopfte an die Verbindungstür des Nebenzimmers. Die junge Frau riss den Stick aus dem USB-Port, war mit zwei, drei Sätzen an der Flurtür und schlüpfte lautlos hinaus in den Gang.

Sekundenbruchteile später betrat die Büroleiterin den Raum, legte einen Stapel Briefe auf dem Schreibtisch ab und ging zurück in ihr Arbeitszimmer. Dass der Computer eingeschaltet war, bemerkte sie nicht.

*

Nils Janssen, einflussreiches Mitglied des Deutschen Bundestages, stand mit dem Abgeordneten Lukas Tietz vor der gläsernen Eingangstür zum Gang D, der in den Bürotrakt zwischen Rotunde sechs und sieben führte. Hinter ihnen klaffte der Abgrund zum Lichthof des Paul-Löbe-Hauses.

Janssen überragte seinen Fraktionskollegen um zwei Haupteslängen. Er war hager, hatte einen Spitzbauch und war ziemlich verkatert. Außerdem juckte sein Hals mörderisch und er verfluchte, dass er das neue Hemd vor dem erstmaligen Tragen nicht gewaschen hatte. Bis zum Abend dürfte er wegen der Scheißimprägnierung garantiert einen dicken fetten Ausschlag haben. Der MdB unterdrückte seine Kratzreflexe und grinste Tietz kumpelhaft an. Der lächelte zurück. Leicht gestresst. Schon am frühen Morgen. Verständlich, schließlich war alles noch völlig neu für ihn.

Die beiden MdBs gehörten der SPD-Fraktion an. Janssen stand bereits in seiner dritten Legislaturperiode, Tietz war erst vor anderthalb Wochen für einen verstorbenen Abgeordneten nachgerückt. Sie waren Mitglieder des Ausschusses zur Klärung der Kosten für den Atomausstieg. Als Ausschussleiter hatte Janssen schon am ersten Tag sein Netz ausgeworfen, um den Parteigenossen Tietz so früh wie möglich auf seine Seite zu ziehen.

»Unterschätz sie nicht, Lukas. Ist nicht so harmlos wie sie aussieht. Die gehört zu den ganz, ganz Ausgeschlafenen und ist die Beste, die *Die Linke* derzeit am Start hat.«

»Aber den linksradikalen Dünnpfiff, den die absondert …«

»Den hör ich mir schon seit fünf Jahren an. Scheiß drauf, Lukas, pass doppelt und dreifach bei ihr auf, die kann dich ohne Weiteres …« Janssen brach ab, als eine blonde junge Frau die Eingangstür öffnete und vom Gang D auf die Empore trat, die die Rotunden und Bürotrakte auf der Südseite des Paul-Löbe-Hauses miteinander verband. Sie nickte den Männern zu und ging in Richtung der Fahrstühle.

Janssen sah ihr nach. Tolle Figur. Aber wer war das? Noch nie gesehen. Egal. Es gab Wichtigeres. »Hör zu, Lukas, wir gehen heute Abend lecker essen. Ich habe einen

Tisch im *Borchardt* reserviert. Dann gebe ich dir mal ein paar Insidertipps, die ein Frischling wie du gut gebrauchen kann. Einverstanden?«

»Natürlich, Nils, prima«, Tietz strahlte. »Im *Borchardt* war ich noch nicht.«

»Dann bis später. 11:30 Uhr geht es im Plenarsaal los. Verschlaf es nicht.« Janssen zwinkerte dem Parteigenossen zu und eilte in sein Büro.

*

Büroleiterin Christel Mertens war verwirrt, so kannte sie ihren Chef gar nicht. Er war immer die Ruhe selbst, unerschütterlich im größten Sturm, stand stets über den Dingen.

»Es war niemand in Ihrem Büro, Herr Janssen. Wirklich nicht.«

»Ich habe doch gerade eine junge Frau gesehen …«

»Nicht in Ihrem Zimmer. Das kann ich beschwören.«

»Okay, dann habe ich mich wohl getäuscht.«

Janssen schloss die Tür und trat an seinen Computer, auf dem das Pop-up-Fenster des Kopierprogrammes noch geöffnet war. Diese dämliche Mertens muss ich bei der nächsten Gelegenheit abschießen, dachte er. Die kriegt nichts mehr mit, die bescheuerte Kuh.

Der Bundestagsabgeordnete nahm sein Smartphone und drückte eine Kurzwahltaste. »Nils hier. – Pass auf, du musst mir einen Gefallen tun. – Ja, sofort …«

*

Das größte Problem war die Schallplattensammlung gewesen. Wohin mit seinen ganzen Schätzen? Kinderhände kannten bekanntlich keine Gnade, schon gar nicht, was teure LP-

Raritäten in Mint-Qualität anging. Behutsam hatte Martin Nettelbeck versucht, Mark Kojo und Efua Marie die Kostbarkeit seiner Plattensammlung nahezubringen. Hatte ihnen sogar, annähernd kindgerecht, einige Fachbegriffe erläutert. Und zwar ohne sich als Klugscheißer aufzuspielen, denn das galt es von vornherein zu vermeiden. Stand in dem Buch, stand in dem Elternratgeber, den der Kommissar im Frühsommer durchgearbeitet hatte. Ein dicker, äußerst interessanter Wälzer, der ihm klargemacht hatte, dass in jedem Kind ein kleiner Abenteurer und Entdecker steckte.

Kinder sind von Natur aus neugierig, wundern sich über all die vielen Dinge, die sie jeden Tag entdecken. Und mit so großen, runden, schwarzen Dingern mit einem kleinen Loch in der Mitte waren sie bis zu ihrem Einzug in Nettelbecks Wohnung am Lietzensee garantiert noch nicht in Berührung gekommen.

Staunend hatten Mark Kojo und Efua Marie zugehört, wie der Kommissar ihnen repräsentative Platten in den unterschiedlichen Qualitätsstufen vorspielte, auf die sich die Sammler verständigt hatten.

Mint bedeutete, dass die LP in einem absolut neuwertigen Zustand war, ohne jegliche Fremdgeräusche.

Very Good besagte, die Schallplatte war lediglich ein paar Mal abgespielt worden. Zwar wies sie haarfeine Kratzer auf, aber diese waren kaum hörbar.

Good war die Einstufung für eine LP, die relativ häufig abgespielt worden war und daher Grundrauschen und leichte Fremdgeräusche wiedergab.

Worn stand für Exemplare, die überdurchschnittlich oft auf dem Plattenspieler gelegen hatten, voller Kratzer waren, was ein erhebliches Grundrauschen zur Folge hatte.

Fair war die unterste Kategorie, stand in Sammlerkreisen für akustisch völlig inakzeptable, praktisch nicht mehr anhörbare LPs, die höchstens noch zur Werkskomplettierung nützlich waren. Solchen Schrott besaß Kommissar Nettelbeck selbstverständlich nicht.

Der Entschluss zusammenzuziehen, war bei Philomena und ihm im Winter gereift. Seine Freundin und ihre Kinder waren im Laufe des vergangenen Jahres immer mehr zu dem wichtigsten Teil seines Lebens geworden. Der Kommissar hatte häufig bei Philomena übernachtet und im Gegenzug hatte die Baddoo-Family die Wochenenden bei ihm am Lietzensee verbracht. Alles war wunderbar gelaufen und im Frühsommer hatten Philomena und er beschlossen, es mit einer gemeinsamen Wohnung zu versuchen. Wobei es nahelag, dass die drei Baddoos zu ihm zogen, da er anderthalb Zimmer mehr zu bieten hatte. Das sah auch jeder ein und seit Mitte August war es Realität. Seitdem lebten sie wie eine richtige Familie zusammen.

Nettelbeck hatte die Kinder selbstverständlich vorher gefragt, ob sie es schön finden würden, zu ihm zu ziehen, und sie waren begeistert. Alle beide. Ein zauberhafter Moment, dachte der Kommissar, unwiederbringlich. Dabei betrachtete er wehmütig die zerbrochene Schallplatte, die auf dem Wohnzimmerteppich lag. *Keep Swingin'* von Julian Priester. Das großartige Debütalbum des Posaunisten, mit Elvin Jones an den Drums und Tommy Flanagan am Piano. Die Erstpressung aus dem Jahre 1960. In absolut erstklassiger und einzigartiger Mint-Qualität. Eine LP-Rarität, die Nettelbeck bei seinem ersten New-York-Besuch durch viel Glück erstanden, die er gut verpackt von Kontinent zu Kontinent transportiert, die jeden Umzug schadenlos überlebt hatte …

Trotzdem war es Efua Marie gelungen, die LP aus dem Schlafzimmer zu klauen, in dem Philomena und er seine Schallplattenregale vorausschauend untergebracht hatten. So viel zum Thema innere Sicherheit und siebenjährige Mädchen.

Efua Marie schaute ihn mit großen Kulleraugen an, schuldbewusst, aber gleichzeitig trotzig. Sie musste doch schließlich ihrer besten Freundin Maike zeigen, wie ihr Onkel Kwame aussah.

Der Kommissar war verblüfft. Onkel Kwame sah also aus wie der Posaunist Julian Priester? Das fand er ganz und gar nicht. Martin Nettelbeck erinnerte Onkel Kwame eher an den Trompeter Nat Adderley. Aber definitiv nicht an Priester.

Egal, der Kommissar gab seinem inneren Schweinehund einen kräftigen Arschtritt und nickte. Efua Maries Argument war schließlich einigermaßen/halbwegs/nahezu überzeugend – Onkel Kwame hatte schon irgendwie Ähnlichkeit mit Onkel Julian. Aber in Zukunft sollte Efua Marie ihn vorher fragen, ehe sie an das Plattenregal ging. Okay? Das Mädchen nickte und strahlte wieder. Nettelbeck strahlte zurück, klaubte die Plattenreste auf und ging in die Küche. Dort warf er die Vinylbruchstücke in den Müll und machte sich klar, dass ihm von nun an zwar ein Leben voller wundervoller familiärer Höhepunkte bevorstand. Aber auch eines ohne *Keep Swingin'*. Zumindest keines in Mint-Qualität. Selbst wenn er ein Ersatzexemplar auftreiben konnte, mehr als ein Good Plus durfte er nicht erwarten.

*

Der unterirdische Tunnel verband das Paul-Löbe-Haus mit dem Reichstagsgebäude. So konnten die Abgeordneten auf schnellstem Weg von ihren Büros zu den Sitzungen im Plenarsaal gelangen. Wettergeschützt, ob es stürmte oder schneite. Der Tunnel war etwa achtzig Meter lang, verhältnismäßig niedrig und die Decke wurde in der Mitte von vier meterdicken Säulen getragen.

An der Wand hingen gläserne Ausstellungstafeln, die Einblick in die deutsche Geschichte gaben, vom Vormärz über die Revolution 1848, die Weimarer Republik und das Dritte Reich, den Kalten Krieg, bis zum Mauerfall und der deutsch-deutschen Wiedervereinigung. Doch dafür hatte die junge Frau keinen Blick. Sie ging mit schnellen Schritten in Richtung Reichstag, froh, dass außer ihr niemand unterwegs war.

Als sie die zweite Säule passierte, betrat ein Mann den Tunnel am anderen Ende. Er trug einen anthrazitfarbenen Anzug und eine dezente Krawatte, vermutlich ein Hinterbänkler oder Büroleiter.

Die junge Frau wechselte sicherheitshalber auf die andere Seite der Säulenreihe in der Hoffnung, dem Mann nicht direkt zu begegnen. Doch der änderte ebenfalls die Seite, hielt direkt auf sie zu, musterte sie mit hartem Blick. Die junge Frau zögerte nicht lange, drehte sich um und rannte zurück.

Es waren nur wenige Menschen in der riesengroßen, lichten Halle, die das Paul-Löbe-Haus von West nach Ost gliederte. Drei Journalisten unterhielten sich in einer der Sitzgruppen, vor dem Westausgang arbeiteten mehrere Bundestagsbedienstete in einer Informationsinsel.

Die junge Frau ging so schnell, wie es gerade noch vertretbar war, ohne die Aufmerksamkeit der Anwesenden auf sich zu ziehen. Als sie den gläsernen Fahrstuhl fast erreicht hatte, betrat der Mann ebenfalls die Halle und nahm unauffällig die Verfolgung auf.

Die junge Frau wartete angespannt auf den Fahrstuhl, während der Mann immer näher kam. Endlich öffneten sich die Türen, sie sprang hinein und drückte den Aufzugknopf.

Im letzten Moment schlossen sich die Türen vor ihrem Verfolger und der Fahrstuhl fuhr abwärts.

Im Kellergeschoss sprang sie aus dem Fahrstuhl, während sich bereits schwere Schritte auf der Nottreppe näherten. Sie riss die Tür zum Parkdeck auf, lief hinein, suchte nach Deckung. Aber es waren nur wenige Fahrzeuge abgestellt. Sie rannte zu dem Toilettentrakt auf der anderen Seite des Parkdecks und verschwand hinter der Tür mit dem entsprechenden Piktogramm.

Als der Mann das Parkdeck betrat, konnte er die Verfolgte nirgendwo entdecken.

Die junge Frau stand in der letzten Toilettenkabine, die Tür war nur angelehnt. Sie atmete flach, hielt ihre Walther P99 mit beiden Händen, voller Anspannung.

Der Mann kam jetzt in die Damentoilette, hielt inne, orientierte sich, zog seine Waffe aus dem Holster. Er schritt die Kabinen ab, drückte die Türen auf, bedächtig, beinah zärtlich.

»Frau Weiland? Sind Sie hier? Machen Sie keinen Unsinn, ich will nur mit Ihnen sprechen.«

Der Mann hatte die letzte Kabine erreicht, schob die Tür vorsichtig auf und trat drei Schritte zurück. Die Waffe nach unten gerichtet, um demonstrativ Passivität zu signalisieren.

Die junge Frau stand in Schussposition, die Pistole auf die Brust des Mannes gerichtet. Bereit, beim kleinsten Anlass abzudrücken.

Der Mann lächelte sie an, freundlich, vertrauenerweckend, und legte behutsam seine Waffe auf dem Boden ab.

»Ganz ruhig, Frau Weiland, ich bin nicht gefährlich. Ich will nur reden.«

»Schieben Sie sie zu mir rüber.«

Der Mann gab der Pistole mit dem Fuß einen Schubs, sodass sie in die Toilettenkabine schlitterte.

Ihren Gegner mit ihrer Walther fixierend, ging die junge Frau in die Hocke, nahm die Waffe an sich. Dann stand sie auf und trat aus der Kabine. »Woher kennen Sie meinen Namen?«

»Das tut nichts zur Sache. Kommen Sie bitte, wir sprechen besser anderswo.« Er drehte sich um und ging langsam zur Tür.

Die junge Frau folgte ihm wachsam: »Warten Sie, ich kann erklären, wieso …«

Der Mann wirbelte herum, seine rechte Hand schnellte hoch, traf mit voller Wucht den Hals der Frau. Ihr Kehlkopf schnappte zurück, wurde brutal von der Luftröhre gerissen. Sie röchelte, ließ die Pistolen fallen, sackte zu Boden, ihr Kopf schlug hart auf die Fliesen. Der Oberkörper krampfte, sie trat mit den Füßen um sich, zuckte hektisch, griff ins Leere. Blase und Darm entleerten sich, Blut lief aus Nase und Mund, ein qualvolles Aufbäumen, wirre Reflexe.

Der Mann platzierte einen Fuß auf ihre Kehle, trat mit seinem ganzen Körpergewicht zu. Immer wieder. Bis sie aufhörte zu röcheln, bis sie ihn mit gebrochenen Augen anschaute. Starr und blutverschmiert. Tot.

Einen Moment lang erwiderte der Mann ihren Blick. Mit ausdrucksloser Miene. Dann beugte er sich hinunter, durchsuchte die Taschen der Toten und zog den USB-Stick heraus.

*

Nils Janssen ging durch sein Büro und kontrollierte, ob die Diebin noch etwas anderes gestohlen hatte. Akten, Briefe, Dokumentationen oder Sonstiges. Er bewahrte zwar keine geheimen Unterlagen im Büro auf, doch er musste absolut sichergehen. Nach zehn Minuten brach er ab. Offensichtlich war noch alles vorhanden. Der Bundestagsabgeordnete war extrem nervös, so eine Situation erlebte er zum ersten Mal.

Aufgrund des Protokolls im Kopierprogramm war klar, dass die junge Frau seine sämtlichen E-Mails und Kontaktdaten heruntergeladen hatte. Alle sensiblen Daten, die ihn als Drahtzieher einer gesteuerten Manipulation entlarven konnten. Der absolute Super-GAU. Wenn diese Informationen in die falschen Hände kämen, wäre das sein Ende. Nicht nur als Ausschussvorsitzender und Politiker. Er würde definitiv für Jahre ins Gefängnis wandern. MdB Janssen schaute auf die Uhr, überlegte, noch einmal anzurufen. Da klingelte sein Smartphone.

*

Der Mann stand vor der Toten, das Smartphone am Ohr. Er spielte mit dem USB-Stick, ließ ihn zwischen den Fingern rotieren. Virtuos, wie ein Taschenspieler.

»Entspann dich, Nils, ist alles wieder im Lot.« Er hörte seinem Gegenüber einen Moment zu, dann grinste er. »War ein richtig harter Brocken, die Dame, hat sich gewehrt wie eine Löwenmami. – Den USB-Stick hat sie in der Toilette runtergespült. Leider. Gerade, als ich die Kabinentür aufgerissen habe. Ich konnte es nicht verhindern. – Das Ding ist futsch, endgültig im Orkus, siehst du nie wieder. Die Frau auch nicht. – Sei unbesorgt. Ist mausetot. – Aber immer wieder gern. Man sieht sich.«

Der Mann beendete das Gespräch, steckte den USB-Stick in seine Innentasche und verließ die Damentoilette, ohne die Tote eines Blickes zu würdigen.

*

Luise Weiland hatte es sich auf der Terrasse hinter ihrer Villa in ihrem Deckchair gemütlich gemacht. Dick in ein kariertes Plaid eingemummelt, las sie auf ihrem Tablet den Wirtschaftsteil der *Frankfurter Allgemeinen Zeitung*. Obwohl das im Grunde überflüssig war. Seit sie vor sechzehn Jahren ihr Geld fast vollständig in Immobilien angelegt hatte, waren ihr steigende und fallende Börsenkurse ziemlich egal. Ihre Millionen steckten in drei Ferienresorts an der mecklenburgischen Ostseeküste, zwischen Kühlungsborn und Ribnitz-Damgarten, eine Investition, die sich als echter Glücksfall herausgestellt hatte. Eine sichere und unkomplizierte Geldanlage mit einer traumhaften Rendite.

Die alte Dame ließ ihren Blick durch den Garten schweifen, spürte den Windstoß, der gerade in die Blutbuche fuhr und etlichen Blättern den Todesstoß gab. Leise ächzend sanken sie zu Boden. Luise meinte ihren Jammer jedenfalls zu hören.

Die Buche war noch ein schlanker Baum gewesen, als sie und Herbert die Villa in Nikolassee gekauft hatten. Im Juli 1966, Luise war gerade im vierten Monat mit Margo schwanger. Im Herbst darauf waren sie in der Burgunderstraße eingezogen, knapp eine Woche nachdem Heinz Oestergaard seinen Mitarbeitern bekannt gegeben hatte, dass er im kommenden Jahr den Sitz seiner Modefirma von Berlin nach München verlegen werde, um dort sein Studio für kreatives Design zu gründen. Eine Riesengeschichte das Ganze, er stellte es seinen Mitarbeitern frei mitzukommen.

Luise Weiland blieb in Berlin, gab ihre Stellung als Direktrice auf, wurde Mutter, wurde glücklich und entdeckte ihr Talent als Sportschützin. Und zwar als eine ungewöhnlich begabte, wenn man Herberts Clubkameraden glauben konnte, die mit ihrem Mann schon länger in der Schießanlage im heimischen Keller trainiert hatten. Luise war ein Naturtalent, traf von hundert Schüssen neunundneunzigmal in den inneren Kreis, kannte keine Fehlschüsse, gewann einen Wettbewerb nach dem anderen, hätte sich 1968 als einzige Frau fast noch für die Olympiade in Mexiko qualifiziert. Als integriertes Mitglied des Männer-Teams in der Sparte Schnellfeuerpistole.

Doch Herbert konnte mit ihren Erfolgen nicht mithalten, baute als Sportschütze zusehends ab, bis Luise fand, dass für sie ebenfalls der Zeitpunkt gekommen war, um abzubauen. So war nun mal das Leben. Muttersein war schließlich auch etwas Schönes.

Finanziell ging es der Familie mit jedem Jahr besser. Herbert leitete eine der letzten Maschinenbaufabriken im Westteil Berlins. Zog die ganzen gestopften Aufträge an Land, aus Westdeutschland und von den alliierten Streitkräften. Es herrschte Westberliner Partytime, Herbert und Luise immer mittendrin bei den vielen Aktivitäten, die in der Frontstadt anstanden. Anderthalb Jahre vor dem Fall der Mauer verkaufte Herbert die Fabrik an Orenstein & Koppel. Zu einem Preis, der die Weilands in null Komma nichts zwei Etagen höher katapultierte, in die Spitzengruppe der Berliner Millionärsriege.

Als im November 1989 die Mauer aufging, erlitt Herbert Weiland vor lauter Freude seinen ersten Herzinfarkt. Der zweite folgte 1995, als Christo und Jeanne-Claude den Reichstag verhüllten und Herbert von einer der schweren, silberfarbenen Stoffbahnen zu Boden gerissen wurde. Dem dritten erlag er dann 1999, weil die Bundesregierung und das Parlament von Bonn nach Berlin umzogen. Das war eindeutig zu viel für Herbert, damit hatte er nicht gerechnet. Aber er hatte die Seinen gut versorgt. Luise verfügte über ein Vermögen von achtundvierzig Millionen DM, welches sie in den kommenden Jahren geschickt vermehrte.

Tochter Margo brachte im Februar 1988 ein uneheliches Kind zur Welt. Der Vater war irgendein britischer Musiker, dessen bürgerlichen Namen sich Margo nicht gemerkt hatte und der kurz nach dem Zeugungsakt schon wieder aus ihrem Leben verschwunden war. Margo dachte an Abtreibung, aber Luise überredete sie, das Kind zu bekommen. Nachdem Margo schließlich eingewilligt hatte, pochte Luise darauf, dass das Baby den Namen Lotte erhielt. Nach ihrem Lieblingsbuch *Das doppelte Lottchen* von Erich Kästner, in dem es eine Luise *und* eine Lotte gab. Das musste Großmutter und Enkelin für ewig miteinander verbinden.

Während Margo wahllos irgendwelche Fächer studierte, die sie immer wieder abbrach, kümmerte Luise sich um die Erziehung ihrer Enkeltochter. Lotte wuchs behütet in der Villa in Nikolassee auf und nach Herberts Tod wurde sie zum Mittelpunkt von Luises Leben. Im Sommer 2003 starb Margo bei einem Autounfall auf Ibiza. Zu diesem Zeitpunkt war sie längst exmatrikuliert, ging keiner geregelten Beschäftigung nach, lebte von dem mütterlichen Monatsscheck und trieb sich in der Welt herum.

Auch wenn Luise die Entwicklung ihrer Tochter in den letzten Jahren mit zunehmender Verbitterung betrachtet hatte, warf ihr Tod sie aus der Bahn. Zwar blieb ihr Lotte, aber Luise wurde trotzdem immer öfter von depressiven Phasen erfasst. Mit der Zeit dauerten diese Zustände immer länger, entwickelten sich zu einer massiven Störung. Lotte zuliebe suchte Luise einen Psychiater auf, den sie aus dem *Lions Club* kannte, in dem sie und Herbert nach dem Mauerfall aktiv gewesen waren, um den neu dazugekommenen Brüdern und Schwestern zu helfen. Völlig uneigennützig. Der Mediziner verschrieb ihr ein Antidepressivum, doch die Nebenwirkungen belasteten Luise enorm: Sie schwitzte unverhältnismäßig stark, hatte Zitteranfälle, vergaß Dinge.

Und sie nahm innerhalb eines halben Jahres zwölf Pfund zu, obwohl sie das ganze Leben lang ihr Gewicht eisern gehalten hatte.

Doch am schlimmsten war, dass sie sich wie ein Zombie fühlte, immer mehr den Eindruck hatte, ihre Enkelin Lotte nur durch einen Schleier wahrzunehmen. Luise versuchte es mit anderen Medikamenten, aber es wurde noch unerträglicher. Bis ihr der Psychiater schließlich ein Fläschchen mit einer bernsteinfarbenen Flüssigkeit gab. Es entpuppte sich als ihre Rettung – reines, heilsames Cannabis-Öl, mit mildtätigem Tetrahydrocannabinol.

Luise fröstelte. Die Markise warf inzwischen einen tiefen Schatten auf den Deckchair, was sie überhaupt nicht ausstehen konnte. Mit ihren dreiundsiebzig Jahren hatte sie schließlich Anspruch auf unbegrenzte Wärme. Sie stand auf und zog die Liege an den Rand der Terrasse, hin zum Sonnenlicht. Wie jeden Tag erfreute sie sich an der Schönheit ihres Gartens. Er war traumhaft. Sicherlich einer der imposantesten Privatgärten in ganz Berlin. Jedes Jahr wurde sie von einer Gruppe durchgeknallter Gartenfreundinnen aufgefordert, ihn an einem »wir-sagen-Ihnen-natürlich-noch-rechtzeitig-Bescheid-wann«-Nachmittag zur allgemeinen Besichtigung freizugeben. Was sie stets vehement ablehnte. Das war ihr Garten. Und nicht das Freigehege irgendwelcher Schrebergartenschnepfen.

Luise Weiland schaute zum Teich, der zwischen den dicht gewachsenen Bäumen und Sträuchern nur schemenhaft zu erkennen war. Yasser Al-Shaker, ihr Gärtner, schnitt gerade die vergilbten Seerosenblätter ab. Mit seinem Kescher hatte er bereits die treibenden Blätter der anderen Wasserpflanzen abgefischt, ehe sie auf den Teichgrund sinken konnten und dort zu Faulschlamm zersetzt wurden. Yasser war ein vorzüglicher Gärtner, der vor nicht einmal zwei Jahren das Amt seines Vorgängers übernommen hatte und es bravourös ausfüllte. Dazu war er auch noch ein umsichtiger Chauffeur und ein begnadeter Chemiker. Jedenfalls was die Produktion von Cannabis-Öl betraf.

Luise hatte im Keller für Yasser eine Zuchtstation bauen lassen. Ein High-End-Modell mit einer aufwendigen Lüftungsanlage einschließlich Aktivkohlefiltersystemen, die die Abluft gründlich neutralisierten. Denn wenn Luise selbst den Duft des Hanfes liebte, so konnte sein charakteristischer Geruch von anderen Menschen doch als störend wahrgenommen werden. Und zu unnötigen Problemen führen. Darauf legte sie nach einer fast fünfzigjährigen Nachbarschaft keinen Wert.

In dem unterirdischen Anbau zog Yasser Al-Shaker geduldig und auf Perfektion bedacht die weiblichen Cannabispflanzen auf, die er später in einem langwierigen Prozess in ihr persönliches Rettungselixier verwandelte. Denn das war zwingend nötig geworden, nachdem ihr Psychiater seine Praxis aufgegeben hatte und als Lieferant nicht mehr zur Verfügung stand.

Luise Weiland kannte Yasser Al-Shakers bisherigen Lebensweg nur vage. Was auch an der Substanz lag, die er ihr unermüdlich zubereitete. Day and Night, Night and Day. Offensichtlich war Yasser aber ungefähr sechsundzwanzig Jahre alt und stammte aus Darʿā, einer syrischen Stadt fünf Kilometer nördlich der jordanischen Grenze. Er hatte sich als Student am Bürgerkrieg beteiligt und musste deshalb im Mai 2011 nach Deutschland fliehen. Zu seinem und Luises Glück wurde er als GFK-Flüchtling anerkannt. Seit einem Jahr durfte er sogar, wenn auch beschränkt, arbeiten, war jetzt offiziell als Gärtner, Fahrer und Mädchen für alles bei Luise beschäftigt. Und wenn sie ihren Garten betrachtete, war das eine sehr gute Wahl gewesen, denn Yasser hatte den sprichwörtlich grünen Daumen. Und das nicht nur auf dem Gebiet der Hanfzucht.

Die alte Dame hob die Hand, winkte ihm zu. Der junge Mann legte seine Gerätschaften ab und kam zu ihr auf die Terrasse. Er hatte die Lippen unter dem schmalen Schnurrbart leicht geöffnet, sodass die kleine Lücke zwischen seinen Schneidezähnen zu sehen war. Darüber sein glutäugiger Blick, die bronzefarbene Haut und das blauschwarze Haar. Yasser lächelte und Luise war sicher, dass er damit alle Frauenherzen zum Schmelzen bringen konnte. Bei ihrer Hauswirtschafterin und der Putzhilfe war es zumindest so. Die beiden himmelten den jungen Mann an, wenn auch ohne jede Hoffnung auf amouröse Erfüllung. Yasser umgab die Aura des exotischen Traummannes. Sein orientalisches Aussehen versprach einer Frau alles, verklärte ihn gleichsam zu einem Don Juan aus dem sagenumwobenen Morgenland.

»Yasser, ich denke, ich sollte vielleicht meine Medizin nehmen. Was meinst du?«

»Eine gute Idee, Frau Weiland. Dann können Sie gleich mal den Vaporizer testen, der heute Morgen aus der Reparatur gekommen ist.«

»Wunderbar.«

Galant half Yasser ihr hoch und geleitete sie zur Villa. Passte sich dabei ganz ihrer gravitätischen Schrittweise an. Orient und Okzident … der junge Galan und seine lebenserfahrene Muse … Mein Gott, bist du kitschig, Luise, rief sie sich zur Räson. Und dabei hast du noch nicht einmal deine Medizin genommen!

*

Der Eingang zur Damentoilette war mit einer mobilen Absperrung versehen worden. Eine Frau in einem anthrazitfarbenen Hosenanzug, die eine Schutzweste mit der Aufschrift *Polizei* trug, versuchte, die ältere Reinigungskraft zu beruhigen, die die Leiche vor zehn Minuten gefunden hatte. Die Frau zog nervös an ihrer Zigarette, obwohl im ganzen Gebäude Rauchverbot herrschte. Die Polizeibeamtin hatte kurz überlegt, es ihr zu verbieten, aber dann Gnade vor Recht ergehen lassen.

»Ihnen macht doch keiner einen Vorwurf. Niemand von uns glaubt, dass Sie damit etwas zu tun haben.«

»Meinen Sie? Ich weiß nicht«, die Putzfrau inhalierte tief. »Ich habe Angst, dass ich gefeuert werde.«

»Meine Kollegen stellen Ihnen nur ein paar Fragen. Alles halb so wild.«

Wenig überzeugt warf die Putzfrau die Zigarette zu Boden und trat sie aus.

Drei Männer in dunklen Anzügen betraten das Parkdeck. Vorneweg ein hagerer Endvierziger mit Stirnglatze – Heiko Wiggers, Erster Polizeihauptkommissar und Leiter der Polizei beim Deutschen Bundestag. Dicht hinter ihm sein Stellvertreter – Polizeihauptkommissar Bodo Noack, ein gedrungener Mann mit raspelkurzen Haaren und jovialer Ausstrahlung. Und als Jüngster der drei, ein Mann von Ende zwanzig, mit der virilen Ausstrahlung eines Kampfsportlers – Alexander Zylka, Polizeiobermeister und Bodo Noacks rechte Hand.

Die Polizeibeamtin informierte ihre Kollegen über die bisherigen Erkenntnisse. Die Männer stellten der Putzfrau ein paar Fragen und schnell war klar, dass sie keine brauchbaren Hinweise auf den oder die Täter geben konnte. Heiko Wiggers bat seine Kollegin, die Frau in das Büro der Bundestagspolizei zu bringen und ihre Aussage zu protokollieren.

»Sollen wir uns den Tatort anschauen?«, fragte Zylka.

»Nein«, antwortete Noack. »Zuerst kommen die Jungs von der Spurensicherung …«

»... und dann die Kollegen aus der Keithstraße«, ergänzte Wiggers. »Mord fällt nicht in unseren Zuständigkeitsbereich.«

*

Jutta Koschke hatte die ganze Nacht kein Auge zugemacht. Günther ging ihr seit Tagen aus dem Weg, eigentlich schon seit Wochen. Ihr Mann war noch schweigsamer als sonst, richtiggehend wortkarg, sang nicht einmal mehr beim Duschen seine geliebten Shantys. Die Kriminalrätin hatte vorsichtig versucht herauszufinden, was los war, aber Günther hatte abgeblockt, berufliche Belastung vorgeschoben. Das war natürlich Unsinn. Oder schlimmer – eine Lüge. Ihr Mann war bei der Wasserschutzpolizei erst vor einem Dreivierteljahr schwerpunktmäßig in die Ausbildung der jungen Kollegen eingebunden worden. Eine Tätigkeit, von der Günther immer geträumt hatte. Er war zuständig für die Qualifizierung der Bootsführer und die Fahrerlaubnisprüfungen zum Führen von Dienstbooten innerhalb der Berliner Gewässer. Nein, es war nichts Berufliches. Aber was war es dann?

Es klopfte.

Roger Delbrück und Martin Nettelbeck betraten das Büro der Kriminalrätin. Es passierte nicht oft, dass der Leitende Kriminaldirektor des LKA persönlich zur Mordkommission in der Keithstraße kam. Meistens hing es mit seinem alten Partner Martin Nettelbeck zusammen.

Jutta Koschke war gespannt, was diesmal der Anlass seines Besuches war, und nahm mit den Männern in ihrer Besprechungsecke Platz.

»Was führt dich zu uns, Roger?«

»Kannst du dir das nicht vorstellen?«

Koschke zuckte die Achseln, blickte Nettelbeck fragend an. Doch der war abgelenkt, betrachtete fasziniert den ausgestopften Fisch an ihrer Trophäenwand, den sie erst vor drei Tagen vom Präparator geliefert bekommen hatte. Ein wahres Prachtexemplar, eine sechzig Zentimeter lange Äsche, die sie im Sommer in Norwegen gefangen hatte, in der Glomma, ihrem wildromantischen Lieblingsrevier. Für sie und Günther waren es glückliche Tage gewesen. Tempi passati.

»Jutta, hörst du mir eigentlich zu?«

»Natürlich. Entschuldige.«

»Bist du damit einverstanden, wenn Martin die Ermittlungen leitet?«

»Von welchem Fall sprichst du genau?«

Jetzt war es an Delbrück, Nettelbeck einen irritierten Blick zuzuwerfen. Doch der war immer noch in die Betrachtung der neuen Fischtrophäe vertieft, die sich zu den drei anderen Exemplaren gesellt hatte. Der Kommissar fragte sich, wie viele Fischleichen seine Chefin wohl noch ins LKA 1 schleppen würde. Platz genug gab es ja, obwohl man das Dezernat dann vielleicht besser umtaufen sollte: von ›Delikte am Menschen‹ in ›Delikte an Fischen‹.

Delbrück räusperte sich lautstark. »Von dem Mord an der Kollegin im Paul-Löbe-Haus natürlich.«

Die Kriminalrätin tat, als wäre sie im Bilde, aber sie hatte es versäumt, sich bei Dienstantritt im polizeilichen Intranet über die tagesaktuellen Ereignisse zu informieren. Sie hatte nur über Günther nachgedacht.

»Ach so, ja, selbstverständlich.«

»Und wie stehst du dazu?«

Jetzt richtete auch Nettelbeck seine Aufmerksamkeit auf den Anlass ihrer Zusammenkunft. Nach Rogers Anruf hatte er sich ausgemalt, welche Argumente Jutta gegen seine Beauftragung anführen würde. Er erwartete ungefähr Folgendes: »Dafür sollten wir besser einen diplomatischeren Kollegen nehmen. Jemanden, der sich auch im Kreise solch wichtiger Persönlichkeiten in jeder Sekunde hundertprozentig im Griff hat. Ich will Martin nicht zu nahe treten, er ist ohne Zweifel ein guter Ermittler, aber wenn ich mir vorstelle, dass er dem Außenminister auf den Schlips tritt oder den Innenminister in die Mangel nimmt ... sollten wir uns für einen anderen Kollegen entscheiden.«

Doch stattdessen hörte er: »Das ist ein sehr guter Vorschlag, Roger. Martin ist dafür zweifellos unser geeignetster Mann.«

»Wunderbar.« Roger Delbrück klatschte sich mit beiden Händen auf die Oberschenkel. »Das ist auch ganz in meinem Sinn. Okay, Martin?«

Nettelbeck war sprachlos. Es kam nicht oft vor, dass Jutta ihn verblüffte, dafür begriff er immer viel zu schnell, worauf sie hinauswollte. Aber diesmal ... War es möglich, dass er sie doch nicht völlig durchschaute? Dass sie geheime Pläne verfolgte, ihn als Schachfigur über das Spielfeld schieben wollte? Damit er am Ende als dummer Bauer dastand?

»Martin? Bist du einverstanden?«

»Ja, natürlich, Roger.«

»Gut, dann gebe ich euch mal die wichtigsten Informationen. Die Polizeiobermeisterin war als Personenschützerin zum LKA abgeordnet. Ihre Planstelle hatte sie bei der Berliner Schutzpolizei.«

»Für wen war sie zuständig?«

»Für Ingrid Breuer-Gebler, die Ministerin für Raumordnung und Städtebau. Habt ihr beide schon mal mit der Polizei beim Deutschen Bundestag zu tun gehabt?«

»Eher selten«, antwortete Jutta Koschke. »Fünf-, sechsmal vielleicht.«

»Ich noch weniger«, sagte Nettelbeck.

»Die Kollegen dort unterstehen als Parlamentspolizei direkt dem Bundestagspräsidenten. Der besitzt auch die alleinige Polizeigewalt.«

Koschke und Nettelbeck nickten.

»Aber sie kooperieren selbstverständlich mit uns«, fügte Roger Delbrück hinzu. »Wir tauschen ständig Lagemeldungen aus und es gibt auch regelmäßige Koordinierungsgespräche.«

»Das ist soweit bekannt«, sagte die Kriminalrätin.

»Na bestens«, erwiderte Delbrück. »Und da kommst du ins Spiel, Martin. Dir ist hoffentlich klar ...«

»... dass ich mit der Bundestagspolizei bestmöglich kooperieren muss«, unterbrach Nettelbeck seinen ehemaligen Partner. »Und zwar möglichst diskret.«

»Absolut. Davon hängt der Erfolg deiner Ermittlungen ab.«

»Sei unbesorgt, Roger. Geht klar.« Nettelbeck grinste und dachte, dass das für ihn, als ausgesprochen diplomatisch veranlagten Kriminalkommissar, der sich auch im Kreise wichtiger Persönlichkeiten in jeder Sekunde immer voll im Griff hatte, ein Leichtes sein sollte. Oder etwa nicht?

*

Das Büro des parlamentarischen Staatssekretärs beim Bundestagspräsidenten lag im zweiten Stock des Reichstagsgebäudes, sodass Norbert Füting nur wenige Schritte bis zur Abgeordnetenlobby und zum Plenarsaal hatte. Der Politiker war seit drei Legislaturperioden Abgeordneter für den Bundestagswahlkreis Münsterland II, seine Familie wohnte weiterhin in seiner Heimatstadt Drensteinfurt und er pendelte zwischen Wohn- und Berufsort. Der Dreiundvierzigjährige war das typische Opfer seiner Profession. Zu viele lange

Arbeitstage, zu viele nächtliche Sitzungen und zu viele bierselige Besuche in den münsterländischen Ortsvereinen hatten aus der ehemals sportlichen Erscheinung einen aufgeschwemmten, konturlosen Mann gemacht. Was durch schüttere Haare und eine dickglasige Brille noch verstärkt wurde.

Auch seine Ehe litt unter der beruflichen Belastung. Seine Frau Rita und er hätten sich schon längst getrennt, wenn es nicht zwei halbwüchsige Töchter gegeben hätte. Und Norbert Fütings politischen Ehrgeiz. Denn den besaß er nach wie vor.

Deshalb kam eine Scheidung für ihn nicht infrage, deshalb hatte er sich auch für seinen neuen Mitarbeiter entschieden. Obwohl er dessen streberhafte Vita richtiggehend ekelhaft fand. Okay, der Neue war ein Junge-Union-Mann. Aus seinem Stall. Aber der Typ war auch bei Mensa e.V. aktiv. Einem weltweit organisierten Verein für hochbegabte Menschen mit extrem hohem IQ. Ein Spinner also – definitiv. Doch der parlamentarische Staatssekretär erhoffte sich von dem jungen Mann tatkräftige Unterstützung bei seinem nächsten Karriereschritt: der Erlangung eines Ministeramtes in der kommenden Legislaturperiode. Falls er nicht doch vorher das Angebot einer Lobbyistenorganisation annehmen sollte.

Dr. Maximilian Limbach war dreiundzwanzig Jahre alt, hatte sein Jurastudium als Jahrgangsbester abgeschlossen, sein zweijähriges Referendariat am Landgericht Frankfurt und in der Rechtsabteilung der CDU absolviert und summa cum laude promoviert. Seit drei Tagen war er der persönliche Referent von Staatssekretär Norbert Füting. Man sah dem jungen Mann an, dass sportliche Betätigung nicht gerade sein bevorzugtes Hobby war. Limbach hatte käsige Haut, leichte Akne und sein Anzug war ein Billigmodell von

H&M, das nicht mehr als hundertzehn Euro gekostet haben dürfte.

Eigentlich sieht er ziemlich scheiße aus, dachte Füting und lächelte seinen Referenten freundlich an. »Dann können Sie jetzt ja mal so richtig zeigen, was Sie drauf haben, Dr. Limbach. Setzen Sie sich mit dem Referat Presse, Rundfunk und Fernsehen zusammen und bereiten Sie die Presseerklärung zum Tod dieser Personenschützerin vor.«

»Selbstverständlich. Ich nehme an, Sie legen Wert darauf, dass wir den Bundestagspräsidenten nur am Rande erwähnen und stattdessen die Ministerin für Raumordnung und Städtebau in den Mittelpunkt rücken?«

»Das wäre wünschenswert. Zwar schätze ich die SPD-Kollegin persönlich sehr, aber es war schließlich ihre Leibwächterin. Ich sehe, Sie sprechen meine Sprache, Dr. Limbach. Das wird in unserer täglichen Zusammenarbeit hilfreich sein.«

»Danke, Herr Staatssekretär.«

»Gut, dann mache ich mich mal auf den Weg. Ich will die Herren von der Polizei nicht unnötig warten lassen. Wer weiß, ob man sie nicht noch einmal gebrauchen kann.«

Norbert Füting lachte und verließ das Büro.

Was für ein aufgeblasenes Arschloch, dachte Maximilian Limbach, und promoviert hat er auch nicht.

*

Am Reichstagsgebäude wartete eine Menschentraube vor den Anmeldecontainern, um sich die Zugangsberechtigung für die Beobachtungstribüne während der Plenarsitzung abzuholen. Die Besucher betraten das Gebäude überwiegend durch das große Westportal, während der Eingang an der gegenüberliegenden Seite des Reichstagsgebäudes vor allem für die Abgeordneten bestimmt war.

Nettelbeck und Täubner betraten den Reichstag durch das Ostportal und passierten die Zugangskontrolle. Die Kommissare waren beide schon einmal hier gewesen, aber nicht dienstlich, nur als normale Bürger.

Im Büro der Bundestagspolizei wurden sie von Bodo Noack und seinem Kollegen Alexander Zylka begrüßt. Die vier Männer machten sich miteinander bekannt, Noack händigte Nettelbeck und Täubner Hausausweise aus.

»Sie sind eine Woche gültig«, erklärte Zylka. »Können natürlich gegebenenfalls verlängert werden.«

»Die Spurensicherung ist bereits bei der Arbeit«, sagte Noack. »Wollen Sie sich zuerst vor Ort ein Bild machen? Ansonsten wartet unser Chef auf uns. Mit dem Direktor der Bundestagsverwaltung und Staatssekretär Füting.«

»Schau du dir den Tatort an, Wilbert«, sagte Nettelbeck. »Falls nichts Ungewöhnliches vorliegt, kannst du die Leiche freigeben.«

»Mache ich.«

»Herr Zylka wird Sie begleiten, Herr Täubner«, sagte Noack. »Er ist Ihr Ansprechpartner in allen Dingen.«

Alexander Zylka nickte und man sah ihm an, dass er sich über diese Aufgabe freute.

*

Der Gang, durch den Polizeiobermeister Zylka seinen Kollegen Täubner führte, endete im Treppenhaus der Eingangshalle Nord. Die beiden Männer gingen die Stufen zum Erdgeschoss hinab, umrundeten dabei eine haushohe Stele, auf der von oben nach unten digitale Leuchtschriftbänder liefen, die Redeausschnitte von Abgeordneten aus der Zeit von 1871 bis 1999 wiedergaben. Sie waren so angeordnet, dass sie zwanzig Tage lang ohne Wiederholung zirkulierten. Eine

Installation der amerikanischen Künstlerin Jenny Holzer. Sehr eindrucksvoll.

Im Gehen konnte Täubner nur zwei Sätze entziffern:

Wir wissen, dass das Übel nicht in Deutschland allein sitzt, sondern überall. Wir bekämpfen deshalb den internationalen Kriegstrust und wir wissen genau, dass es uns gelingen wird, mit dieser Korruption fertigzuwerden.

Alexander Zylka grinste ihn an. »Und? Was schätzen Sie? Von wem stammen die Worte?«

Wilbert Täubner war sich nicht sicher, der Duktus wirkte kaum gealtert, fast modern. Doch er hatte trotzdem nicht die geringste Ahnung.

»Karl Liebknecht«, erklärte Zylka. »Bei meinen Großeltern stehen seine *Gesammelten Reden und Schriften* noch im Bücherregal. Wahrscheinlich werde ich die mal erben.« Zylka lachte und trat zur Sicherheitskontrolle, die im Erdgeschoss neben der Eingangstür aufgebaut war. Eine Durchleuchtungsanlage mit Förderband, eine Torsonde mit Metalldetektor, so wie Täubner es von den meisten Flughäfen kannte. Mehrere Sicherheitskräfte überprüften die Besucher beim Betreten des Reichstagsgebäudes.

Einer der Sicherheitsmänner winkte Zylka zu. »Kommst du heute Nachmittag zum Training, Alex?«

»Wird nicht klappen.«

»Okay, aber lass uns nächste Woche bloß nicht hängen. Denk an unseren Wettkampf …«

Zylka nickte und lotste Täubner an der Sicherheitskontrolle vorbei zu einer dahinterliegenden Treppe, die in das Kellergeschoss führte.

»Welchen Sport machen Sie«, fragte Täubner.

»After-Work-Karate.« Der Polizeiobermeister grinste wieder. »Heißt wirklich so. Wird von der Sportgemeinschaft Deutscher Bundestag angeboten.«

Die beiden Männer betraten den Tunnel, der den Bundestag mit dem Paul-Löbe-Haus verband. Für Täubner war alles neu. Er hatte bislang nur den Plenarsaal, die Reichstagskuppel und die Aussichtsplattform auf dem Dach besichtigt. Über eine Treppe verließen sie den Tunnel und kamen in die Eingangshalle des Paul-Löbe-Hauses, die von der Mittagssonne durchflutet wurde.

Die Männer mussten einen Moment warten, da eine Fremdenführerin gerade ihrer Besuchergruppe das architektonische Konzept des Gebäudes zu verdeutlichen versuchte: »Das Paul-Löbe-Haus bildet so gemeinsam mit dem Bundeskanzleramt und dem Marie-Elisabeth-Lüders-Haus das sogenannte *Band des Bundes*. Es symbolisiert gewissermaßen den Brückenschlag zwischen den zwei ehemals geteilten Stadtteilen. Wo Sie sich jetzt befinden, war West-Berlin, und am anderen Spreeufer, wo heute das Marie-Elisabeth-Lüders-Haus steht, Ost-Berlin.« Die Besuchergruppe wandte sich der Spree zu.

Zylka und Täubner schafften es, sich an den Leuten vorbeizuschlängeln, und gingen in Richtung des Westeinganges.

*

Das Büro des Direktors der Bundestagsverwaltung bot einen beeindruckenden Ausblick auf das Brandenburger Tor und den Platz des 18. März.

An der Wand neben der Eingangstür hingen gerahmte Fotografien, die fast noch beeindruckender waren. Sie zeigten Dr. Thomas Gürtner beim Shakehands mit berühmten Zeitgenossen im Reichstagsgebäude: Direktor Gürtner mit Hillary Clinton, Direktor Gürtner mit Nicolas Sarkozy, Direktor Gürtner mit Julija Tymoschenko, Direktor Gürtner mit

Franz Beckenbauer, Direktor Gürtner mit Thomas Gottschalk, Direktor Gürtner mit …

Nettelbeck wandte sich ab. Direktor Gürtner mit Fips Asmussen oder ähnlichen Kalibern wollte er sich nicht antun. Direktor Gürtner mit der Posaunistin Annie Whitehead oder ihrem Kollegen Steve Turre – das hätte ihm imponiert.

Der Kommissar nahm in der Sitzgruppe beim parlamentarischen Staatssekretär Füting und dem Leiter der Bundestagspolizei Wiggers Platz. Der Chef der Bundestagsverwaltung kam aus einem Nebenraum und schloss die Tür hinter sich.

»Kaffee kommt sofort, meine Herren«, Direktor Gürtner setzte sich zu den drei Männern. »Kriminaldirektor Delbrück hat mich gerade noch einmal angerufen und Sie und Ihren Kollegen in den höchsten Tönen gelobt, Herr Nettelbeck. Sie wären das beste Ermittlerteam, das unsere Stadt zu bieten hat. Dann bin ich doch etwas beruhigt.«

Nettelbeck ersparte sich einen Kommentar, nickte dezent.

»Ich möchte noch einmal mein Bedauern darüber ausdrücken, dass Ihre Kollegin innerhalb der Bundestagszone ermordet wurde, meine Herren. Kannten Sie Frau Weiland eigentlich, Herr Nettelbeck?«

»Nein, sie kam von der Schutzpolizei«, antwortete der Kommissar. »Sehr lange war sie aber noch nicht beim Personenschutz, oder?«

»Gerade drei Monate im Einsatz«, sagte Wiggers. »Es kann höchstens das zweite oder dritte Mal gewesen sein, dass sie hier im Reichstagsgebäude beruflich zu tun hatte. Dieser Punkt wird momentan von meinen Leuten geklärt.«

»Hier im Haus versehen die Polizeibeamten ihren Dienst ja großteils in Zivil«, Gürtner deutete auf Wiggers' Revers. »Sie sind nur an ihrem Hausausweis erkennbar. Höchst selten tragen sie mal Jacken oder Warnwesten mit der Aufschrift *Polizei*. Und dann auch nur in den Öffentlichkeitsbereichen.«

»Wir verstehen uns als Teil der Bundestagsverwaltung«, sagte Wiggers. »Wir unterstützen die Abgeordneten bei ihrer tagtäglichen Arbeit, sorgen dafür, dass der Betrieb reibungslos funktioniert. In erster Linie garantieren wir einen störungsfreien Ablauf der Parlamentssitzungen sowie der Gremien und Veranstaltungen.«

»Der Schutz sämtlicher Personen im Bundestag hat natürlich höchste Priorität«, fügte Gürtner hinzu.

»Über wie viele Kollegen verfügen Sie?«, fragte Nettelbeck.

»Momentan sind wir etwas über zweihundert Polizeivollzugsbeamte, der Großteil davon männlich. Wir arbeiten im Schichtdienst und legen besonderen Wert auf Team- und Kommunikationsfähigkeit.«

»Haben Sie die Presse bereits über den Mord informiert?«

Gürtner und Wiggers blickten den parlamentarischen Staatssekretär an.

»Ich habe Anweisung gegeben, die Mitteilung an die Medien noch zurückzuhalten«, erklärte Füting. »Es erschien mir angemessen, erst das Gespräch mit Ihnen abzuwarten.«

»Danke«, sagte Nettelbeck. »Sie werden sicher eine Pressekonferenz abhalten, oder?«

»Die hatte ich für heute Nachmittag geplant«, nickte der Staatssekretär. »Spricht irgendetwas dagegen?«

»Von unserer Seite nicht«, antwortete Nettelbeck. »Im Moment jedenfalls.«

*

Der Boden in der Damentoilette war blutverschmiert. Vor den letzten vier Kabinen lag die tote Personenschützerin, mit grotesk verrenkten Gliedern. Täubner betrachtete das

Arrangement, ließ die einzelnen Komponenten auf sich wirken, prägte sich alles ein.

Der Leiter der Spurensicherung hielt dem Kommissar ein Tablett mit mehreren Plastikbeuteln hin. Einer enthielt die Dienstwaffe der Polizistin, in den anderen erkannte Täubner ein Smartphone, ein paar Papiertaschentücher, einen Lippenstift und einen Schlüsselbund.

»Ist das alles? Irgendetwas Besonderes?«

»Das Smartphone war ausgeschaltet, aber sonst …«

»Okay, danke dir. Die Leiche kann dann zur Obduktion.«

Täubner ging zu Alexander Zylka, der außerhalb der Damentoilette in der Tiefgarage wartete.

»Wie sieht es eigentlich mit Überwachungskameras aus? Welche Bereiche werden hier im Gebäude erfasst?«

»Grundsätzlich sorgen wir mit unseren Leuten für die Abschottung nach außen, damit die Abgeordneten unbehindert ihrer Arbeit nachgehen können. Deswegen sind nur an ganz wenigen Stellen Kameras installiert.«

»Heißt das, hier im Parkhaus gibt es keine?«

»Nur im Bereich vor der Ausfahrt am Haupttunnel. Die Aufzeichnungen von dort können Sie sich natürlich anschauen. Aber ich war zur Tatzeit selbst im Monitorraum. Ich habe nichts Auffälliges bemerkt.«

»Gibt es irgendwelche Zeugen, die Frau Weiland in der Tiefgarage gesehen haben?«

»Bislang noch nicht.«

»Ist es möglich, dass sie mit einem Pkw in die Tiefgarage gefahren ist?«

»Nein. Frau Weiland war ja bereits im Dienst. Sie kam im Tross von Ministerin Breuer-Gebler durch das Ostportal ins Reichstagsgebäude. Wie Sie und Ihr Kollege vorhin.«

»Dann muss sie die Tiefgarage von der Halle her betreten haben. Hat jemand sie im Paul-Löbe-Haus gesehen?«

»Nein. Die Halle war so gut wie leer. Den Empfangsbediensteten in der Infoinsel ist sie nicht aufgefallen. Die haben wir sofort befragt.«

»Haben Sie auch schon die Aussagen der anderen Personenschützer?«

»Noch nicht. Da wollten wir Ihnen nicht vorgreifen. Sie warten in der Präsidialebene.« Zylka warf einen Blick auf seine Uhr. »Wir sollten jetzt auch besser hinübergehen, falls Sie und Ihr Kollege noch mit der Ministerin sprechen möchten.«

*

Das Besprechungszimmer lag neben dem Sitzungssaal des Ältestenrates. Auch hier waren die Wände burgunderrot gestrichen, in der Farbe der Präsidialebene, die sich als Kennung durch die ganze Etage zog.

Nettelbeck hatte Täubner und Zylka in den Sitzungssaal geschickt, in dem Bodo Noack bereits die Personenschützer versammelt hatte. Täubner solle schon mal mit der Vernehmung beginnen, er würde später dazustoßen.

Ingrid Breuer-Gebler, die Ministerin für Raumordnung und Städtebau, saß an einem großen Konferenztisch, der Platz für zwölf Personen bot. Nettelbeck stellte sich vor und nahm ihr gegenüber Platz. Die Ministerin war eine Frau von Anfang fünfzig, mit einem perfekt geschnittenen Pagenkopf, der ihre dunklen Augen besonders zur Geltung brachte. Obwohl Ingrid Breuer-Gebler klein und grazil war, machte sie einen zähen, kämpferischen Eindruck. Nettelbeck sah auf einen Blick, dass sie so manche Schlacht gewonnen haben musste, um ihre jetzige Position zu erreichen.

Ihre Augen musterten den Kommissar routiniert, dann erhellte ein verbindliches Lächeln das scharf geschnittene

Gesicht. »Schrecklich, der Tod von Frau Weiland. Wer macht so etwas nur? Sie war doch noch eine junge Frau.«

»Wie gut kannten Sie sie, Frau Ministerin?«

»Die Frage habe ich mir in der letzten Stunde auch gestellt. In meinem Beruf trifft man jeden Tag auf die unterschiedlichsten Personen. Erörtert mit ihnen Dinge, die für die Allgemeinheit von großer Bedeutung sind. Gleichzeitig sind da auch immer Menschen, die einem bei der Erledigung dieser Aufgaben behilflich sind. In welcher Position auch immer. Sei es als Sekretärin, Fahrer oder Sonstiges.«

»Wie zum Beispiel als Personenschützer ...«

Die Ministerin nickte, sah über Nettelbeck hinweg in die Ferne. »Was ich damit sagen möchte: Viele dieser Leute sind zwar überall dabei, gehören aber nie richtig dazu. Sie müssen dicht an uns dran sein, aber uns doch nicht zu nahe kommen. Wir Politiker haben schließlich auch den Wunsch, dass man uns etwas Luft zum Atmen gibt.«

»Sprechen Sie eigentlich hin und wieder mit Ihren Personenschützern? Wissen Sie über ihren jeweiligen Hintergrund Bescheid, was sie außerhalb ihres engeren Arbeitsfeldes bewegt, interessiert, was sie sonst so tun?«

»Offen gesagt, nur bei den Sicherheitsbeamten, die mich über einen längeren Zeitraum betreuen. Da kommt es schon mal zu Gesprächen über private Dinge, Frau, Kinder und Ähnliches. Aber darüber hinaus ... eigentlich nie.«

»Haben Sie mit Frau Weiland über persönliche Angelegenheiten gesprochen?«

»Nein. Dazu ist es nicht gekommen. Ich kannte sie fast gar nicht. Sie war ja gerade einmal drei Monate in meinem Team.« Erneut ließ die Ministerin ihren Blick in die Ferne schweifen. »Es ist wirklich eine Tragödie.«

»Was hat Frau Weiland zur Tatzeit im Paul-Löbe-Haus gemacht? Haben Sie eine Ahnung?«

Die Ministerin wandte sich wieder dem Kommissar zu. »Was meinen Sie damit?«

»Könnte es möglicherweise etwas mit Ihrem Ressort zu tun gehabt haben?«

Ingrid Breuer-Geblers Hände ballten sich zu Fäusten, ihre Augen signalisierten, dass sie ganz klar in den Kampfmodus gewechselt war.

»Mit meinem Ressort? Wie kommen Sie denn auf die Idee?«

»Liegt das nicht nahe? Aus welchem Grund sollte sie sich sonst dort aufgehalten haben?«

»Das herauszufinden, ist ja wohl Ihre Aufgabe«, Ingrid Breuer-Gebler fixierte Nettelbeck scharf. »Sie sollen doch angeblich so ein erfahrener Ermittler sein, wie mir Dr. Gürtner sagte.«

Nettelbeck steckte die Provokation weg, schenkte der Ministerin ein sardonisches Grinsen. »Das bin ich auch. Deshalb weichen Sie mir bitte nicht aus und beantworten meine Frage. Ist es für Sie vorstellbar, dass Frau Weiland aus einem dienstlichen Anlass im Paul-Löbe-Haus war?«

Man sah, dass Ingrid Breuer-Gebler sich zusammenreißen musste, um nicht überzureagieren. Dann legte sie die Hände sittsam übereinander und lächelte Nettelbeck an. »Das halte ich für ausgeschlossen. Es kann nur Frau Weilands Privatangelegenheit gewesen sein. Mit mir, meiner Arbeit und meinem Ministerium hatte es definitiv nichts zu tun.«

»Dabei bleiben Sie?«

»Ja. Und ich gehe davon aus, dass Sie das bei Ihrer Ermittlung auch entsprechend berücksichtigen werden. Oder denken Sie in dem Punkt anders?«

»Versuchen Sie, meine Ermittlung zu beeinflussen, Frau Ministerin? Lassen Sie das besser.«

Ingrid Breuer-Gebler stand abrupt auf, sie schien vor Wut zu vibrieren. »Ich denke, von meiner Seite aus ist alles gesagt. Wenn Sie weitere Auskünfte benötigen, wenden Sie sich bitte an mein Büro. Oder besser gleich an die zuständige Stelle beim BKA in Treptow.«

Nettelbeck nickte und blickte der Ministerin hinterher, die eilig das Besprechungszimmer verließ.

Der Kommissar hatte noch nicht viel mit Politikern zu tun gehabt, meistens nur auf lokaler Ebene. Das waren Leute, die mehr oder weniger engagiert für etwas gekämpft hatten, die in Parteien gegangen waren, um ein Ziel zu erreichen. Auf dem Weg an die Spitze musste mit ihnen irgendetwas passiert sein, sodass man ihnen diese Ziele nicht mehr abnahm. In Nettelbecks Ohren klang Ingrid Breuer-Geblers Anteilnahme aufgesetzt, wirkte verlogen, wie blanker Zynismus. Er war froh, dass das Gespräch zu Ende war. Wer weiß, ob er sich im Kreise dieser *wichtigen Persönlichkeit* noch viel länger im Griff gehabt hätte. Was schade gewesen wäre, wo er doch Jutta Koschke nicht enttäuschen wollte.

*

Staatssekretär Füting saß hinter seinem Schreibtisch und heuchelte lebhaftes Interesse, obwohl ihm der Text, den sein neuer persönlicher Referent vortrug, völlig schnuppe war.

»... und auch als Präsident des Parlaments der Bundesrepublik Deutschland hat mich diese Tat zutiefst erschüttert«, las Maximilian Limbach von seinem iPad ab. »Meine Gedanken sind in diesen schweren Stunden bei der Familie der Toten, ihren Freunden und Kollegen. Ein Mensch, der unser Land und seine demokratischen Strukturen tagtäglich bereichert hat, der sich persönlich immer wieder für die Einhaltung von Recht und Gesetz verdingt hat, musste durch die unbegreifliche Tat eines Unbekannten sterben. Die junge Polizeibeamtin war seit Kurzem als Personenschützerin im

Ministerium für Raumordnung und Städtebau tätig. Sie hat dort eng mit der Ministerin Ingrid Breuer-Gebler zusammengearbeitet …«, Limbach unterbrach. »Was meinen Sie? Ist *zusammengearbeitet* das richtige Wort?«

»Doch, doch, kann so bleiben.« Füting grinste. »Da wird sich die liebe Ingrid schön ärgern. Kommt noch was?«

Limbach nickte, las weiter vor. »Unsere Anerkennung und Hochachtung gilt allen Polizeibeamten, die wie die Verstorbene weiterhin ihren Dienst für den Rechtsstaat und seine Verfassungsorgane leisten und sich davon auch nicht durch solch eine frevelhafte Tat abhalten …«

Die Tür wurde heftig aufgestoßen, Maximilian Limbach brach ab.

Eine junge Frau stürmte in das Büro, völlig außer sich, wild mit ihrem Smartphone herumfuchtelnd. »Sag mal, Füting, tickst du noch richtig?«

Der Staatssekretär sprang auf, starrte sie an, für einen Moment sprachlos.

Annika Petzold war siebzehn Jahre alt, irgendwie ganz hübsch, aber noch mit reichlich Babyspeck im Gesicht, am Po und den Oberschenkeln. Sie war bunt angezogen und erinnerte Maximilian Limbach an Kelly Osbourne. Und zwar an die Kelly vor zehn Jahren. Seiner jugendlichen Masturbationsfantasie. Er fand sie supersexy. Beide. Kelly und Annika.

»Was denkst du dir eigentlich dabei, du Opfer?«

Der Staatssekretär kam um den Schreibtisch herum, erst jetzt nahm Annika seinen persönlichen Referenten wahr.

»Oh, du hast wohl hohen Besuch …«

Füting legte Limbach die Hand auf die Schulter und schob ihn mit sanftem Druck zur Tür. »Dr. Limbach, seien Sie so nett und geben Sie die Erklärung gleich weiter. Ist perfekt. Hervorragende Arbeit.«

Limbach warf Annika noch einen schnellen Blick zu und verließ den Raum.

Füting schloss die Tür hinter ihm und lehnte sich seufzend dagegen. »Was soll dieser Auftritt, Annika?«

Annika hielt ihm ihr Smartphone vor das Gesicht. »Sag mir lieber, was das hier soll.«

Der Staatssekretär grinste hilflos.

»Habe ich dir nicht gesagt, du sollst den Scheiß sein lassen?« Annika funkelte empört. »Habe ich das oder nicht?«

»Hast du.«

»Ja und?«

»Na ja, ich dachte ...«

»Quatsch! Du hast überhaupt nichts gedacht. Sonst hättest du mir nicht zwanzig SMS geschickt.«

»So viele? Ist mir gar nicht aufgefallen ...«

»Weil du krank im Kopf bist. Weißt du das eigentlich?«

Norbert Füting grinste, legte die Arme um Annikas Hüfte. »Krank nach dir, Annika. Du weißt doch, wie sehr ich dich ...« Der Staatssekretär versuchte, die junge Frau zu küssen, doch Annika machte sich los.

»Zieh hier nicht die Bill-Clinton-Nummer ab. Ich bin nicht so dämlich wie Monica Lewinsky. Kapier das endlich.«

»Ja, ja.«

»Dann hör auf mit dem Scheiß.«

»Okay, okay.« Widerstrebend ging Füting zu seinem Schreibtisch zurück. »Was anderes. Freitag ist ein Empfang im Schloss Bellevue. Akkreditierung der neuen Botschafter. Wenn du mitkommst, stelle ich dich dem Gauck vor.«

»Verschon mich, den kenn ich bereits.« Annika steckte ihr Smartphone ein und öffnete die Tür. »Also, reiß dich zusammen, Opfer, sonst ...« Die junge Frau warf dem Staatssekretär noch einen letzten verächtlichen Blick zu und verschwand.

Frustriert ließ sich Norbert Füting in seinen Schreibtischsessel fallen. Diese Scheißweiber – er musste bloß an seine Göttergattin in Drensteinfurt denken. Aber Annika war auch nicht besser. Dabei hatte alles so schön angefangen. Was soll's, sie war nicht seine erste Praktikantin. Und bestimmt nicht seine letzte. Der Staatssekretär zog eine Schublade auf und nahm einen Ordner heraus, in dem er die Bewerbungsschreiben für die Praktikumsplätze beim Präsidenten des Parlaments der Bundesrepublik Deutschland aufbewahrte. Er nahm die Briefe heraus und fächerte sie auf seinem Schreibtisch auf. Einunddreißig Bewerbungen junger Frauen. Allein in den letzten vierzehn Tagen. Da sollte doch irgendwas Interessantes dabei sein. Mit glänzenden Augen machte sich Staatssekretär Füting an die Vorauswahl.

*

Nettelbeck und Täubner standen in der Teeküche am Ende des Flures und aßen Wraps mit Roastbeef und Mango, die sie auf der Fahrt ins LKA 1 gekauft hatten.

»Ich hatte irgendwie das Gefühl, dass der Täter sie nicht überrascht hat. Dass sie die Konfrontation mit ihm bewusst gesucht hat.«

»Woraus schließt du das?«

»Die Art, wie sie dalag, ihre ganze Körperhaltung. Die erinnerte mich irgendwie an einen Showdown in einem dieser uralten Italowestern.«

»Konkrete Anzeichen?«

»Es ist mehr eine Ahnung, gefühlsmäßig. Sieh dir die Fotos an, die die SpuSi gemacht hat, dann weißt du, was ich meine.«

Nettelbeck nickte. »Wann genau haben wir den Termin morgen?«

»Zwölf Uhr dreißig. Kriminalrat Venske kommt erst am späten Vormittag aus Brüssel zurück. Quartalskonferenz der europäischen Sicherheitsführungskräfte.«

»Klingt toll. Und dann Brüssel. Sehr schick. Vielleicht sollte ich langsam auch mal Karriere machen.«

»Und was hindert dich daran?«, grinste Täubner.

»Ich selber möglicherweise«, grinste Nettelbeck zurück. »Werde mal drüber nachdenken.«

»Ist ja nicht viel rausgekommen bei der Vernehmung. Hättest du die Breuer-Gebler nicht noch ein bisschen länger beschäftigen können?«

»Wieso? Du hattest doch fast eine halbe Stunde Zeit für die vier Personenschützer.«

»Na ja, besonders kooperativ waren die nicht gerade.«

»Wieso nicht?«

»Waren ziemlich reserviert, die Kollegen. Angeblich müssen sie sämtliche Fragen zu ihrer Arbeit nach oben weiterleiten. Offizielle Anordnung. Eine der Voraussetzungen für den Job ist eben, dass man mit der Privatsphäre seines Schützlings sensibel umgeht.«

»Hier geht es nicht um einen Schützling, sondern um eine tote Kollegin. Wahrscheinlich haben ihnen die Typen vom Psychologischen Dienst das mit der Verschwiegenheit monatelang eingebläut.«

Irina Eisenstein kam in die Teeküche. »Ich habe euch das Wichtigste zusammengestellt.« Die Angestellte im Ermittlungsdienst reichte Nettelbeck und Täubner jeweils einen Computerausdruck. »Lotte Weiland ist gebürtige Berlinerin, Jahrgang 1988, Fachoberschulreife, Ausbildung zur Diätassistentin. Ein Jahr Aufenthalt als Au-pair-Mädchen in Frankreich. Mit neunzehn Bewerbung für den mittleren Polizeivollzugsdienst.«

»Wie wurde sie fachlich bewertet?«

»Durchgehend befriedigende bis gute Noten. Ohne Ausreißer. Sportlich sogar im Topbereich. Vor zwei Jahren Ernennung zur Polizeiobermeisterin. Ihre Planstelle ist in der Direktion 4 – Abschnitt 42.«

»Gleich um die Ecke«, sagte Täubner. »Schöneberg Süd und Friedenau.«

Irina nickte. »Vor fünf Monaten bewarb sie sich als Personenschützerin beim BKA. Rutschte noch als Letzte in den Ausbildungskurs rein. Seit drei Monaten als Personenschützerin im Team von Ingrid Breuer-Gebler.

»Wie sieht es mit ihrer Familie aus? Lebt die in Berlin?«

»In ihrer Akte steht nichts über die Eltern oder sonstige Angehörige.«

»Danke, Irina«, lächelte Nettelbeck und bot ihr einen Wrap an.

»Ich habe vorhin in der Mensa gegessen.«

»Hast du dich rückgemeldet?«, fragte Täubner.

»Nein, ich war bei der Studienberatung. Ich habe mich erkundigt, wie ich meinen Studienschwerpunkt auf Kriminologie und Polizeiwissenschaft verlagern kann.«

»Geht das überhaupt in Berlin? Wird das hier angeboten?«

»Da liegt das Problem. Ich müsste nach Bochum wechseln. Dort gibt es einen Masterstudiengang.«

»Ins Ruhrgebiet? Bochum?« Täubner schüttelte sich. »Da kenne ich schönere Ecken.«

»Wieso? Ich überlege ernsthaft, nächste Woche hinzufahren und mir die Stadt mal anzusehen. Die Ruhr-Universität hat einen ausgezeichneten Ruf.«

»Du willst mich verscheißern …«

»Nein, Wilbert. Falls es mir in Bochum gefällt, werde ich mich dort möglicherweise einschreiben.«

»Und Berlin? Deine Stelle hier?«

»Die müsste ich natürlich kündigen.«

»Klingt spannend, was du da vorhast, Irina«, sagte Nettelbeck.

»Und wieso erfahre ich erst heute davon?« Täubner war sichtlich schockiert.

»Könnte es sein, dass du gewisse Hinweise von mir übersehen hast, Wilbert?« Die Angestellte im Ermittlungsdienst gab dem Kommissar einen flüchtigen Wangenkuss und ging zurück in ihr Büro. Täubner blieb sprachlos zurück.

»Sieh es positiv, Wilbert. Alles Leben ist Bewegung und ohne Bewegung ist Leben nicht möglich.«

»Tolle Erkenntnis. Stammt die von dir?«

»Nein, von Moshé Feldenkrais.«

»Wer ist das denn? Einer deiner Posaunisten?«

»Eher nicht«, grinste Nettelbeck. »Feldenkrais hat eine Bewegungslehre entwickelt, die menschliche Lebensräume erweitern soll. Außerdem hatte er den schwarzen Gürtel in Judo. Als erster Europäer.«

»Den bräuchte ich bei Irina auch, fürchte ich.«

*

Die Kantine des Paul-Löbe-Hauses erinnerte Maximilian Limbach an die Lampenabteilung der Ikea-Filiale, in der er vor zehn Tagen die Sachen für sein Apartment gekauft hatte. Unter der Decke hingen unendlich viele Kugellampen, knallbunte ineinander verschraubte Beleuchtungselemente. Er hatte sich in dem Wust von Informationsmaterial, den er auf seinem Schreibtisch vorgefunden hatte, schlaugemacht. Die Lampen sollten sich zusammen mit den rustikalen Möbeln zu einem Raumkunstwerk vereinigen. Das war jedenfalls die Absicht des Künstlers gewesen. Limbach fand es einfach nur affig.

Der Referent stellte sich in die Schlange vor der Essensausgabe und hoffte inständig, dass der Speiseplan nicht ähnlich stylish-manieriert ausfiel. Erleichtert entschied er sich für das Tagesgericht Nummer zwei: Schweinebraten mit Dörrobstfüllung, Wirsing und Stampfkartoffeln.

Die Kantine war gut besucht, freie Tische gab es nicht. Limbach sah sich um und entdeckte die junge Frau, die in Staatssekretär Fütings Büro geplatzt war und die ihn so stark an Kelly Osbourne erinnert hatte. Sie saß alleine in einer Ecke. Die Chance, dachte er. Wenn du scharf bist, musst du rangehen.

»Hallo, ist hier noch was frei?«

Die junge Frau blickte auf, musterte Limbach, erkannte ihn wieder. Der Typ aus Fütings Büro. Was will der denn hier? Sei auf der Hut, Mädchen.

»Bitte sehr …«

Limbach nahm Platz und registrierte, dass seine Tischpartnerin ebenfalls das Tagesgericht Nummer zwei bestellt hatte. Er grinste. »Ich sehe, wir beide haben denselben Geschmack.«

»Haben wir das?«

»Unbedingt. Ich konnte mich noch gar nicht vorstellen …«, er hielt ihr die Hand hin, »… Dr. Maximilian Limbach, persönlicher Referent von Staatssekretär Füting. Und mit wem habe ich die Ehre?«

»Reden Sie immer so geschwollen?«

»Nur wenn ich unsicher bin.«

»Sie sind unsicher? Glaube ich nicht.«

»Sie haben mich durchschaut.« Limbach lachte. »Also, wie heißen Sie? Und was machen Sie so, ich meine hier im Bundestag?«

»Annika Petzold.« Sie schüttelte seine Hand. »Ich bin Praktikantin beim Parlamentspräsidenten. Habe im Mai das Abitur gemacht.«

»Und? Gute Noten gehabt?«

»Ausschließlich Einsen.«

»Ausschließlich? Keine Zwei plus darunter?«

»Keine. Hochschulreife mit sechzehn, nach elf Jahren Schule.«

»Eine Turbo-Abiturientin. Gratulation. Habe ich ähnlich gemacht.«

»Abi mit sechzehn Jahren?«

»Mit knapp siebzehn. Jura mit zwanzig abgeschlossen. Als Jahrgangsbester. Promoviert mit dreiundzwanzig.«

»Nicht schlecht für einen Endzwanziger«, grinste Annika.

»Hey, ich bin erst dreiundzwanzig. Fast noch ein halbes Jahr lang.«

»Ich bin vor zwei Monaten siebzehn geworden.«

Die Anspannung zwischen den beiden war gefallen, sie lächelten sich an.

»War das Praktikum interessant?«

»Ging so. IQ-mäßig ist das hier ja alles nicht so berauschend. Ich hatte mehr erwartet, nach dem, was sie mir bei MinD erzählt haben.«

»Sie sind auch bei Mensa in Deutschland e.V.? Welcher IQ?«

»Sie zuerst!«

»Wir schreiben es auf«, Limbach kritzelte etwas hinter vorgehaltener Hand auf seine Serviette und drehte sie herum. »Jetzt Sie.«

Annika tat es ihm gleich und schob die Serviette Limbach hin. Der war beeindruckt. »Hundertneunundfünfzig … Stark.«

»Aufdecken.«

Der Referent drehte seine Serviette herum. Darauf stand die Zahl einhunderteinundvierzig.

»Ist doch okay für einen Mann«, grinste Annika.

»Bei MinD duzen wir uns normalerweise. Ich bin Maximilian. Du kannst mich aber Max nennen. Oder Maxe.«

»Annika. Aber bloß nicht Anni.«

Sie klatschten sich ab.

»Und was sind deine nächsten Pläne, Annika? Was willst du studieren?«

»Wirtschaft, Politikwissenschaft, Mathematik, Chinesisch, Psychologie, Hindi, Kunstgeschichte und Bioinformatik. Falls ich dann noch Zeit haben sollte, vielleicht ein paar Semester Indologie. Und Kybernetik.«

»Gute Kombi. Lässt sich was mit anfangen.«

Annika nickte geschmeichelt. Gar nicht so übel der Typ, dachte sie. Hat gute Manieren, sieht passabel aus und scheint auf mich zu stehen. Ist doch eine Basis. Außerdem mochte sie es, wenn Männer intelligenzmäßig unter ihr standen. Das gab ihr irgendwie ... gab ihr einfach ein gutes Gefühl.

*

Rico Hoyer arbeitete seit dreizehn Jahren bei der Polizei. Er war groß und sehnig, hatte kräftige Hände und einen dichten braunen Lockenkopf.

Eigentlich ein Frauentyp, wenn da nicht die schiefe Nase gewesen wäre, die er sich als Jugendlicher zugezogen hatte. Beim Boxen. Er hatte sie nie richten lassen, da er nicht sonderlich eitel war.

Dafür war Rico Hoyer maßlos ehrgeizig. Wenn es nach ihm gegangen wäre, hätte er aufgrund seiner überragenden polizeilichen Qualitäten längst Kriminaldirektor sein müssen. Oder wenigstens Kriminalrat. Trotz seiner erst dreiunddreißig Jahre. Das sah aber aus irgendwelchen, von ihm nicht nachvollziehbaren, Gründen niemand außer ihm so. Deshalb war er lediglich Kriminalhauptkommissar. Beim

LKA. In der Abteilung für Wirtschaftskriminalität. Was ihm gewaltig stank.

Seit Jahren hoffte Rico Hoyer auf einen Fall, bei dem er endlich zeigen konnte, was er wirklich draufhatte. Ein Fall, der ihn weit nach oben katapultieren würde. Und tatsächlich war er fündig geworden, stieß auf die ganz große Schweinerei. Der Kriminalhauptkommissar kniete sich richtig rein, monatelang, fand Beweise noch und noch. Fand sogar einen perfekten Zeugen. Bereitete das ganze Material auf, machte alles wasserdicht, wartete nur auf den Befehl zum Zuschlagen. Doch der kam nicht. Würde auch niemals kommen, wie man ihm schließlich zu verstehen gab.

Stattdessen wanderte sein Fall in die Mülltonne und das ganze Material ins Archiv. Hoyer ging dagegen vor, bemühte sich um Unterstützer. Ohne Erfolg. Er lief gegen die Wand, holte sich eine blutige Nase, kam nicht weiter. Schließlich blieb ihm nichts anderes übrig, als offiziell klein beizugeben und es auf anderem Weg zu versuchen.

Er sah auf die Uhr, wurde langsam nervös. Warum meldete sie sich nicht? Warum war ihr Smartphone immer noch abgeschaltet? Hoyer griff zum Telefon und wählte ihre Festnetznummer, zum gefühlt hundertsten Mal seit dem Vormittag. Wieder sprang nur der Anrufbeantworter an.

»Lotte, ich bin's. Ruf mich sofort zurück, wenn du das abhörst. Bitte.«

*

Der Polizeiabschnitt 42 war in einer spätklassizistischen Villa im Bezirk Schöneberg untergebracht. Aus der Entfernung machte sie einen stattlichen Eindruck – ein Trugbild. Das Gebäude in der Hauptstraße war die mit Abstand marodeste Polizeiwache Berlins. Das Dach war undicht, die

Decken einsturzgefährdet, im Keller stand schon beim kleinsten Schauer das Wasser. Putz bröckelte von den feuchten Wänden, an der Fassade fraß sich der Schimmel unaufhaltsam vorwärts. Das totale Desaster.

Polizeihauptkommissarin Katrin Niebuhr, die für Lotte Weiland zuständige Dienstgruppenleiterin, hatte es schon vor Langem aufgegeben, sich bei ihren Besuchern für den Zustand der Wache zu entschuldigen. Sicherheitshalber wies sie Nettelbeck und Täubner auf zwei Holzbalken hin, die eine Wand zu den Umkleidekabinen der Polizeibeamten abstützten, und bot den Kollegen dann einen Platz an.

»Schrecklich, wir können es alle noch nicht fassen. Lotte war wirklich eine engagierte Kollegin. Ich kam gut mit ihr klar.«

»Wie lange hast du mit ihr zusammengearbeitet?«, fragte Nettelbeck.

»Fast vier Jahre. Ich hatte gehofft, dass sie nach ihrem Einsatz als Personenschützerin hierher zurückkommen würde. Das wird ja wohl nichts mehr. Was wollt ihr wissen?«

»Lotte Weilands Akte ist ein bisschen lückenhaft. Weißt du Näheres über ihre Familie?«

»Der Vater ist wohl unbekannt. Und die Mutter ... sie muss gestorben sein, als Lotte dreizehn oder vierzehn Jahre alt war.«

»Und wer hat sich dann um das Mädchen gekümmert?«

»Die Großmutter. Lotte hatte schon vorher bei ihr gelebt. Sie ist gewissermaßen von der Oma großgezogen worden. In der besten Gegend in Nikolassee. Die alte Dame heißt Luise Weiland, ich nehme an, ihr braucht die Adresse?«

Nettelbeck nickte. »Habt ihr sie schon über den Tod ihrer Enkelin informiert?«

»Nein.«

»Sollen wir das übernehmen?«

Katrin Niebuhr lächelte dankbar. »Das wäre nett.«

»Gut. Was weißt du sonst noch über Lotte Weilands Privatleben? Kennst du Leute aus ihrem Bekanntenkreis? Hatte sie vielleicht einen festen Freund?«

»Ja, da gab es wohl jemanden. Soll ein Kollege sein und angeblich beim LKA arbeiten.«

»In welcher Abteilung?«

»Weiß ich nicht. Niemand hier hat ihn persönlich getroffen. Lotte Weiland hat seinen Namen einmal in einem Gespräch erwähnt, das ich mit ihr hatte. Ich glaube, er heißt Hoher, Hoyer, Hauer oder so ähnlich. Der Vorname fing mit R an. Rick oder Rico eventuell. Ich kann mich nicht erinnern.«

»Und wie war das Verhältnis der beiden?«

Die Polizeihauptkommissarin zuckte die Achseln. »Wenn man dem Buschfunk glauben kann, war es für Lotte die ganz große Liebe. Muss angeblich ein Riesentyp sein. Aber da ihn niemand bei uns kennengelernt hat … Wir haben uns schon gefragt, ob das nicht nur eine Spinnerei von Lotte war.«

*

Rico Hoyer stand auf seinem Balkon und hörte das Grollen der sich nähernden Maschine. Er wohnte zwar etwas außerhalb der offiziellen Einflugschneise, roch aber deutlich den Kerosingestank, der wie fetter Smog in der Luft hing. Dann erblickte er das Flugzeug, eine Boeing 737. Der Kommissar sah zu, wie die Maschine tiefer zog. Der ohrenbetäubende Lärm ließ langsam nach und ging in ein schroffes Seufzen über. Die Boeing tauchte im Häusermeer unter, setzte zum Landeanflug auf Tegel an.

Es war der typische Ablauf, den er schon Hunderte Male erlebt hatte. Es begann immer mit einem Grollen und endete mit einem Seufzen. Bei Flugzeugen und oft auch bei Menschen. Er selbst war noch weit von einem Seufzen entfernt. Momentan bestand der Kommissar nur aus Wut und Zorn, befand sich mitten in der Grollphase. Was dachte Lotte sich eigentlich? Wieso ließ sie ihn hängen? Hatte sie es etwa vermasselt? Hatte sie Angst, ihm das zu beichten? Warum? Wo lag das Problem? Sie könnten es doch bei der nächsten Gelegenheit erneut versuchen. Er hatte so lange gewartet, da kam es auf zwei, drei Wochen auch nicht mehr an.

Hoyer ging ins Wohnzimmer, nahm sein Telefon und drückte die Wahlwiederholung. Als erneut der Anrufbeantworter ansprang, legte er auf. Scheiße. Warum meldete sie sich nicht? Das passte gar nicht zu Lotte. Konnte irgendetwas passiert sein? Hoyer scrollte durch sein Telefonverzeichnis, bis er den Eintrag von Lottes Dienststelle fand. *Bundeskriminalamt – Abteilung SG*. Sicherungsgruppe. Die Berliner Außenstelle des BKA befand sich in Treptow. Der Kommissar kannte niemanden dort und hatte Lotte auch noch nie beim SG angerufen. Von Anfang an hatte er Wert darauf gelegt, ihre Beziehung nicht an die große Glocke zu hängen. Schließlich wollte er seine Ermittlung nicht durch irgendwelchen Privatscheiß gefährden. Hoyer wählte die Nummer, die Lotte ihm vor drei Monaten gegeben hatte.

In der Abteilung SG nahm ein Kollege von Lotte das Gespräch entgegen. Im Moment sei es nicht möglich, mit ihr zu sprechen. Hoyer erklärte dem Mann, dass er Lottes Verlobter sei und ebenfalls bei der Polizei arbeite. Im LKA 3 am Columbiadamm. Er solle seine Dienstnummer durchgeben, man werde ihn dort zurückrufen. Hoyer erklärte, er wäre gerade unterwegs und würde sich später noch mal aus seinem Büro melden.

*

Die Straßen in der Villenkolonie Nikolassee waren fast alle nach germanischen Stämmen benannt worden, nach den Alemannen, den Burgundern, Cimbern, Normannen und Teutonen. In Kommissar Nettelbeck kamen Erinnerungen an martialische Zeiten hoch, an blutrünstige Ereignisse aus grausiger, dunkler Vorzeit. Als die Menschen in den deutschen Stammesgebieten noch nicht in der Lage waren, sich normal übers Ohr zu hauen, wie er es in der Jetztzeit tagtäglich erleben durfte, sondern sich mit ihren Streitäxten oder sonstigen Gerätschaften auf das Brutalste gefoltert, malträtiert, geschändet, gevierteilt, gequält oder schlichtweg beschissen hatten. Und das, ohne dabei die Hilfe irgendwelcher Medienkretins, Politikerknechte, Winkeladvokaten und Mafiaschranzen in Anspruch nehmen zu können. Muss das damals schlimm gewesen sein, dachte der Kommissar. Damals, als Arminius noch lebte. Der alte Cherusker.

Nettelbeck und Täubner gingen zu der Villa, die fast am Ende der Burgunderstraße lag. Das vierstöckige Gebäude war wenige Jahre vor dem Ersten Weltkrieg erbaut worden und kündigte schon den revolutionären Baustil der Zwanzigerjahre an. Ein mächtiges Walmdach erstreckte sich über zweieinhalb Etagen in Richtung des Gartens, das Erdgeschoss war aus dicken Natursteinen gemauert, verwitterte Holzelemente gliederten die Fassade.

Nettelbeck schellte und war verblüfft, wer ihm öffnete. Er hatte bestenfalls ein zotteliges, rotblondes Muskelpaket erwartet, dessen fadenscheiniges Wams von einer Fibel zusammengehalten wurde und das ihn bedrohlich anstarrte. Eventuell noch mit Speer und Langschwert herumfuchtelte und germanische Grunzlaute ausstieß. Stattdessen öffnete ihm ein schmalgliedriger Mann, der aussah, als wäre er direkt einem orientalischen Märchen aus Tausendundeiner Nacht entsprungen – die vollendete Inkarnation eines Scheichs.

Jedenfalls entsprach er haargenau der Vorstellung, die Nettelbeck sich über Scheiche gemacht hatte. Der junge Mann trug ein weißes knöchellanges Gewand, sein Kopf war mit einem Tuch bedeckt, das von einer schwarzen Kordel fixiert wurde, seine nackten Füße steckten in ledernen Riemchensandalen. Er hatte hellbraune Haut, einen schmalen Schnurrbart und lächelte zuvorkommend. Kein gebürtiger Deutscher. Aber das perfekte Omar-Sharif-Lookalike.

»As-salāmu ʿalaikum.«

»Guten Tag. Landeskriminalamt. Martin Nettelbeck, mein Kollege Wilbert Täubner.« Die Kommissare zeigten ihre Dienstausweise. »Wir möchten gerne mit Luise Weiland sprechen.«

»Selbstverständlich. Kommen Sie bitte herein.« Der Scheich gab die Tür frei, Nettelbeck und Täubner folgten ihm ins Haus.

»Mein Name ist Yasser Al-Shaker. Ich bin Frau Weilands Allroundangestellter.« Er lächelte verschwörerisch. »Was immer Sie sich darunter auch vorstellen mögen, trifft es genau.«

Yasser Al-Shaker führte Nettelbeck und Täubner in ein übergroßes Wohnzimmer, das ursprünglich einmal im klassischen Design der Sechzigerjahre eingerichtet worden war, bestückt mit inzwischen fast unbezahlbaren Stücken skandinavischer und italienischer Designer: geschwungene Möbel aus gebogenem Teakholz, ein kühnes Phonomöbel, dazu dominierten knallbunte Cocktailsessel aus Rindsleder den Raum. An den Wänden Tapeten in glänzenden geometrischen Op-Art-Formen, ansonsten bestimmten Cremeweiß und Schwarz die Atmosphäre. Verkörperte Zeitlosigkeit. Früher. Jetzt hatte sich eine neue Schicht über die Sixties-Stimmung gelegt, sie nach und nach überlagert. Und das ganze Zimmer mit einem schwülstigen orientalischen Stilmix überzogen: ein mit Silber beschlagener Paravent, lederne Hocker, ein übergroßer Ebenholzspiegel, mehrere Orientteppiche und Sitzkissen, in der Mitte des Raumes ein beleuchteter Mosaikspringbrunnen.

Nur ein großes Bücherregal stach heraus, das eine ganze Wand einnahm. Die Bücher waren alle nach Farben sortiert, nach dem Spektrum des Regenbogens. Nettelbeck war schon öfter in Wohnungen gewesen, deren Besitzer ihre Bibliothek nach demselben Prinzip geordnet hatten. Er fragte sich, wie man so jemals ein Buch wiederfinden sollte. Er bevorzugte jedenfalls eine alphabetische Ordnung. Strikt nach Autorennamen.

Mitten im Wohnzimmer saß eine alte Dame im Lotussitz. Das heißt, sie hockte auf ihren Fersen und inhalierte mit einem Vaporizer irgendeine Substanz. Nettelbeck tippte auf Haschischöl. Aber darüber würde er heute hinwegsehen, dem Anlass ihres Besuches geschuldet.

Die alte Dame war gertenschlank, hatte schneeweißes Haar und schaute nach jedem Zug hinaus in den Garten, lautlos irgendwelche Worte flüsternd. Sie schien sehr glücklich zu sein.

Luise Weiland schaute zur Blutbuche und befand sich in einer anderen Welt. Es war schon die gleiche Welt, ihre Welt, aber eben eine frühere Welt. Sie sah jeden Moment ihrer damaligen Welt genau vor sich. Sah ihre Toten, sah ihren Mann und ihre Tochter. Weltgefühle nannte sie das … Ihre eigene Wortschöpfung.

Nettelbeck fragte sich, wie er ihr bloß den Tod ihrer Enkelin beibringen sollte. Er schaute Yasser Al-Shaker an und der verstand ihn, ohne dass Nettelbeck etwas andeuten musste.

Der Scheich ging zu der alten Dame. »Frau Weiland? Hören Sie … Ich bin es, Yasser.«

Langsam erwachte Luise aus ihren Weltgefühlen und drehte sich zu ihren Besuchern.

Moshé Feldenkrais, dachte Nettelbeck, als er sah, wie die alte Dame sich in einer von dessen harmonischen Bewegungsabfolgen hochschraubte, aufrecht stand, ihn und Täubner anblickte. Plötzlich hellwach und energiegeladen.

»Die Herren sind von der Kriminalpolizei, Frau Weiland.«

»Und was möchten Sie?«

»Wir kommen in einer sehr traurigen Angelegenheit«, sagte Nettelbeck. »Vielleicht setzen wir uns lieber.«

»Ich habe gerade über eine Stunde gesessen. Sprechen Sie ruhig.«

»Frau Weiland, Ihre Enkelin Lotte wurde heute Morgen im Dienst getötet. Es tut uns sehr leid.«

Luise Weiland wandte sich abrupt um, sodass keiner der drei Männer ihren Gefühlsausbruch sehen konnte.

Nettelbeck ließ sie gewähren und wartete, bis sie sich wieder in der Gewalt hatte. Er sah von hinten, wie sie sich mit beiden Händen über die Augen wischte, offensichtlich Tränen entfernte. Dann wandte sie sich wieder den Kommissaren zu. Es schien, als habe die Nachricht sie um Jahre altern lassen, sie war auf einmal ein gebrochener Mensch.

»Wie ist es passiert? Wer hat das getan?«

»Sie wurde im Paul-Löbe-Haus von einem Unbekannten erschlagen.«

»Leiten Sie beide die Ermittlungen?«

Nettelbeck nickte. »Fühlen Sie sich in der Lage, uns ein paar Fragen zu beantworten?«

»Doch, ja. Aber ich setze mich besser.«

Yasser Al-Shaker ergriff den Arm seiner Arbeitgeberin und geleitete sie behutsam zu einer Gruppe roter Panton Chairs, die um einen weißen Tisch standen. Die Stühle machten auf Nettelbeck einen eher unbequemen Eindruck.

Doch er hatte sich getäuscht, stellte er fest, nachdem er sich hingesetzt hatte.

»Was möchten Sie wissen?«

»Wir tappen im Moment noch völlig im Dunkeln, müssen deshalb in alle Richtungen ermitteln«, leitete Nettelbeck ein.

»Kennen Sie die Freunde und Bekannten Ihrer Enkeltochter?«, fragte Täubner. »Käme einer von ihnen Ihrer Meinung nach als Täter in Betracht?«

»Ich weiß nicht. Bei denen, die ich näher kennengelernt habe, kann ich es mir nicht vorstellen. Die sind alle völlig harmlos.«

Täubner warf einen Blick zu dem Vaporizer.

Luise Weiland registrierte es. »Die kiffen ja nicht mal. Ich benutze das Ding dort aus medizinischen Gründen. Es wurde mir ärztlich verschrieben.«

»Das fällt nicht in unser Resort«, lächelte Nettelbeck.

»Wie sieht es denn mit Männern aus? Gab es einen festen Partner? Oder jemanden, den Ihre Enkeltochter regelmäßig traf? Uns wurde der Name Hauer, Hoyer oder so ähnlich genannt.«

»Rico Hoyer, so heißt er. Rico und Lotte sind seit gut anderthalb Jahren zusammen. Er ist übrigens auch bei der Kriminalpolizei.«

»Welchen Eindruck haben Sie von Herrn Hoyer?«

»Er ist nett und mir gegenüber immer sehr freundlich. Lotte war ziemlich in ihn verliebt. Sie hat mir noch bei ihrem letzten Besuch von ihm vorgeschwärmt.«

»Haben Sie die Telefonnummer von Herrn Hoyer?«

»Ich glaube ja. Yasser, bist du so lieb?«

Der Syrer nickte.

»Ich rufe ihn gleich mal an, Martin«, sagte Täubner, stand auf und verließ mit Yasser Al-Shaker das Wohnzimmer.

In der großen Diele stand auf einem Vertiko ein altmodischer Telefonapparat der Deutschen Post. Yasser Al-Shaker suchte in einem brokatummantelten Adressbuch den Namen Hoyer heraus.

»Zwei Einträge. Büro und Privat.«

Täubner übertrug beide Nummern in sein Notizbuch. Dann rief er bei Hoyers Privatanschluss an. Doch es meldete sich nur der Anrufbeantworter. Der Kommissar versuchte es bei der Büronummer und landete im Empfang. Dort teilte man Täubner mit, dass Kommissar Hoyer dienstfrei habe. Er solle es morgen noch einmal versuchen.

»Seine Handynummer habe ich leider nicht«, erklärte Yasser Al-Shaker, nachdem Täubner das Telefonat beendet hatte.

»Tragen Sie eigentlich immer diese traditionelle Tracht?«

Al-Shaker lachte. »Privat nie. Auch in Syrien bin ich immer modern rumgelaufen, mit Jeans, T-Shirt und so. Aber Frau Weiland findet es hin und wieder romantisch, wenn ich den Scheich gebe.«

»Und wieso?«

»Hängt wahrscheinlich mit ihrer Medizin zusammen. Aber ohne das Zeug … Sie ist schwer depressiv, die Arme. Da mache ich ihr eben die Freude. Das würden Sie wahrscheinlich genauso machen.«

Täubner nickte, obwohl er da keineswegs sicher war.

»Ich möchte einen Geldbetrag zur Ergreifung der Täter aussetzen«, sagte Luise Weiland. »Wären hunderttausend Euro angemessen?«

»Für so etwas ist es noch zu früh. Wir haben ja gerade erst mit den Ermittlungen begonnen.«

»Verstehe.« Ihr Blick wanderte zu dem Vaporizer. »Wären Sie so lieb, mir mein Inhaliergerät zu bringen?«

Nettelbeck zögerte einen Moment, horchte in sich hinein,

lauschte, ob er so etwas wie einen rechtlich-moralischen Konflikt spürte. Da war aber nichts. Er hatte zwar außerberuflich nie etwas mit Drogen zu tun gehabt, aber der Komplex war ihm vertraut. Er kannte unzählige Geschichten von Jazzmusikern und ihren Rauschgiftexzessen. Der Trompeter Chet Baker, eines der bekanntesten Drug Victims, wäre sogar fast Posaunist geworden. Doch das Instrument war zu groß für den kleinen Chet und so wechselte er zur Trompete. Was für ein Wahnsinnsposaunist er wohl geworden wäre, hatte der Kommissar schon oft gedacht. Durch Chet Baker milde gestimmt, stand Nettelbeck auf und holte den Vaporizer.

»Danke.«

Täubner und Yasser Al-Shaker kamen ins Wohnzimmer zurück.

»Ich konnte Rico Hoyer nicht erreichen, er hat zwei Tage dienstfrei.«

»Okay.« Nettelbeck wandte sich wieder Luise Weiland zu, die ihr Gerät eingeschaltet hatte und tief inhalierte. »Haben Sie zufällig einen Zweitschlüssel zur Wohnung Ihrer Enkeltochter?«

Luise Weiland ließ die Ingredienz einen Moment wirken.

»Er liegt in meinem Sekretär, Yasser. Oberste Schublade.«

Der Scheich nickte, machte eine ausdrucksvolle Geste mit der rechten Hand und entfernte sich dann mit gravitätischen Schritten. Ganz so, als würde Omar Sharif mal eben Peter O'Toole eine Lektion im eleganten Gehen erteilen, nachdem dieser seine steife Britenuniform gegen eine Dishdasha eingetauscht hatte. Und gleich setzen die Geigen und Hörner aus *Lawrence of Arabia* ein, ertönt Maurice Jarres oscarprämierte Filmmusik, dachte Nettelbeck. Doch der Wunsch blieb unerfüllt.

*

Das Dienstgebäude am Columbiadamm war ein Relikt der nationalsozialistischen Hauptstadtplanung und kurz vor Ausbruch des Zweiten Weltkrieges errichtet worden. Im Auftrag des Reichsluftfahrtministeriums, als Teil des überdimensionierten Flughafen Tempelhof. Seit Jahren hatte dort das LKA 3 – Abteilung für Wirtschaftskriminalität, Betrugs-, Computer- und Korruptionsdelikte seinen Sitz. Mit fünfhundertsechzig Beschäftigten stellte es die größte Ermittlungsabteilung des Landeskriminalamtes Berlin dar.

Der wachhabende Beamte im Eingangsbereich zeigte sich verwundert, als Rico Hoyer im LKA aufkreuzte. Schließlich hatte ihm der Kommissar doch am Vortag erklärt, dass er zwei Tage dienstfrei hätte.

»Hab was im Büro vergessen«, grinste Hoyer und betrat drei Minuten später sein Dienstzimmer. Auf dem Schreibtisch lagen die aktuellen Eilmeldungen aus dem internen Verteiler. Hoyer sah sie durch, während sein Computer hochfuhr. Geschockt las er, dass die BKA-Personenschützerin Lotte Weiland während des Dienstes zwischen 8:10 Uhr und 8:35 Uhr im Paul-Löbe-Haus ermordet worden war. Der Täter sei unbekannt.

Der Kommissar überlegte fieberhaft. Lotte war tot. Wer hatte sie ermordet? Und weshalb? War der Einbruch im Büro des Bundestagsabgeordneten aufgeflogen? Waren es die Leute, hinter denen er so lange schon her war? Hatte er von ihnen dasselbe zu befürchten?

Hoyer zwang sich zur Ruhe, ging kühl und emotionslos noch einmal alle Schritte durch. Minutiös ließ er die letzten Tage Revue passieren. Innerhalb der Polizei wusste von der Verbindung zwischen Lotte und ihm eigentlich keiner etwas. Hoyer hatte es bewusst geheim gehalten, nach dem ihm die Idee gekommen war, dass Lotte sich zum Personenschutz versetzen lassen sollte. Der Kommissar hatte seine Freundin gebeten, es ebenfalls keinem ihrer Kollegen zu erzählen. Eigentlich wussten nur Luise Weiland, ihre Angestellten und ein paar Freunde von der Beziehung. Und von denen arbeitete niemand bei der Polizei.

Aber das LKA 1 ... die Kriminalbeamten, die mit der Mordermittlung beauftragt waren. Wenn die Kollegen dahinterkamen, dass er Lotte angestiftet hatte ... Es würde eine Ermittlung gegen ihn geben. Wegen Anstiftung zum Hausfriedensbruch und Ausspähen von Daten. Am Ende würde er verurteilt werden, eine Gefängnisstrafe von einem Jahr oder mehr wäre in seinem Fall wahrscheinlich.

Und das würde seine Entfernung aus dem Beamtenverhältnis nach sich ziehen. Den unweigerlichen Rausschmiss. Und die Dreckschweine im Bundestag wären endgültig vor ihm sicher.

Er musste handeln. Sofort.

*

Nettelbeck und Täubner parkten ihren BMW und gingen dann zum Strausberger Platz. Hier lag vor langer Zeit einmal der Rabenstein, Berlins Richtplatz.

Bis zum siebzehnten Jahrhundert ließ die Stadt hier ihre Mörder, Diebe und sonstigen Delinquenten ins Jenseits befördern. Die öffentlichen Hinrichtungen bedeuteten ein Riesenspektakel, Tausende von Bürgern strömten zum Rabenstein, um sich zu amüsieren.

Aus Lotte Weilands Wohnung im siebten Stock im *Haus des Kindes* am Strausberger Platz 19 hätte man bestimmt einen klasse Blick auf das Geschehen gehabt. Allerdings war mit dem Bau des Gebäudes bedauerlicherweise erst 1952 begonnen worden. Zusammen mit dem *Haus Berlin*, seinem Gegenstück, bildeten die beiden Bauwerke den optischen

Auftakt zur Karl-Marx-Allee, schufen einen torartigen Eintrittsbereich zur Magistrale. Auf der Westseite der Gebäude war jeweils eine große Inschrift angebracht. Am *Haus Berlin* ein Zitat von Brecht, am *Haus des Kindes* eines aus Goethes Faust: *Solch ein Gewimmel möchte ich sehn, auf freiem Grund mit freiem Volke stehn.* Der Sinn des Spruches erschloss sich Nettelbeck nicht sofort und darüber grübelnd folgte er Täubner in das Gebäude.

*

Rico Hoyer hatte Lottes Wohnung vollständig durchsucht, gründlich und systematisch, wie er es gelernt und oft genug beruflich praktiziert hatte. Er hatte fast nichts gefunden, das auf Nils Janssen oder Andreas Laufenberg hätte schließen lassen. Fünf Bücher über die aktuelle deutsche Atompolitik war alles an Hinweisen. Der Kommissar hatte sie aus dem Regal genommen, jetzt steckten sie in einer Plastiktüte und würden nachher in irgendeinem Müllcontainer enden.

Hoyer hatte im Laufe des Tages zigmal bei Lotte angerufen und ihr entsprechende Nachrichten hinterlassen. Seine Anrufe waren beim Provider registriert worden, die würde er nicht abstreiten können. Auch das Telefon konnte er nicht einfach so verschwinden lassen, das würde ihn direkt in den Kreis der Verdächtigen katapultieren. Die Anrufe zu löschen, war auch nicht möglich, sie könnten mit den simpelsten Programmen rekonstruiert werden. Er musste den Chipinhalt so zerstören, dass es nicht nach menschlicher Manipulation aussah, sondern einem Technikfehler.

Der Kommissar schraubte das Telefon auf, sodass der Speicherchip freilag. Er holte seinen Elektroschocker aus der Jacke, setzte ihn an den Chip und jagte fünfhunderttausend Volt hinein. Äußerlich sah man keine Veränderung, aber der

Chip war tot, sein Inhalt unwiederbringlich zerstört. Rico Hoyer schraubte den Apparat wieder zusammen, nahm die Plastiktüte und verließ die Wohnung.

*

Der Fahrstuhl hielt im siebten Stock, Nettelbeck und Täubner traten aus der Kabine. Während sie den Flur entlanggingen, sah Nettelbeck aus den Augenwinkeln, wie ein Mann in Lederjacke im Treppenhaus verschwand und Richtung Erdgeschoss ging. Täubner blieb vor Lotte Weilands Wohnung stehen und holte einen Schlüssel heraus. Er öffnete und die Kommissare traten ein.

»Grandios.« Täubner stand am Wohnzimmerfenster und blickte über den Strausberger Platz tief in die Karl-Marx-Allee hinein. Er konnte sicher einen Kilometer weit sehen, fast bis zur U-Bahn-Station Weberwiese. »Ist ja der Wahnsinn. Das ist meine Wohnung!«

»Rede mit ihrer Großmutter. Vielleicht überlässt sie sie dir, wenn wir den Täter schnell verhaften.«

Die beiden Kommissare gingen durch die Wohnung. Vier Zimmer, Küche, Bad, Parkettboden, sehr teuer eingerichtet. Modern, ohne die Patina der großmütterlichen Villa.

An einer der Wände hing eine Kollektion von Fotos. Auf mehreren war Lotte Weiland als Kleinkind abgebildet. Mit einer jungen Frau, vermutlich ihrer Mutter. Andere Aufnahmen zeigten sie mit einem älteren Mann. Ein kraftvoller, heiterer Typ. Ihr Großvater? Auf den meisten Bildern war Lotte mit ihrer Oma zu sehen. Sie gaben die Entwicklung von Luise Weiland im letzten Vierteljahrhundert gut wieder. Im Grunde hatte sie sich äußerlich nicht sehr verändert. Sie war immer schon eine schlanke, attraktive und selbstbewusste Erscheinung gewesen. Ein Mensch, der in seinem Leben vermutlich die meiste Zeit im Mittelpunkt gestanden und keine finanziellen Sorgen gehabt hatte.

Die neuesten Fotos zeigten Lotte mit einem jungen Mann um die dreißig. Ein schlaksiger, lässiger Typ. Ziemlich gut aussehend, wenn da nicht die Boxernase gewesen wäre.

Lottes Freund? LKA-Kommissar Rico Hoyer? Höchstwahrscheinlich.

Täubner nahm ein Bild von der Wand: Lotte und der junge Mann an einem südlichen Strand, auf dem bizarre Felsformationen standen, die teilweise ins Meer hineinreichten.

»Ponta da Piedade … Algarve … da waren Irina und ich noch vor acht Wochen. Scheiße.«

Nettelbeck erwiderte nichts, nahm seinem Kollegen das Foto ab und hängte es zurück. »Du Schlafzimmer, Küche und Bad, ich die anderen Räume.«

Täubner nickte und verschwand in der Küche.

Nettelbeck begann seine Durchsuchung im Wohnzimmer. Er hegte keine großen Erwartungen, aber man konnte nie wissen. Vielleicht fanden sie ja doch einen Hinweis. Worauf auch immer.

Der Kommissar trat zu einem gut bestückten Bücherregal, mit Romanen und Sachbüchern über die unterschiedlichsten Themen, der *Riemannschen Großen Enzyklopädie in 25 Bänden* in der letzten Ausgabe, Kunstbänden und Biografien. Die Bücher waren ebenfalls nach Farben sortiert, Lotte Weiland hatte also das Ordnungssystem ihrer Großmutter übernommen. In der obersten Regalreihe standen die Bücher mit den hellsten Farbtönen, nach unten hin wurde es immer dunkler.

An der Wand gegenüber dem Regal hing eine Pistole, wie sie von Sportschützen benutzt wurde. Eine Walther GSP, Kaliber .22. Falls Nettelbeck sich nicht täuschte, handelte es sich um das erste Modell der Reihe, musste also Ende der

Sechzigerjahre produziert worden sein. Er fragte sich, warum Lotte Weiland sie wohl aufgehängt hatte.

Als Nettelbeck wieder zum Regal sah, fiel ihm auf, dass es in der zweiten Reihe einen Farbsprung gab. Als hätte jemand ein paar der Bücher entfernt und die verbleibenden Exemplare locker aufgefächert. Der Kommissar nahm die Bände heraus und sah sie sich an. Es waren Bestsellerromane der letzten Jahre und mehrere Monografien über klassische Komponisten. Doch er konnte nicht erkennen, welche Bücher möglicherweise fehlten, um die Lücke zu erklären. Er sah keine Systematik, es ergab einfach keinen Sinn. Nettelbeck schob die Bücher zurück und bemerkte einen Band, der nach hinten gerutscht war. Der Kommissar blätterte das Sachbuch durch, das die Probleme bei der Endlagerung des Atommülls behandelte. Doch auch das brachte ihn nicht weiter und er stellte es wieder ins Regal.

Auf einem kleinen Schreibtisch entdeckte er Lottes Telefon. Er drückte die Taste zur Wiedergabe der aufgezeichneten Anrufe, doch es gab keine. Weder aktuelle noch ältere. Merkwürdig. Wer löschte schon tagtäglich seine AB-Nachrichten? Er jedenfalls nicht. Deswegen zog er das Kabel des Telefons heraus und klemmte sich das Gerät unter den Arm.

*

Der *Berlin Capital Club* lag in der Mohrenstraße, im Dachgeschoss des *Hilton,* direkt gegenüber des Deutschen Doms. Von seinem Lieblingstisch im Clubrestaurant *Capital Grill* hatte man einen einmaligen Blick über die Dächer des Gendarmenmarktes und die City Ost. In den frühen Abendstunden, wenn die Lichter über den beiden Domen alles in einen sanften Glanz tauchten, fand Dr. Andreas Laufenberg die Aussicht besonders schön. Es gab mehrere Businessclubs in der Stadt, aber dieser hatte eindeutig die beste Lage. Deswegen hatte er ihn auch zu seinem Stammlokal erkoren, wenn sich diese schnöde Bezeichnung für so einen vornehmen Club nicht verboten hätte. Er schätzte das elegante Ambiente, die perfekte Gastronomie und die bedächtige Auswahl der Clubmitglieder seitens der Geschäftsführung.

Natürlich bot der Club noch andere Vorzüge, wie regelmäßige Empfänge, Konferenzen und Vorträge, die der Förderung internationaler Geschäftskontakte dienten. Dazu hatten die Mitglieder weltweit Zugang bei über zweihundert anderen Clubs, in Metropolen wie London, New York oder Schanghai.

Aber das war für Laufenberg nebensächlich. Ihn interessierte in erster Linie Berlin. Die Hauptstadt war sein Hauptbetätigungsfeld, hier würde er vorerst bleiben. Zumindest so lange, bis er seine Mission erfüllt hatte.

Und es gab noch einen Punkt, der für den *Berlin Capital Club* sprach. Die Büroräume der European Energy Control lagen nur wenige Minuten entfernt in der Französischen Straße, sodass der Lobbyist den Club bequem zu Fuß erreichen konnte. Was er nach einem langen Arbeitstag in geschlossenen Räumen sehr genoss.

Wie immer hatte man ihm seinen Lieblingstisch bis 20:30 Uhr reserviert gehalten. Er betrat den Club aber bereits kurz vor acht, wie zumeist in charmanter Begleitung. Galina Karyova war erst in der vergangenen Saison als Demi-Solotänzerin beim Staatsballett Berlin verpflichtet worden. Die fünfundzwanzigjährige Russin freute sich auf die Neurevision von Tschaikowskys *Schwanensee,* bei der sie im zweiten Akt einen der großen Schwäne tanzen sollte. Was sie erst am Nachmittag erfahren hatte. Deshalb war sie entsprechend aufgekratzt.

Andreas Laufenberg ließ sich von ihrer guten Laune anstecken. Der grau melierte Mittfünfziger mochte junge Künstlerinnen. Und er mochte es fast noch mehr, sie zu fördern. Auf seine ihm eigene unaufdringliche Art. Dafür boten sich ihm in Berlin fast täglich neue Gelegenheiten. Und manche musste er einfach wahrnehmen.

Bis vor drei Jahren hatte der Manager noch im Direktorium eines schottischen Energieproduzenten gearbeitet. Seitdem leitete er die European Energy Control in Berlin. Laufenberg hatte die EEC für einen Verbund der wichtigsten Energiemultis gegründet. Der Lobbyverband diente einem einzigen Zweck: Die Energiekonzerne wollten zusammen mit dem Bund eine öffentlich-rechtliche Stiftung gründen, die den Abriss und die Endlagerung des strahlenden Mülls übernehmen sollte. Gewissermaßen eine staatliche Bad Bank für sämtliche noch im Betrieb befindlichen beziehungsweise bereits abgeschalteten Atomkraftwerke. Denn eigentlich lag die Verantwortung für die Stilllegung und den Rückbau der AKWs und die Lagerung des Atommülls rein rechtlich bei den Energieunternehmen. Insofern hätten die Konzerne eigentlich auch sämtliche Kosten zu tragen. Eigentlich.

Um diese Kostenbelastung zu verhindern, war der Plan mit der staatlichen Bad Bank entwickelt worden. In dieses Konstrukt würden auch die von der Energiewirtschaft getätigten Rückstellungen in Höhe von etwa dreißig Milliarden Euro fließen. Gleichzeitig würden die Stromkonzerne ihre Schadensersatzklagen gegen den Atomausstieg zurückziehen. Zugegeben, es klang nach Erpressung, aber man konnte es auch durchaus positiv als akzeptablen Deal betrachten. Den Vorschlag lehnten jedoch viele der Bundestagsabgeordneten ab, selbst über Parteigrenzen hinweg. Man wollte die AKW-Betreiber nicht aus ihrer Verantwortung entlassen, wollte verhindern, dass sie sich auf einen Schlag ihrer Verpflichtungen entledigten. Man bezweifelte außerdem, dass die rückgestellten dreißig Milliarden Euro werthaltig genug und nicht durch verdeckte Konzernschulden belastet waren.

Eine extrem schwierige Aufgabe, die Laufenberg übernommen hatte und die seine ganze Erfahrung und sämtliches Fingerspitzengefühl erforderte. Es galt, bei möglichst vielen Bundestagsabgeordneten ein Umdenken zu veranlassen, sie subtil auf die Seite der Energiewirtschaft zu ziehen. Dafür stand Laufenberg ein nahezu unbegrenztes Budget zur Verfügung, ohne die Verpflichtung, einzelne Geldbeträge abrechnen zu müssen. Ein paar diskrete Erklärungen bei einem netten Essen in einem der Berliner Sternerestaurants reichte seinen Auftraggebern. Sie legten eher Wert darauf, dass er sie jedes Mal in eine kulinarische Novität einlud, natürlich an den besten Tisch des Lokals.

Aber Laufenberg hatte einen erstklassigen Verbündeten, der mit ihm gemeinsam bereits einige der schwierigsten Kandidaten zum Wechsel bewegt hatte, natürlich mit teilweise erheblichen Geldsummen. Es handelte sich um den Leiter des Ausschusses zur Klärung der Kosten für den Atomausstieg, den Bundestagsabgeordneten Nils Janssen. In dessen Ausschuss wurde das Gesetz vorbereitet, das irgendwann einmal hoffentlich im Sinne der Energieunternehmen umgesetzt werden würde.

Und was das anging, war Laufenberg inzwischen sehr zuversichtlich. Wie gut, dass er den Kontakt zu dem SPD-Abgeordneten immer gepflegt hatte, nachdem sie beide sich vor elf Jahren bei einer Tagung über Energiefragen im beschaulichen Meran kennengelernt hatten. Das Zwischenmenschliche war das Entscheidende, hatte Laufenberg bei seiner Arbeit in der Energiewirtschaft gelernt, alles andere konnte mit Geld geregelt werden.

Der Kellner brachte ihm den ersten Gang – gratinierte

Lammkoteletts mit Auberginenpolenta und Steinpilzsalat, während Galina Karyova sich mit einer Mousse aus Ziegenfrischkäse mit karamellisierten Walnüssen und einem Wildkräutersalat begnügte.

Lächelnd teilte Laufenberg seine Aufmerksamkeit zwischen dem Essen und seinem Gegenüber, das gerade über Berlins schreckliche Wohnsituation jammerte. Mit einem hinreißenden russischen Akzent.

»Tausendfünfhundert Euro für ein Anderthalbzimmerapartment. Im Tiergarten. Das sind ja Preise wie in Sankt Petersburg. Und ich habe noch nicht einmal meine Ausbildungskosten an der Waganowa-Ballettakademie abbezahlt.«

»Falls ich Ihnen irgendwie helfen kann – ich bin ein großer Liebhaber des klassischen Balletts.«

Galina Karyova strahlte ihn an. »Ich habe sofort gespürt, dass Sie auch Tänzer sind.«

»Ich? Tänzer?«

»Natürlich, Sie könnten sehr gut den Prinzen in *Giselle* tanzen. Die Statur dazu hätten Sie.«

»Um Gottes willen. Das gäbe ein schönes Rumgehampel.«

»Keine Angst. Ich gebe Ihnen vorher Privatstunden.«

»Das ist natürlich ein sehr verlockendes Angebot. Aber wir sollten uns vielleicht erst einmal um Ihr Wohnungsproblem kümmern. Ist es wirklich so schlimm?«

»Ganz, ganz schrecklich. Ich teile mir momentan ein Apartment mit einer Kollegin. In Lichtenberg. Es ist nicht zum Aushalten.«

»Mein Verband verfügt über mehrere sehr schöne Gästewohnungen in der Stadt. Gerade ist eine Dreiraumwohnung am Monbijouplatz frei geworden, mit einer großen Dachterrasse und schönem Blick auf den Park. Ich kann sie Ihnen, solange Sie wünschen, zur Verfügung stellen. Selbstverständlich kostenlos. Der Tanzkunst zuliebe.«

»Das wäre wunderbar, Dr. Laufenberg. Ich weiß gar nicht, wie ich mich revanchieren kann …«

»Das brauchen Sie nicht. Bereiten Sie sich einfach umso entspannter auf Ihre nächste Premiere vor, ohne dumme Wohnungssorgen.«

Galina Karyova griff nach Laufenbergs Hand und drückte sie kurz. »Das werde ich. *Schwanensee* tanze ich nur für Sie.«

»Das kann ich kaum erwarten. Möchten Sie nachher noch ein Dessert?«

»Eigentlich verzichte ich immer darauf. Aber heute darf ich vielleicht einmal eine Ausnahme machen.«

In dem Moment kam der Bundestagsabgeordnete Nils Janssen ins Restaurant und sah sich suchend um. Als er Laufenberg entdeckt hatte, warf er ihm einen kurzen Blick zu. Der verstand. Der MdB wechselte ein paar Worte mit dem Maître d'Hôtel und verließ dann den *Capital Grill.*

Schade, dachte Laufenberg, seine Pläne für den weiteren Verlauf des Abends musste er wohl ändern. Statt Galina Karyova persönlich nach Hause zu fahren und vorher vielleicht noch auf einen Schlummerdrink in eine nette Bar einzuladen, würde er für sie ein Taxi ordern. Aber morgen war ja auch noch ein Tag. So lange musste die Kunst eben warten.

*

Jutta Koschke hatte sich aus dem italienischen Restaurant im Erdgeschoss eine Einzelportion Lasagne mit nach oben genommen. Ihr Mann Günther war für den Spätdienst eingeteilt, er würde erst gegen Mitternacht nach Hause kommen.

Sie füllte die Pasta auf einen Teller um, goss sich ein Glas Spätburgunder ein und brachte beides an den Esstisch.

Während sie aß, sah sie die Post durch, die sie im Briefkasten vorgefunden hatte. Der aktuelle Katalog ihres Fliegenfischerversandes war schon seit Tagen überfällig. Sie wollte unbedingt eine spezielle Plimpton-Fliegenrute bestellen, von der ihr viele Anglerfreunde vorgeschwärmt hatten. Als Weihnachtsgeschenk für Günther. Aber der Katalog war auch heute nicht dabei. Stattdessen Werbung, zwei Rechnungen, eine Umlagenaufstellung der Hauseigentümerversammlung und der Brief eines Internisten. Praxis Dr. G. Steinfeld. Der Kriminalrätin sagte der Name nichts. Das Schreiben war an Günther adressiert. Koschke trank einen Schluck Wein. Überlegte ... Sollte sie ...?

Vorsichtig öffnet sie den Brief, indem sie die Klebeleiste aufknibbelte, um ihn wieder unauffällig verschließen zu können. Was sie las, warf sie um. Günther hatte sich heimlich einer Untersuchung unterzogen. Die Laboranalyse bestätigte die Einschätzung des Arztes. Bei ihrem Mann war ein Bronchialkarzinom festgestellt worden. Günther hatte Lungenkrebs. Jutta Koschke war geschockt. Nicht nur über die Erkrankung, fast noch mehr darüber, dass ihr Mann nicht sofort das Gespräch mit ihr gesucht hatte. Sorgfältig verschloss die Kriminalrätin den Brief, schob ihn unter die andere Post und legte alles auf die Flurgarderobe. Als hätte sie den Briefkasten gerade erst geleert, aber die Sendungen noch nicht durchgesehen.

*

In der *Members Bar* saß Nils Janssen vor dem Kamin in einem der schweren Clubsessel und nippte an seinem zweiten Single Malt. Ihm gingen die morgendlichen Ereignisse durch den Kopf und er versuchte, die möglichen Konsequenzen abzuwägen.

Noch am Nachmittag hatte er eine jungfräuliche Festplatte besorgt und sie gegen die alte in seinem Rechner ausgetauscht. Morgen früh würde er neue Kontaktordner und Maildateien einrichten und die Telefonnummern von seinem Smartphone überspielen. Die meisten Kontaktdaten und die Standardmails waren sowieso gleichzeitig auf dem PC seiner Büroleiterin gespeichert, bei Sonja Mertens, dieser dämlichen Kuh.

Der Bundestagsabgeordnete ging davon aus, dass die Personenschützerin im Auftrag gehandelt hatte. Es fragte sich nur in wessen. Wer kam dafür infrage? Das LKA möglicherweise? Die Ermittlungen gegen ihn wegen des Verdachts der schweren Korruption waren kaum aus dem Anfangsstadium herausgekommen. Nicht einmal für eine Durchsuchung in der Kanzlei Weinzierl, Janssen & Kierstein hatte es gereicht. Seine Sozii hätten ihn sofort darüber informiert. Und ein Journalist, der die große Story witterte, würde eine kleine Polizeibeamtin doch nicht zu so einer gesetzwidrigen Handlung überreden können. Wie gefährlich ihr Auftrag war, hatte die junge Frau ja letztendlich zu spüren bekommen.

»Hallo Nils, darf ich mich dazusetzen?«

»Unbedingt, Andreas. Möchtest du auch einen Single Malt?«

»Gern.«

Janssen hob sein Glas, signalisierte der Bedienung, ihnen Nachschub zu bringen. Sie tauschten Belanglosigkeiten aus, bis ihre Bestellung gebracht wurde und der Kellner sich entfernte.

»Ich habe gute Nachrichten, Andreas. Der Kollege Rottenkolber hat sich bereit erklärt, für unser Anliegen Position zu beziehen. Er wird seinen Meinungswechsel in den nächsten drei, vier Monaten durch mehrere Interviews für die Öffentlichkeit nachvollziehbar machen.«

»Hervorragend. Rottenkolber ist ein guter Redner, sehr wirkungsvoll. Und ein gestandener CSU-Mann bringt eine schöne Farbe auf unsere Palette. Hat er genaue Wünsche geäußert?«

»Er möchte dreihunderttausend«, grinste Janssen. »Ich denke, das geht in Ordnung.«

»Das reinste Schnäppchen. Wohin sollen wir es ihm überweisen?«

»Auf ein Konto in Guernsey. Ich wollte ihm das ausreden, habe ihm die Caymans und Singapur nahegelegt, aber da war er starrsinnig. Ist eben ein Bayernschädel.«

»Mach dir keine unnötigen Sorgen, Nils. Wir jagen das Geld ein paarmal um den Globus, dann ist es so gut wie jungfräulich.«

»Perfekt.« Janssen grinste erneut. »Wer war denn die schöne junge Dame vorhin? Eine Schauspielerin? Malerin? Oder Sängerin?«

»Dreimal daneben, Nils. Sie ist Demi-Solotänzerin beim Staatsballett. Das spürt man doch gleich. Du solltest dich mehr mit der Kunst beschäftigen. Aber wo du das Thema Frauen ansprichst ... Was war denn heute Morgen im Paul-Löbe-Haus los?«

»Meinst du den Mord an der Personenschützerin?«

»Ja, wieso bringt denn jemand eine Polizistin um?«

»Keine Ahnung. Sie gehörte zum Tross von Breuer-Gebler. Ich weiß auch nichts Genaueres. Raumordnung und Städtebau ist nicht mein Arbeitsgebiet. Dann schon eher Kultur.«

»Du und Kultur? Seit wann das denn?«

»Kleiner Versprecher, Andreas. Ich meinte natürlich Finanzen.«

Die Männer lachten und prosteten sich zu.

II

In dem kleinen Laden in der Avenue Charles de Gaulle Ecke Rue Racine roch es verlockend nach frischem Backwerk, doch die Croissants waren bereits ausverkauft. Erstaunlich, dachte Nettelbeck, es ist noch nicht einmal zehn nach acht. Der Kommissar suchte nach anderen leckeren Dingen, nach Pain parisien, Flûte oder Pain de Campagne. Nach den knusprigen französischen Weißbroten, die er im Sommer in dem Badeort unweit Bordeaux jeden Tag genossen hatte. Es war sein erster gemeinsamer Jahresurlaub mit Philomena und den Kids gewesen. Der leider nur zwei Wochen gedauert hatte, da sie in seiner dritten Ferienwoche den Umzug vom Holsteiner Ufer in die Wohnung am Lietzensee organisieren mussten.

Nettelbeck sah schließlich ein, dass seine Suche erfolglos bleiben würde. Er bezahlte einen Müsliriegel, verzichtete aber darauf, eine der angebotenen Berliner Backspezialitäten zu kaufen. Irgendwie war ihm heute nicht nach Schrippe ohne alles. Dann verließ er den Laden.

Es musste ewig her sein, als er das letzte Mal in der Cité Foch gewesen war. Der Kommissar wusste nicht einmal mehr in welchem Jahr. Bis zum endgültigen Abzug der Alliierten aus Berlin war hier das Wohngebiet für die französischen Streitkräfte und ihre Familien gewesen, in dem Anfang der Neunzigerjahre noch zweitausendsechshundert Franzosen gelebt hatten. Nach der Jahrtausendwende drohte die Cité Foch durch den Wohnungsleerstand zu verslumen und erst in den letzten Jahren konnte durch Sanierungsmaßnahmen eine gewisse Verbesserung erreicht werden. Nettelbeck erinnerte das Gebiet nur vage an Frankreich.

Jedenfalls nicht an das Frankreich, das er liebte, an Aquitaine, Languedoc-Roussillon und die Provence. Ihn erinnerte die Cité Foch eher an die Region Lothringen, das Département Ardennes oder an jede zweite Stadt im Ruhrgebiet.

Der Kommissar lehnte sich an seinen Dienstwagen, der vor Rico Hoyers Haus parkte. Er hatte mehrmals bei dem LKA-Kollegen geklingelt. Vergeblich. Aber da er schon einmal hier war, würde er noch ein halbe Stunde warten. Vielleicht musste Hoyer ja nur kurz etwas erledigen. Nettelbeck aß den Müsliriegel und dachte daran, welche entscheidende Rolle die Cité Foch für seine Liebe zur Posaune gespielt hatte. Beim Tag der offenen Tür der französischen Streitkräfte war 1982 auch die französische New-Wave-Band Indochine erwartet worden. Wegen einer Erkrankung konnte die Gruppe jedoch nicht auftreten und im letzten Moment engagierte man als Ersatz Joseph Bowie und seine Band Defunkt, die gerade durch Deutschland tourten. Für Nettelbeck war es die Initiation gewesen. Bowie spielte eine Posaune, die ihn abheben ließ. Eine wilde Mischung aus Funk, Free Jazz, Rock und Blues. Klänge, die alle Grenzen ignorierten. Defunkts fieberhafte Musik konnte man nur lieben oder hassen.

Nettelbeck steckte seine In-Ear-Kopfhörer ein und wählte auf dem Smartphone das Stück *Thermonuclear Sweat* von dem ersten Defunkt-Album. Während er sich in seine damalige Stimmung zurückzuversetzen versuchte, kam ein Jogger auf ihn zu. Der Mann von den Portugalfotos, der LKA-Kollege Rico Hoyer. Er war verschwitzt und musste erst durchschnaufen, als Nettelbeck ihm entgegentrat. Dem Kommissar kam Hoyer irgendwie bekannt vor und zwar nicht nur von den Fotos. Vielleicht hatten sie bei der Arbeit schon einmal miteinander Kontakt gehabt oder täuschte ihn sein Gefühl?

Nettelbeck kam nicht drauf und zog stattdessen seinen Dienstausweis. »Kommissar Hoyer? Martin Nettelbeck, LKA 1.«

»Hallo«, sagte Hoyer erstaunt. »Was führt Sie zu mir?«

»Ein Mordfall. Es tut mir leid, Ihre Freundin wurde gestern ermordet.«

»Lotte? Nein, das ist unmöglich.«

»Doch, Frau Weiland wurde im Dienst getötet. Hat man Sie deswegen nicht angerufen?«

Hoyer begann zu stammeln. »Ich habe mehrere Tage dienstfrei ... Ich konnte doch nicht ahnen, dass ... dass so was passiert. Ich habe alles abgeschaltet, nicht einmal ins Internet geschaut ... Mein Gott.« Hoyer wandte Nettelbeck den Rücken zu, als wolle er mit seinen Gefühlen alleine sein.

Nettelbeck betrachtete seinen Kollegen aufmerksam, gewann schließlich den Eindruck, dass dessen Schock nicht gespielt war. Oder, schoss es ihm durch den Kopf, er wurde gerade Zeuge einer oscarreifen Darbietung.

Hoyer wischte sich mit dem Arm über das Gesicht, dann drehte er sich wieder zu Nettelbeck herum.

»Wie ist es denn passiert?«

»Sie wurde im Paul-Löbe-Haus erschlagen. Wir stehen erst ganz am Anfang der Ermittlung, tappen noch ziemlich im Dunkeln. Wir hoffen, dass Sie uns weiterhelfen könnten.«

»Natürlich. Kommen Sie bitte.«

Hoyer führte seinen Kollegen in eine richtig nette Zweieinhalbzimmerwohnung, die Nettelbeck nach dem Zustand der Außenfassade gar nicht erwartet hatte. Alles war frisch renoviert, hell, mit einem großen Südbalkon. Rico Hoyer erklärte, dass er direkt neben der Cité Foch aufgewachsen war. Deshalb hatte er sich ziemlich gefreut, als er vor anderthalb Jahren die Wohnung bekam. Direkt neben dem alten Spielgelände, wo er als Grundschüler mit seinen Freunden Jean-Luc, François und Jacques gespielt hatte. Dann verschwand Hoyer im Bad, um kurz zu duschen.

Nettelbeck warf einen Blick in das Schlafzimmer, sah sich dann im Wohnzimmer um. Auf einem Schreibtisch stand ein digitaler Bilderrahmen, mit einem Foto von Lotte Weiland. Als er näher trat, wechselte es automatisch zu einer Aufnahme, die Lotte und Rico an dem Strand in Ponta da Piedade zeigten. Das gleiche Foto, wie in der Wohnung der Toten.

Der Kommissar inspizierte das Bücherregal. Es enthielt hauptsächlich Sachliteratur, kriminalistische Werke, Bücher über Psychologie und Soziologie. Die Ausnahme bildete eine große Comicsammlung, die drei Regalbretter in Beschlag nahm. Sammelordner mit *YPS*-Heften aus zweieinhalb Jahrzehnten, die Folgen von 1975 bis 2000. Mit Sicherheit vollständig, dachte der Kommissar. Offensichtlich hatte Hoyer schon im Mutterleib mit dem Sammeln der Bastel-Comics begonnen.

Fragt sich nur, überlegte Nettelbeck, ob er auch noch die damals den Heften beigelegten Gimmicks besaß. Er selber hatte die *YPS*-Hefte auch ein paar Jahre lang gekauft und konnte sich noch gut an einige der Spielzeuge erinnern: die Detektivuhr mit Geheimfach, das Fingerabdruckpulver oder die Schnellfeuerpistole. Wahrscheinlich waren Hoyer und er deshalb bei der Kriminalpolizei gelandet. Wegen der tollen *YPS*-Gimmicks.

In der untersten Regalreihe entdeckte Nettelbeck auf drei *YPS*-Ordnern ein schmales Buch, das er kannte und das hier nicht hingehörte. Der Band über die Probleme bei der Endlagerung des Atommülls, der in Lotte Weilands Regal hinter die anderen Bücher gerutscht war.

Nettelbeck richtete sich auf und wollte die Küche inspizieren, als Rico Hoyer in den Raum kam, geduscht und umgezogen. Er rubbelte sich mit einem Frotteehandtuch die Haare trocken.

»Setzen Sie sich doch«, sagte der junge Kommissar. »Möchten Sie etwas trinken?«

Nettelbeck schüttelte den Kopf und die beiden Männer nahmen Platz.

»Habt ihr schon einen Verdacht, wer das getan hat? Welches Schwein das war?«

»Nein. Wir verschaffen uns noch einen Überblick. Sie kennen das ja.«

»O ja. Zur Genüge.«

»Okay, Kollege, dann mal in der klassischen Listenabfolge: Wie nahe standen Sie Lotte Weiland?«

»Sehr nahe. Wir haben in den letzten Monaten sogar öfters über Kinder gesprochen. Wir waren uns nur nicht einig, wer zu wem zieht.«

»Echt? Frau Weilands Wohnung ist doch fast doppelt so groß wie Ihre. Ich bin selbst vor ein paar Monaten mit meiner Freundin zusammengezogen. Für uns war die Quadratmeterzahl letztendlich ausschlaggebend.«

»Stimmt schon, aber direkt hier vorm Haus habe ich meine erste Schlägerei gehabt und es dem Typen richtig gezeigt. Der war zwei Klassen über mir. Vor fünf Jahren ist er in Marseille erschossen worden. Drogengeschäfte. Antoine war schon ein Riesenarschloch, als wir noch mit kurzen Hosen rumgelaufen sind. Und an der Bushaltestelle hat mir Camille Dubouis meinen ersten Kuss gegeben. Sie soll jetzt in Paris für Jean Paul Gaultier arbeiten, habe ich kürzlich gehört. Als seine Assistentin, nicht als Model. Obwohl sie eine echte Schönheit war.«

»Erinnerungen, an denen man hängt, nehme ich an.«

»Genau, die wirft man nicht mal so eben über Bord.«

»Sie arbeiten in der Abteilung für Wirtschaftskriminalität, haben Sie mit Ihrer Freundin über die Arbeit gesprochen? Wussten Sie, womit der andere so beschäftigt war?«

»Hin und wieder haben wir mal ein paar Sätze gewechselt. Aber es gab eigentlich wenige Berührungspunkte. Lotte war ja in erster Linie mit Sicherheitsfragen beschäftigt, ich fast nur mit Insolvenz- und Bankrottdelikten, Kreditbetrug, Insiderhandel und so.«

»Hatte Ihre Freundin irgendwelche Feinde? Hat sie jemals eine Andeutung gemacht?«

»Nein. Da hätte ich sofort nachgehakt und sie so lange ausgequetscht, bis ich genauestens im Bilde gewesen wäre. Echt. Ansonsten …« Hoyer brach ab und Nettelbeck schaute ihn fragend an.

»Ja?«

Hoyer schluckte schwer, kämpfte offenbar gegen seine Trauer an. »Ich habe Lotte irgendwie als meine Frau gesehen, hätte sie auch gerne als meine Verlobte vorgestellt, bei Partys und so.« Der Kommissar lächelte traurig. »Aber da war sie dagegen, das fand sie zu altmodisch.«

»Warum könnte man sie getötet haben? Vermuten Sie irgendwas?«

»Keine Ahnung. Wirklich nicht. Ich tippe auf eine Verwechslung. Alles andere …« Hoyer traten Tränen in die Augen und er brach ab.

»Aber wer geht das Risiko ein, jemanden ausgerechnet in einem schwer gesicherten Regierungsgebäude zu ermorden?«

»Ich hoffe, dass Sie das möglichst schnell herausfinden. Wann immer ich Ihnen dabei helfen kann, Kollege, lassen Sie es mich wissen.«

Nettelbeck nickte.

*

Der Kriminaltechniker Achim Lebeck war seit sieben Wochen auf strenger Diät. Aus und vorbei mit palettenweise Energydrinks und nahrhaftem Fast Food. Nicht nur sein Hausarzt hatte ihn in die Mangel genommen, auch seine neue Freundin Hanna, die er bei der Piratenpartei kennengelernt hatte, trat ihm massiv auf die Füße. Fünfzehn Kilo müssten runter. Mindestens. Zwei davon hatte Lebeck schon geschafft. Kein Wunder, wenn man von morgens bis abends nur noch Gurkensmoothies trinkt und sich alle zwei Stunden eine Scheibe Knäckebrot gönnt. Mit hauchdünn geschnittenem Emmentaler light, Fettanteil dreißig Prozent. Aber immerhin hatte Achim Lebeck jetzt endlich – nach fünfjähriger Dürre – wieder Sex. Mit Hanna-Mäuschen, wie er sie im Schlafzimmerdunkel hin und wieder nennen durfte.

Ein Lächeln huschte über das Gesicht des Kriminaltechnikers und Täubner fragte sich, ob das Ausdruck der Freude war, weil Lebeck endlich den Mikrochip aus dem Telefon herausgefriemelt hatte. Das sollte für den Super-Techno-Guru des LKA doch eigentlich ein Kinderspiel sein.

»Alles klar, Achim?«

»Nein. Absolut nicht. Trink du mal den ganzen Tag Gurkensmoothies.«

»Würde ich nie.«

»Hast du ja auch nicht nötig, du abgelutschter Hering.«

Abgelutschter Hering! Aus welcher Mottenkiste hatte Lebeck denn den Ausdruck gefischt?

»Meine Frage zielte mehr auf den Chip.«

»Haben wir gleich.« Der Kriminaltechniker warf einen Blick auf seine Uhr. »Das schaffen wir in vier Minuten.«

»Was ist denn dann?«

»Meine Emmentalerpause.«

Sag jetzt nichts, Wilbert, lass dir bloß nichts anmerken.

»Na klar, verstehe.«

Lebeck hatte den Mikrochip in eine der zahllosen Apparaturen gesteckt, die auf seinem Arbeitstisch standen. Und deren Verwendungszwecke dem Kommissar völlig schleierhaft waren.

»Tja, das Ding hat den Geist aufgegeben.«

»Kannst du die Anrufe rekonstruieren?«

»Nein. Wurden alle zerstört.«

»Du meinst gelöscht?«

»Irgendwie. Entweder durch einen technischen Defekt oder durch Manipulation.«

»Das Ding sieht wie neu aus.«

»Da hat ja auch keiner mit dem Hammer draufgehauen. So ein Chip lässt sich allerdings durch Überspannung killen. In Sekunden. Pitsch – schon ist er tot.«

»Kannst du denn feststellen, ob er gezielt manipuliert wurde?«

»Keine Chance. Da stoßen selbst meine Fähigkeiten an ihre Grenzen. Aber ich könnte dir einen Gurkensmoothie anbieten. Interessiert?«

»Nett von dir, aber ich muss los. Und in dreißig Sekunden beginnt deine Emmentalerpause. Viel Spaß dabei.«

Der Kriminaltechniker lächelte gequält. Dann zwang er sich, an Hanna-Mäuschen zu denken und … Schon ging es ihm erheblich besser.

*

Es war bislang noch nicht vorgekommen, dass Kriminalrätin Koschke mit der Angestellten im Ermittlungsdienst Eisenstein ein längeres Gespräch geführt hatte. Aber als diese in der Kantine mit ihrem Essenstablett an ihren Tisch trat und freundlich fragte, ob sie sich setzen dürfte, konnte sie ja schlecht ablehnen. Obwohl noch mindestens zehn Tische frei waren und die Kriminalrätin im Moment gar kein Ohr für anderer Leute Sorgen hatte. Sie kam ja nicht mal mit ihren eigenen zurecht. Aber das gehörte leider auch zu ihrem Job.

Also ergriff sie die Initiative, ehe die junge Frau groß um den heißen Brei herumreden musste, und fragte, was sie auf dem Herzen hätte.

»Es ist nicht ganz einfach. Es geht um meinen Freund. Um Wilbert Täubner.«

Einen Moment war Kriminalrätin Koschke sprachlos. Sollte sie etwa Liebestipps geben? Ausgerechnet sie? Wo sie gerade schmerzhaft erfahren musste, auf was für tönernen Füßen ihre Ehe stand?

»Na ja, um mich natürlich auch. Ich überlege, mein Studium in Bochum fortzusetzen, die haben einen Masterstudiengang für Kriminologie und Polizeiwissenschaft.«

»Als einzige Uni in Deutschland bislang«, lächelte Koschke, rettete sich auf vertrautes Terrain. »Das ist eine echte Chance, Frau Eisenstein, da können Sie nichts falsch machen. Um die Bochumer Absolventen reißen sich die Landeskriminalämter nur so.«

»Ich weiß. Theoretisch besteht doch die Möglichkeit, dass Wilbert sich zur Polizei nach Nordrhein-Westfalen versetzen lässt. Haben Sie eine Ahnung, wie schnell so etwas geht und ob er dafür infrage käme?«

Das war es also, dachte Koschke, junges Glück, das sich nicht trennen will. Im Gegensatz zu altem Glück … das vielleicht bald vom Krebs brutal getrennt werden wird.

»Eine Fernbeziehung kommt für Sie nicht infrage? Das machen doch viele Paare heutzutage.«

»Wir sind beide Workaholics, regelmäßige gegenseitige Besuche kriegen wir garantiert nicht hin. Das übersteht unsere Beziehung nicht lange.«

»Natürlich kann sich Herr Täubner nach NRW versetzen lassen. Am schnellsten ginge das, wenn er einen Kollegen findet, mit dem gleichen Dienstgrad selbstverständlich, der seinerseits nach Berlin wechseln möchte.«

»Da gibt es im Internet wahrscheinlich entsprechende Portale, nehme ich an …«

»Ja, er wäre nicht der erste Kriminalbeamte, der diesen Weg geht. Das passiert eigentlich regelmäßig.«

Die Angestellte im Ermittlungsdienst lächelte. »Danke, Frau Koschke, Sie haben mir sehr geholfen.«

»Was meint denn Herr Täubner dazu?«

»Ich habe ihm noch nicht gesagt, dass er auch nach NRW umziehen soll. Das mache ich aber so bald wie möglich.«

Günther ist also nicht der Einzige, der solch gewichtige Dinge möglichst lange von seinem Partner geheim hält, dachte die Kriminalrätin. Vielleicht würde er ja doch noch von sich aus seine Krebserkrankung ansprechen. Hoffentlich.

*

Staatssekretär Norbert Füting hatte mit seinem Referenten eine Reihe von Briefen besprochen, in denen die Besuchsanfragen beim Bundestagspräsidenten beantwortet wurden. Positiv oder negativ. Je nach Wichtigkeit der Personen. Es war eine Routine, die er im zweiwöchentlichen Rhythmus erledigte. Der Staatssekretär fragte sich, ob er nicht doch den Vorfall vom gestrigen Tag ansprechen sollte. Maximilian Limbach schien ihn von sich aus nicht erwähnen zu wollen. Doch, dachte Füting, tu es, schaffe von Anfang an klare Verhältnisse. Dann wird deutlich, wo dein persönlicher Referent steht.

»Dr. Limbach, wegen dieser Sache gestern, mit der jungen Frau …«

Sein Referent sah ihn aufmerksam an, ohne jeden Argwohn. Das war schon mal ein gutes Zeichen.

»Ich hoffe nicht, dass Sie die Situation falsch aufgefasst haben. Die junge Frau macht hier im Haus ein Praktikum und ich habe ihr freundlicherweise ein wenig unter die Arme gegriffen. Sie zu drei, vier Empfängen mitgenommen, ein paar Leuten vorgestellt.«

»Das ist doch sehr nett, Herr Staatssekretär, gerade junge Leute müssen so früh wie möglich an die Politik herangeführt werden.«

»Das sehe ich genauso.« Füting lächelte erleichtert. »Aber diese junge Frau … wie soll ich sagen, sie hat das wohl irgendwie falsch aufgefasst, hat sich anscheinend Hoffnungen gemacht.«

»Sie meinen, die junge Frau und … Oha, das ist eine unangenehme Situation, die leicht kniffelig werden könnte.«

»Wie wahr. Deswegen möchte ich auch, dass Sie sie möglichst von mir fernhalten, verstehen Sie? Und zwar ohne dass es für sie Anlass ist, auf mich sauer zu werden.«

Limbach grinste verschwörerisch. »Kein Problem, Herr Staatssekretär, da können Sie sich ganz auf mich verlassen. Sie wird dieses Büro nicht mehr betreten.«

»Wunderbar, Dr. Limbach, dann danke ich Ihnen vielmals.«

»Nicht nötig, Herr Staatssekretär, ich helfe doch, wo ich kann.«

»Nein, nein, ich bin heilfroh, in unserer Partei einen jungen Mann gefunden zu haben, der auch im Sturme zu mir steht.

»Gerade im Sturme, Herr Staatssekretär. Gerade dann.«

*

Rico Hoyer stand mit Yasser Al-Shaker im Wohnzimmer und sie sahen zu, wie Luise Weiland draußen im Garten die Blumenbeete abschritt. Ganz so, als wolle sie Parzellen für eine Reihenhaussiedlung abstecken. Die alte Dame ging einige Schritte vorwärts, dann einige Schritte seitwärts.

»Sie möchte Lotte hier beisetzen.«

»Erlaubt das deutsche Gesetz nicht. Erd- und Feuerbestattungen außerhalb von Friedhöfen sind in Deutschland verboten. Wir haben Friedhofszwang.«

»Sie will es aber so.«

»Weil sie zu viel kifft. Kannst du den Wirkstoffgehalt des Öls nicht etwas reduzieren?«

»Das merkt sie doch sofort.«

»Probier es wenigstens. Solltest du ja wohl noch hinkriegen. Sonst schicke ich dir ein paar Helfer von unserer Drogenfahndung.«

»Schon gut, Herr Hoyer, ich werde es versuchen.«

Luise Weiland hatte ihre Vermessung des Gartens beendet und trat durch die Terrassentür ins Wohnzimmer. Der Kommissar ging zu ihr und nahm sie in die Arme.

»Es tut mir unendlich leid, Luise. Ich habe es erst vor anderthalb Stunden erfahren.«

»Lotte ist tot. Jetzt habe ich niemanden mehr.«

Hoyer nahm Luises Hände in seine. Er sprach leise, sodass Luise ihn ansehen musste.

»Du hast mich, Luise, ich bin immer für dich da.«

»Das ist lieb, Rico.«

»Lotte war meine große Liebe. Hätte ich es ihr doch nur öfter gesagt. Jetzt kann ich es nicht mehr.«

Die beiden schauten sich einen Moment an, den Tränen nah.

»Ich möchte Lotte bei mir im Garten beisetzen.«

»Das ist eine schöne Idee«, sagte der Kommissar und lächelte sanft. »Wir müssen aber bei der Stadt einen Antrag stellen. Bestattungen auf Privatgrundstücken werden nur selten erlaubt.«

»Ich möchte es trotzdem.«

»Und ich werde dich dabei unterstützen. Das verspreche ich.«

Die alte Dame nickte dankbar.

Der Kommissar tat so, als würde er den Hanfgeruch erst jetzt bemerken und schnüffelte demonstrativ.

Yasser Al-Shaker verzog angewidert das Gesicht – was für ein Heuchler!

»Es ist rein medizinisch, Rico. Das weißt du doch.«

»Tritt trotzdem ein bisschen kürzer. Ich möchte nicht, dass du dich überanstrengst in dieser schwierigen Zeit.«

»Nicht mit meiner Medizin. Ganz im Gegenteil, die hilft mir.«

»Na gut. Yasser, du passt auf sie auf, ja? Und das meine ich ernst.«

Der Syrer nickte. Mit zusammengebissenen Zähnen.

»Hat die Polizei schon mit dir gesprochen?«, erkundigte sich Hoyer bei Luise.

»Ja, gestern.«

»Und konntest du irgendwie helfen? Hatte Lotte dir eigentlich gesagt, ob sie in letzter Zeit irgendwelche Probleme im Job hatte?«

»Nein. Sie hat mit mir doch nie über die Arbeit gesprochen. Höchstens mal über ihr Schießtraining. Über alles andere müssest du wesentlich mehr wissen.«

»Mir hat sie auch nichts gesagt. Welchen Eindruck hat denn der Kommissar auf dich gemacht? Schien er tüchtig zu sein?«

»Ich weiß nicht. Er wirkte etwas teilnahmslos.«

»War das der Nettelbeck? Martin Nettelbeck? Der war

nämlich heute bei mir, um die Nachricht von Lottes Tod zu überbringen.«

»Nettelbeck, ja so hieß er.«

»Er hat nicht gerade den besten Ruf, der Kollege.«

Durch Luise Weiland ging ein Ruck, sie griff mit beiden Händen nach Hoyers Revers. »Wie meinst du das?«

»Na ja, dass Nettelbeck der geeignete Mann ist, um Lottes Mörder zu finden, bezweifle ich stark.«

»Rico, du musst mich über die Ermittlungen auf dem Laufenden halten. Ich will, dass der Mörder geschnappt wird. Das sind wir beide Lotte schuldig.«

»Ich weiß, Luise, verlass dich auf mich. Ich bleibe an Nettelbeck dran. Lottes Tod wird nicht ungesühnt bleiben.«

Die alte Dame griff ihrerseits nach den Händen des Kommissars. »Ich werde mich erkenntlich zeigen, Rico.«

»Das brauchst du nicht. Ich mache es für Lotte. Wenn du wüsstest, wie sehr ich deine Enkelin geliebt habe.«

Luise Weiland blinzelte und Rico Hoyer führte seine Hand zu den Augen, um ein paar imaginäre Tränen zu entfernen.

Yasser Al-Shaker betrachtete die Situation fassungslos, konnte seinen Ekel kaum noch beherrschen. Mörderische Gedanken überschlugen sich in seinem Kopf, die er nicht einmal seinem besten Freund anvertraut hätte. Doch so jemanden besaß er seit seiner Flucht nach Europa nicht mehr.

*

Als Nettelbeck sein Büro betrat, sah Täubner gerade die Verbindungsnachweise für Lotte Weilands Smartphone und ihren Festnetzanschluss durch, die ihm vor ein paar Minuten von ihrem Provider gemailt worden waren.

»Lotte Weiland hat ihr Handy um 7:45 Uhr ausgeschaltet. Die letzte Aktivität war ein Anruf um 7:33 Uhr in ihrer Dienststelle.«

»Und das Festnetz …?«

Täubner zeigte Nettelbeck den zweiten Verbindungsnachweis. »Rico Hoyer hat gestern zwölfmal bei Lotte Weiland zu Hause angerufen. Der Länge nach zu urteilen, müsste er ihr davon wenigsten dreimal auf den AB gesprochen haben.«

»Ich habe ihn gefragt, ob er gestern noch mit seiner Freundin telefoniert hat. Er hat lediglich erwähnt, dass er es tagsüber mehrmals bei ihrer Handynummer versucht hat.«

»Meinst du, dass Hoyer die Festnetzanrufe bewusst unterschlagen hat?«

»Er hat sie jedenfalls nicht erwähnt. Und zwölf Anrufe einfach zu vergessen …«

»Als hätte er geahnt, was bei der Kriminaltechnik herauskommt …«

»Wieso? Was meinte Lebeck denn?«

»Es sei durchaus möglich, dass der Mikrochip durch ein technisches Versagen gelöscht wurde. Aber er kann genauso gut manipuliert worden sein, zum Beispiel durch Überspannung. Dazu gehört allerdings etwas technisches Know-how.«

»Das würde ich Hoyer zutrauen. Ein Typ, der alle Jahrgänge der *YPS*-Hefte gesammelt hat …«

»Was ist das denn?«

»Ein Comicreihe aus meiner Jugend. In den Heften waren auch immer Bastelanleitungen abgedruckt. Um den jugendlichen Forscher- und Erfindergeist anzustacheln.«

»Verstehe, ein echter Profi. Dann steht die Wette fünfzig zu fünfzig.«

*

Maximilian Limbach und Annika Petzold hatten in der Kantine des Paul-Löbe-Hauses wieder denselben Tisch ergattert. Und beide hatten auch dasselbe Menü gewählt. Die Nummer zwei. Hähnchenbrustfilet an Rosa-Pfeffer-Soße mit Wokgemüse und Reis.

»Gefällt es dir im Parlamentsarchiv eigentlich besser als im erweiterten Stab des Bundestagspräsidenten?«

»Intellektuell ist das auch nicht gerade die Offenbarung. Ich habe schon nach zwei Tagen angefangen, mich zu langweilen.«

»Du musst dir eben deine eigenen Ziele stecken. Die Abläufe rational durchdringen, die Schwachpunkte aufspüren und alles systematisch neu aufbauen. Auch wenn sich kein Schwein bei denen dafür interessiert. Aber du hast dann wenigstens was von der Zeit dort gehabt. So mache ich das immer.«

»Ich habe schon am ersten Nachmittag begonnen, das ganze System neu zu ordnen. Die Archivvernetzung hat eindeutig logische Defizite. Die ganzen Protokolle, Akten, das Bildmaterial von den Plenar- und Ausschusssitzungen beziehen sich als Ordnungsfaktor immer auf ein einzelnes Gesetz.«

»Oh … Ziemlich schwache Nummer.«

»Mach mal einer Frau-Doktor-Zweiter-Bildungsweg klar, dass sie mit ihrem Wissen höchstens das Lebensmittellager einer Dönerbude organisieren kann. Völlig sinnlos.«

»Vielleicht solltest du ins Bundeskanzleramt wechseln. Da soll es lauter Geistesgrößen geben.«

Annika Petzold schaute Maximilian Limbach zweifelnd an, der sich um einen besonders ernsten Gesichtsausdruck bemühte.

»Ein kleiner harmloser Scherz, Annika.« Dann prustete er los und die Praktikantin stimmte mit ein.

»Es ist gut, dass wir uns wieder getroffen haben. Du hattest gestern vergessen, mir deine Smartphonenummer zu geben.«

»Nicht vergessen …«

»Sondern?«

»Ich steh nicht so auf simsen. Hab da gerade einschlägige Erfahrungen gemacht.«

»Solchen Schweinkram kriegst du von mir nicht. Das würde ich nie tun.«

»Versprochen?«

Limbach nickte.

»Okay.« Die Praktikantin schob ihr Smartphone neben das des Referenten und sandte ihm per Bluetooth ihre Kontaktdaten.

»Aber keine fiesen SMS, Max.«

»Nur nette.«

»Die sind okay. Die mag ich.«

»Annika, ich bin ja neu in Berlin, könntest du mir nicht mal ein paar nette Lokale zeigen? Im Prenzlauer Berg oder so.«

»Eventuell ginge das.«

»Und wann?«

»Ich muss mal schauen, wie es bei mir nächste Woche aussieht.«

»So lange soll ich warten?«

»Wann dachtest du denn?«

»Wie wäre es mit heute Abend?

»Du gehst aber ran.«

»Man ist nur einmal jung. Alte Mensaweisheit.«

»Okay, aber nur weil wir im gleichen Verein sind.«

»Dann hat sich meine Mitgliedschaft ja endlich mal gelohnt.« Maximilian Limbach strahlte Annika Petzold an und sie strahlte ebenso zurück. Und ein Leuchten erhellte die

Kantine, als wäre gerade über den Spätzle, den Bandnudeln und den Petersilienkartoffeln die Sonne aufgegangen.

*

Die Abteilung SG – Sicherungsgruppe des Bundeskriminalamtes war auf einem alten Kasernengelände am Treptower Park untergebracht. Hohe Schutzzäune begrenzten das Areal, auf den Flachdächern waren Rollen mit NATO-Draht angebracht, überall sah man Überwachungskameras. Die Absperrvorrichtungen signalisierten glasklar: Sicherheit ist unser Job.

Nettelbeck und Täubner passierten mit ihrem Dienstwagen die Kontrolle und parkten dann vor einem sechsstöckigen Neubau, in dem die Beamten der Sicherungsgruppe ihre Räume hatten. Dort standen bereits einige oberklassige Audis, die sondergeschützten Fahrzeuge des Personenschutzkommandos.

Kriminaloberrat Dirk Venske, der Leiter der Abteilung SG, bot Nettelbeck und Täubner als Erstes einen Kaffee an. Und zwar Kaffee in einer Qualität, die sie noch in keiner polizeilichen Einrichtung erhalten hatten. Schon gar nicht in Berlin. Dann stellte er eine Schale mit belgischen Pralinés auf den Besprechungstisch.

»Heute Morgen in Brüssel gekauft. Höchstpersönlich. Der Chocolatier hat mir versichert, dass er sie erst gestern hergestellt hat. Greifen Sie zu, dürfen alle werden. Ich kaufe die Dinger immer pfundweise.«

Was man ihm auch ansah, dachte Nettelbeck. Für einen Polizeibeamten war der Leiter der Abteilung SG ausgesprochen korpulent, es ging bei ihm schon ins krankhaft Fettleibige. Als einfacher Kriminalkommissar hätten ihn seine

Vorgesetzten längst in einen Fitness- und Ernährungskurs gemobbt, speziell für übergewichtige Polizisten. Was man sich bei einem Kriminaloberrat wohl nicht traute.

Nettelbeck und Täubner nahmen sich jeweils ein Praliné und lobten es pflichtbewusst.

»Schreckliche Sache, das mit Frau Weiland. Sie war eine gute Beamtin, hat sich hervorragend in unser Team eingefügt. Verlässlich, emotional belastbar, mit exzellenten Umgangsformen. Wie ich mir meine Personenschützer wünsche.«

»Sind solche Leute schwer zu bekommen?«, fragte Nettelbeck.

»Tja, nicht jeder eignet sich dafür. Die Kollegen müssen sehr gut schießen können und in allen Situationen schnell und vor allem angemessen reagieren. Meine Leute sind ja nicht nur als Leibwächter tätig. Sie fahren unsere Sonderfahrzeuge, was auch nicht jeder kann, müssen bei einem Notfall als Sanitäter die Erstversorgung übernehmen und dann gibt es ja auch noch die persönliche Komponente.«

»Der ständige Kontakt mit nicht immer ganz einfachen Polit-VIPs?«, warf Täubner ein.

»Beschützen, bergen und evakuieren, das ist unser Motto.« Venske schob Täubner den Pralinenteller hin. »Aber Menschen rund um die Uhr vor etwaigen Anschlägen zu schützen und gleichzeitig möglichst viel Bürgernähe zuzulassen, damit sind manche Polizisten schlichtweg überfordert.«

»Wie viele Beamte Sie im Einsatz haben, können Sie uns wahrscheinlich nicht sagen, oder?«, fragte Täubner und stopfte sich einen Marc-de-Champagne-Trüffel in den Mund.

Der Kriminaloberrat lächelte und griff seinerseits nach einem kakaobestäubten Praliné.

Nougat-Trüffel, dachte Nettelbeck, obwohl er sich nicht ganz sicher war. Dafür war er aber auch erheblich schlanker als der gewichtige Kollege.

»Leider nicht. Aber Sie können sich vorstellen, dass das von dem Ressort des Politikers abhängig ist. Und durch Schichtdienst, Einsätze im In- und Ausland kommt da schon einiges an Personal zusammen.«

»Das Ministerium für Raumordnung und Städtebau ist ja nicht gerade das bedeutendste ...«

»Vertun Sie sich nicht, Kollegen. Frau Breuer-Gebler muss ständig ziemlich wichtige Entscheidungen treffen. Auch wenn sie von uns vielleicht nicht an jedem Ort bewacht wird und in ihrem Urlaub keiner meiner Leute ständig vor dem Hotelzimmer sitzt und ihren Schlaf bewacht. Sie ist trotzdem eine wichtige Schutzperson. So viel darf ich wohl verraten.«

»Wir würden gerne mit den Kollegen sprechen, die mit Lotte Weiland Dienst hatten. Sie waren gestern etwas, sagen wir mal, zurückhaltend.«

Der Leiter der Abteilung SG lächelte. »Prinzip des Hauses.« Er zeigte mit dem Finger zur Decke. »Anordnung von ganz weit oben. Aber fragen Sie meine Leute, was Sie wollen. Zur Not kann ich ja immer noch einschreiten.«

»So machen wir es.«

»Gut.« Kriminaloberrat Venske drückte einen Knopf auf seiner Gegensprechanlage. »Frau Blessing, schicken Sie bitte die Kollegen Spindler, Frings und Runge herein.«

Kurz darauf betraten eine Frau und zwei Männer den Raum. Durchtrainierte, hellwache Beamte, alle noch in ihren Zwanzigern. Die Anwesenden machten sich miteinander bekannt und Nettelbeck bat die drei, ihm den Ablauf des gestrigen Morgens zu schildern.

Demnach hatten sie zu viert die Ministerin Ingrid Breuer-Gebler in den Reichstag begleitet. Lotte Weiland habe sich während der Fahrt im Wagen der Ministerin aufgehalten, zusammen mit Thomas Runge. Als Erstes war ein Fototermin des gesamten Kabinetts vorgesehen, an dem auch die Ministerin teilnehmen sollte. Etwa eine Viertelstunde vor dem angesetzten Zeitpunkt nahm Lotte Weiland ihre Kollegin Miriam Spindler beiseite und klagte über starke Menstruationsbeschwerden. Sie hielt es nicht mehr aus, wollte sich bei der Parlamentsärztin ein Medikament besorgen. Da klar war, dass die Ministerin sich nach dem Fotoshooting für mehrere Stunden im Plenarsaal aufhalten würde, schien das vertretbar. Sicherheitshalber rief Lotte Weiland noch in ihrem Dienstsitz am Treptower Park an, um sich ihre kurze Abwesenheit absegnen zu lassen. Von ihrem Vorgesetzten erhielt sie das Okay.

Nettelbeck fragte die drei Personenschützer, ob jemand von ihnen eine Idee habe, warum Lotte Weiland ins Paul-Löbe-Haus gegangen war. Hatte sie vorher irgendeine Bemerkung fallen lassen? Die Beamten mussten passen. Von ihnen war beruflich jedenfalls noch keiner im Paul-Löbe-Haus gewesen, dafür hatte es nie eine Veranlassung gegeben. Das Ministerium für Raumordnung und Städtebau befand sich in der Stresemannstraße, dort ging Frau Breuer-Gebler in erster Linie ihrer Arbeit nach. Ansonsten fuhr sie relativ regelmäßig in den Bundestag und hin und wieder ins Kanzleramt.

*

Im Keller musste Luise Weiland erst einige Kartons mit alten Sachen beiseiteräumen, ehe sie an den Waffenschrank kam. Nachdem sie ihrer Ehe zuliebe das Sportschießen aufgegeben hatte, war sie nur noch einmal an den Schrank gegangen: um für Lotte eine Pistole herauszuholen, als Geschenk anlässlich ihrer bestandenen Polizeiprüfung. Es war eine Walther GSP gewesen, ihre Lieblingswaffe.

Die Türen ließen sich etwas schwer öffnen, aber das war nach über dreißig Jahren ja kein Wunder. Sie betrachtete die Schachteln und Päckchen mit ihren alten Sportgeräten wehmütig. Alle Pistolen hatte sie damals sorgfältig eingeölt und verpackt. Luise Weiland nahm eine Schachtel mit einer Walther GSP heraus und dazu ein Päckchen Munition.

Die alte Dame ging zu einer Werkbank und öffnete die Schachtel. Vor ihr lag die Waffe, in ein dickes Tuch eingewickelt. In einem zweiten Tuch befand sich das Magazin. Sie brauchte ein halbe Ewigkeit, um das ganze Waffenöl zu entfernen, so gründlich und sorgfältig ging sie dabei vor. Schließlich war sie zufrieden. Genau so hatte sie die Pistole in Erinnerung gehabt, die drei Jahrzehnte hatten keinerlei Spuren hinterlassen.

Sie nahm das Magazin und bestückte es mit der .22 lfB-Munition. Zehn Patronen insgesamt. Luise Weiland steckte das Magazin in den Schaft und wog die Waffe in der Hand. Es war ein gutes Gefühl. Ein sehr gutes sogar, nach so langer Zeit.

Yasser Al-Shaker kam aus dem Anzuchtlabor nebenan, sah seine Chefin mit der Pistole und starrte sie an. »Was machen Sie da, Frau Weiland?«

»Ich schwelge in Erinnerungen …«

»Wie darf ich das verstehen?«

»Ich denke gerade an die vielen Reisen, die ich mit meinem Mann unternommen habe. Zu wunderbaren Orten, an denen er sich mit anderen gemessen hat. Und an viele vergangene Siege.«

»War Ihr Mann Jäger?«

»Sportschütze. Ein ganz passabler.«

»Und Sie? Haben Sie …«

»Ich konnte auch schießen«, unterbrach ihn die alte Dame. »Ziemlich gut sogar. Ich habe einen Preis nach dem anderen gewonnen. Bestimmt zehnmal so viele wie mein verstorbener Mann.«

»Ich würde Sie gerne mal schießen sehen.«

Luise Weiland holte zwei altmodische Gehörschutze aus dem Waffenschrank, reichte einen dem Syrer. Dann ging sie zum Ende des Ganges, an dem die Kellerräume lagen. Sie zog einen Vorhang auf, hinter dem sich ein Schießstand verbarg. Die Zielscheibe war zwar ziemlich verstaubt, hatte aber keine Einschusslöcher.

»Ist mir noch nie aufgefallen, dass sie hier einen Schießstand haben, Frau Weiland!«

»Mitkommen.«

Luise Weiland ging ans andere Ende des Ganges und achtete darauf, dass Yasser Al-Shaker zwei Meter hinter ihr Stellung bezog.

»Aufsetzen.«

Beide stülpten den Gehörschutz über.

Die alte Dame nahm mit beiden Händen ihre Walther GSP hoch, atmete gleichmäßig und ruhig. Dann zielte sie und gab in rascher Folge zehn Schüsse ab. Sie ließ die Pistole sinken und ging die zwanzig Meter zu ihrem Ziel, wo sie sorgfältig die Einschusslöcher untersuchte. Alle zehn Patronen waren im Scheibenspiegel eingeschlagen.

»Eine im Ring eins, drei im Ring drei, zwei in Ring sechs, eine in Ring sieben, zwei in Ring acht, eine in Ring neun. Wenigstens eine ging ins Schwarze.«

»Wann haben Sie das letzte Mal geschossen?«

»Vor einunddreißig Jahren, schätze ich mal.«

»Wahnsinn.«

»Du hättest mich früher sehen müssen. Da traf ich von hundert Schüssen neunundneunzigmal ins Schwarze.«

»Frau Weiland, wenn Sie nach dieser langen Zeit noch so gut treffen, dann … dann sind Sie ein Phänomen!«

»Schießen verlernt man nicht. Außerdem liegt das in unserer Familie. Und für den Rest ist deine Medizin verantwortlich.«

»Sie müssen unbedingt wieder üben. Es wäre jammerschade, wenn Sie so ein Talent nicht nutzen.«

Die alte Dame zuckte mit den Schultern. »Und wofür?«

Sie ging zurück an die Werkbank und begann, die Walther GSP zu reinigen. Um ihre Mundwinkel spielte dabei ein winziges melancholisches Lächeln, das Yasser Al-Shaker jedoch nicht entging.

*

Während Nettelbeck den BMW durch Moabit steuerte, rief Täubner im Reichstag an. Er bat Alexander Zylka, mit der Parlamentsärztin abzuklären, ob Lotte Weiland am Montagmorgen ihre Praxis aufgesucht habe. Der Bundestagspolizist antwortete ihm, dass er sich erkundigen und spätestens in einer Stunde zurückmelden werde.

*

Katharina Sprengel hatte sich ziemlich verändert, seit Martin Nettelbeck sie vor etwa vier Monaten das letzte Mal gesehen hatte. Da war der Kommissar in die Gerichtsmedizin gekommen, um mit seiner Exfreundin einige Fragen bezüglich einer unbekannten Wasserleiche aus dem Landwehrkanal zu klären. Mit ihrer langen, roten Mähne war Katharina noch immer eine Augenweide, aber sie hatte in der Zwischenzeit einiges an Gewicht zugelegt. Was trotz ihres Arztkittels deutlich zu sehen war. Die Gerichtsmedizinerin war schwanger. Mindestens im fünften Monat, Nettelbecks laienhafter Meinung nach.

Sie begrüßte ihn mit einem strahlenden Lächeln und er zeigte schmunzelnd auf ihren Bauch.

»Junge oder Mädchen?«

»Keine Ahnung. Wir lassen uns überraschen.«

»Schön. Und herzlichen Glückwunsch.«

Der Kommissar hatte vorgehabt, Katharina selbst mit einer Neuigkeit zu überraschen. Wollte ihr erzählen, dass er seit wenigen Wochen eine eigene Familie hatte, jetzt mit Philomena und ihren Kindern zusammenlebte. Doch angesichts Katharinas Schwangerschaft unterließ er es. Es hätte irgendwie ihre Freude und ihren Stolz getrübt und vielleicht so gewirkt, als wolle Nettelbeck sie übertrumpfen.

»Was kannst du uns zu Lotte Weiland sagen?«, fragte er stattdessen.

»Sie wurde mit einem Handkantenschlag getötet. Der traf sie direkt auf den Kehlkopf.«

Die Gerichtsmedizinerin führte die beiden Kommissare durch eine Tür in den Raum, an dessen Wänden reihenweise Kühlfächer übereinander angebracht waren. Es stank streng nach Chemikalien, die Luft war eisig kalt. Katharina Sprengel schaltete zusätzliche Deckenfluter an und das grelle Licht spiegelte sich auf den Edelstahlflächen. Sie zog eines der Kühlfächer zu voller Länge heraus. Darin lag der Leichnam von Lotte Weiland. Seitlich des offenen Kehlkopfbereiches waren blutige, rillenförmige Spuren zu erkennen.

»War sie sofort tot?«, fragte Täubner.

»Nein. Eine Verletzung des Kehlkopfs von außen kommt in der Regel durch Gewalteinwirkung zustande. Wenn der Kehlkopf zum Beispiel bei einem Verkehrsunfall an den Fahrradlenker knallt. Oder bei einem Gewaltangriff, sei es durch Strangulation oder per Handkantenschlag.«

»Strangulation schließt du aus?«

»Dafür fehlen die typischen Würgemale. Aber noch mal

zu Herrn Täubners Frage. Eine Kehlkopfverletzung führt in der Regel nicht sofort zum Tod. Durch das Anschwellen des verwundeten Kehlkopfs wird der Luftweg im Halsbereich jedoch extrem verengt. Und falls dann nicht schnell Hilfe kommt, erstickt die Person.«

»War das so bei der Kollegin?«

»Hier ist der Fall etwas komplizierter. Der Kehlkopf wurde komplett von der Luftröhre abgerissen. Dafür muss eine von vorne kommende Kraft massiv auf den überstreckten Hals einwirken.«

»Lotte Weiland war in Nahkampftechniken ausgebildet. Sie wurde darauf gedrillt, in Stresssituationen blitzschnell zu reagieren. Ihre Verletzung war wohl kaum das Resultat einer Kneipenschlägerei.«

»Das denke ich auch.«

»Nachdem sie schwer verletzt am Boden lag, hat der Täter so lange auf ihren Hals getreten, bis sie starb. Dem Sohlenprofil und der Schuhgröße nach zu schließen, war es vermutlich ein Mann.«

»Durch Zufall landet man so einen Schlag nicht.« Täubner schüttelte den Kopf. »Der Täter muss gewusst haben, wie er einen tödlichen Schlag platzieren muss.«

Die Gerichtsmedizinerin nickte. »Es sieht wie eine professionelle Arbeit aus.« Dann schob sie das Kühlfach wieder zu.

*

Yasser Al-Shaker trug einen eleganten Anzug, den ihm Luise Weiland zur Übernahme der Chauffeurstätigkeit gekauft hatte. Sie hatte ihn persönlich ins KaDeWe begleitet und beraten. Nach einigem Geplänkel, Yasser wollte einen Anzug im italienischen Schnitt, während seiner Chefin etwas britisch-zeitloses in Tweed vorschwebte, versteifte er sich auf ein billiges, grün schimmerndes Exemplar aus dem Sales-Bereich. Ziemlich clever, wie er fand, denn Luise Weiland lenkte daraufhin ein. Das war ihr eindeutig zu viel Hässlichkeit. Und so besaß Yasser jetzt ein Ermenegildo-Zegna-Modell aus dunkelblauem Wolle-Kaschmir-Gemisch. Er sah darin hinreißend aus. So die Meinung aller drei Frauen im Haus. Sowohl der Chefin als auch des Dienstpersonals.

Der Syrer saß am Steuer des 420 Daimler Sovereign und fuhr auf der Hamburger Chaussee in Richtung Nauen. Der Wagen war zwar schon sechsundvierzig Jahre alt, aber äußerst gepflegt. Ein weinroter Oldtimer mit hellbraunem Leder, natürlich rechts gelenkt. Das Fahrzeug eines Lords. Oder eines Scheichs. Egal, es passte jedenfalls perfekt zu Yassers Anzug.

Luise Weiland saß auf der Rückbank und versuchte, sich mit der E-Zigarette vertraut zu machen, die er ihr zu ihrem letzten Geburtstag geschenkt hatte. Seitdem hatte sie unberührt auf ihrem Schreibtisch gelegen. Yasser fand, dass das eine echte Alternative zu dem Monstrum von Vaporizer war, vor allem bei Ausflugsfahrten wie heute. Denn es stellte ihn immer wieder vor Probleme, wenn sie unterwegs nach ihrem Haschischöl verlangte.

»Im Grunde funktioniert sie wie Ihr anderes Gerät. Bei einer E-Zigarette müssen Sie Ihre Medizin eben direkt inhalieren.«

»Ist das nicht schädlich?«

»Ist genauso gut oder schlecht wie mit einem Vaporizer. Das Ding hat mit einer normalen Zigarette so gut wie nichts zu tun. Enthält ja auch nichts Schädliches wie Tabak oder so. Nur reines Haschischöl.«

»Und ich brauche nur daran zu ziehen?«

»Genau, dann wird das Öl in Dampf verwandelt. Ist kinderleicht.«

»Aber das muss doch heiß werden, wenn meine Medizin verdampft. Ich will mich auf keinen Fall verbrennen.«

»Das kann nicht passieren. Ist technisch ausgeschlossen.«

»Dann sollte ich es vielleicht doch einmal ausprobieren.«

»Unbedingt, Frau Weiland.«

Yasser Al-Shaker bog nach rechts ab und sie fuhren an dem ehemaligen Olympischen Dorf von 1936 vorbei, das Großteils noch immer unrenoviert war und vor sich hingammelte. Um Vandalismus vorzubeugen, war das ganze Areal abgesperrt worden.

Aber vier Kilometer weiter hatte Yasser bei ihrer letzten ›Fahrt ins Blaue‹, wie Luise Weiland sich auszudrücken pflegte, eine verlassene LPG-Anlage entdeckt. Das ideale Übungsgelände.

Der Syrer blickte in den Rückspiegel und sah, wie seine Chefin vorsichtig an der E-Zigarette zog. Sie stand ihr wirklich gut. Es war goldrichtig gewesen, dass er sich für das teure, aber äußerst elegante Modell *Sphinx* entschieden hatte. Mit den damenhaften Ziselierungen. *Sphinx* war wie für Luise Weiland geschaffen.

*

Nettelbeck parkte gerade den Dienstwagen im Hof des LKA-Gebäudes Keithstraße, als Polizeiobermeister Zylka zurückrief. Lotte Weiland war am Montagmorgen nicht in der Praxis erschienen. Zylka hatte sowohl mit der Bundestagsärztin als auch mit ihren vier Angestellten gesprochen. Und ihnen allen Lotte Weilands Foto vorgelegt. Erfolglos. Nettelbeck bedankte sich und beendete das Telefonat.

Am Hintereingang des LKA kam den beiden Kommissaren Irina Eisenstein entgegen.

»Machst du schon Feierabend?«, fragte Täubner.

»Ich habe gleich einen Arzttermin.« Irina trat zum Fahrradständer und schloss ihr Rad auf.

»Bist du krank?«

»Nein, Wilbert. Und auch nicht schwanger. Keine Panik.«

Nettelbeck wollte im LKA-Gebäude verschwinden, doch die Angestellte im Ermittlungsdienst hielt ihn zurück.

»Martin, ich habe den Namen Rico Hoyer schon einmal gehört.«

»Und in welchem Zusammenhang? Dienstlich?«

»Eine Kollegin hat vor einiger Zeit von einem Kommissar Hoyer geschwärmt. Irgendwann im Frühsommer war das.«

»Und was sagte sie über den Kollegen?«

»Nur Gutes. Sie hatte oder hat mit Rico Hoyer eine Affäre. Er verfüge angeblich über die ideale Mischung an Maskulinität: heißblütig und kaltblütig zugleich.«

»Echt?«

»Schau mich nicht so an, Wilbert, das waren ihre Worte, nicht meine.«

»Hast du den Namen der Kollegin?«, fragte Nettelbeck.

»Schau in deine Mailbox.« Irina stieg auf ihr Fahrrad. »Schönen Tag noch.«

»Irina, Sekunde, können wir …«

»Ich muss los, sonst machen die gleich zu.«

Irina radelte davon und Täubner schaute ihr bekümmert nach.

Wenn das stimmte, dachte Nettelbeck, war Rico Hoyer doch wohl nicht so sehr in Lotte Weiland verliebt gewesen, wie er behauptet hatte.

»Ich werde den Kollegen Hoyer mal etwas genauer durchleuchten«, sagte Nettelbeck.

»Und wie willst du das machen?«

»Ich lasse mir von Roger einen Kontakt herstellen. Zum Leiter des Dezernats 34.«

»Rico Hoyers Chef?«, fragte Täubner.

»Richtig. Es gibt so viele Kollegen, die Roger noch einen Gefallen schulden. Vielleicht gehört der ja auch dazu.«

*

Nach dem Heimkommen musste Jutta Koschke sich gleich hinlegen, da sie seit dem Mittag wegen eines aus heiterem Himmel erschienenen grippalen Infekts kaum noch denken konnte. Sie hatte vorher noch in Günthers Büro angerufen, um ihn zu bitten, eine Packung Aspirin mitzubringen, da die Packung im häuslichen Arzneischrank leer war. Aber Günthers Kollege erklärte ihr, dass ihr Mann die Dienststelle gerade verlassen hatte.

Als sie eine Stunde später aufstand, duschte sie kurz und schaute dann in die Küche. Dort stand Günther am Esstisch und schnitt Stangenweißbrot auf. Im Backofen brutzelten zwei Forellen in der Folie.

»Mmh, riecht ja richtig lecker.«

Günther lächelte müde. »In zehn Minuten können wir essen.«

»Gut.« Jutta wartete, ob ihr Mann noch etwas sagen wollte, doch der ging zur Anrichte und holte zwei Zitronen. Dann drehte er seiner Frau den Rücken zu und schnitt die Früchte in Scheiben.

Die Kriminalrätin zog sich in den Flur zurück, um ihr Smartphone aufzuladen. Ihr Blick fiel auf Günthers Umhängetasche. Möglicherweise hatte er ja Kopfschmerztabletten in dem ganzen Zeug, das er immer mit sich herumschleppte. Als sie die Tasche öffnete, lag zuoberst eine Sig Sauer im Gürtelhalfter. Günthers Dienstwaffe. Die Kriminalrätin konnte sich nicht erinnern, dass er sie schon einmal mit nach Hause gebracht hatte. Warum also jetzt? Was hatte er vor?

Für Koschke gab es nur eine Erklärung. Günther spielte mit dem Gedanken an Suizid. Sein Lungenkrebs hatte offenbar ein fortgeschrittenes Stadium erreicht. Sie fragte sich, wie sie reagieren sollte. Denn reagieren musste sie.

Als Jutta Koschke etwas später mit ihrem Mann zu Abend aß, sprach sie ihn auf die Pistole an. Günther erklärte knapp, dass er nicht mehr die Zeit gefunden hatte, seine Waffe in der Dienststelle einzuschließen. Von einem Einsatz vor Maienwerder sei er direkt nach Hause gefahren.

Er lügt. Er lügt dich an. Warum? Den Einsatz hat es doch nie gegeben. Er war bei Dienstschluss in seinem Büro. Wie immer. Die Kriminalrätin überlegte kurz, ihn auf die Lüge anzusprechen. Aber sie zögerte. *Vielleicht sagt er doch die Wahrheit. Günther würde niemals Suizid begehen. So was würde er mir nicht antun. Warum lügt er dann?*

Anstatt Günther auf die Lüge anzusprechen, lobte sie seine Kochkünste. Ihr Mann reagierte nur mit einem kleinen Lächeln, war mit seinen Gedanken offensichtlich in einer anderen Welt. *Ich muss mit ihm reden, wie stelle ich es nur am besten an, ohne dass er durchdreht. Es muss doch einen Weg geben … Jutta, reiß dich zusammen. Als polizeiliche Führungskraft solltest du alle möglichen Wege kennen, um Menschen zum Sprechen zu bringen.* Doch sie kannte sie nicht. Und das wurde ihr gerade schmerzhaft bewusst.

*

Yasser Al-Shaker war sprachlos. Einfach irre – seine Chefin schoss fast so gut wie Calamity Jane. Ach was, erheblich besser als das US-Flintenweib. Inzwischen hatten bereits zwölf Munitionsschachteln daran glauben müssen. Und mit jeder Schachtel gelang es Luise Weiland, ihre Treffsicherheit zu steigern. Wie sie so dastand, beide Hände an der Walther

GSP, die dampfende E-Zigarette lässig im Mundwinkel und wie sie absolut cool drauflosballerte … Sagenhaft! Mittlerweile trafen acht von zehn Projektilen direkt ins Schwarze.

Luise Weiland drehte sich herum, ließ ihre Pistole sinken. »Willst du es auch mal probieren, Yasser?«

»Nicht ganz mein Ding«, grinste er. »Meine Waffe ist traditionell der Krummsäbel.«

»So was habe ich nicht. Wir könnten natürlich mal den Keller durchsuchen.«

»Bloß keine Umstände, Chefin. Und wie kommen Sie mit der E-Zigarette zurecht?«

»Sehr gut. Hat was. Könnte ich mich dran gewöhnen.«

»Sehen Sie, entscheidend ist allein die Medizin. Ob Pille, Zäpfchen oder E-Zigarette. Es kommt nur auf den Inhalt an.«

Die alte Dame nickte und schloss die Augen: *Welch schöne und wahre Worte.*

*

Martin Nettelbeck fand es ziemlich theatralisch, dass der stellvertretende Leiter des Dezernats 34 ausgerechnet den Viktoriapark in Kreuzberg als Treffpunkt vorgeschlagen hatte. Und dann auch noch das Nationaldenkmal für die Befreiungskriege, das an die Schlachten gegen Napoleon erinnern sollte. Warum nicht gleich das Völkerschlachtdenkmal in Leipzig oder das Deutsche Eck in Koblenz? Was sollte dies Geheimnistuerei? Seiner Meinung nach hätte es irgendein Café in der Nähe des LKA Tempelhof genauso getan. Der Kommissar machte sich jedenfalls auf das Schlimmste gefasst.

Es dämmerte bereits, als Nettelbeck die Stufen zu dem Plateau hinaufstieg, auf dem das gusseiserne Nationaldenkmal errichtet worden war. Es erinnerte entfernt an eine gotische Kirchturmspitze. Zwölf an dem Denkmal angebrachte Skulpturen diverser Genien symbolisierten ebenso viele Schlachten. Der Kommissar umrundete das Monument, doch außer ihm war niemand zu sehen. Er blieb vor einer Gedenktafel stehen und las die Inschrift:

Den Gefallenen zum Gedächtnis,
den Lebenden zur Anerkennung,
den künftigen Geschlechtern zur Nacheiferung.

»Zur Nacheiferung. Das gibt einem zu denken, nicht wahr?«

Nettelbeck drehte sich herum zu dem älteren Mann, der plötzlich wie aus dem Nichts hinter ihm aufgetaucht war.

»Herr Nettelbeck?«

Der Kommissar nickte, prüfte sein Gegenüber mit raschem Blick. Der Mann war etwa Ende fünfzig, trug Trenchcoat und Schirmmütze. Im Mund steckte eine Pfeife, unter einem buschigen grauen Schnauzbart. So sahen die Kommissare in den Krimis aus, die sein Vater verschlungen hatte, als Nettelbeck noch ein kleiner Junge gewesen war. Echt schräg, dachte er.

»Joachim Seifert, Dezernat 34. Ich würde vorschlagen, wir drehen eine Runde. Einverstanden?«

Nettelbeck nickte und sie stiegen die Stufen zum Park hinunter. Als sie die Rückseite des kleinen Berges erreichten, an dem ein künstlicher Wasserfall angelegt worden war, sprangen plötzlich Scheinwerfer an und illuminierten die Anlage eindrucksvoll.

»Ich liebe diesen Moment«, sagte Seifert. »Obwohl ich das sicher schon sechs-, siebenhundert Mal erlebt habe. Ich bin hier ganz in der Nähe aufgewachsen, in der Eylauer Straße. Kindheitserinnerungen sind etwas Wunderbares.«

»Die scheinen in Ihrem Dezernat ziemlich beliebt zu sein.«

»Wieso das?«

»Rico Hoyer hat mir etwas Ähnliches erzählt.«

»Der Rico ...«

»Lotte Weilands Freund.«

»Ach, die beiden waren richtig zusammen?«

»Wussten Sie das nicht?«

»Nein, ich habe die Kollegin einmal flüchtig kennengelernt. Ich mochte sie. Hoffentlich schnappt ihr das Schwein bald.«

»Was können Sie mir über Hoyer sagen?«

»Einiges. Aber das bleibt unter uns.«

»Klar.«

»Ich nehme Sie beim Wort, Nettelbeck. Wenn Roger mir nicht massiv auf die Füße getreten hätte, wäre ich nämlich nicht hier.« Joachim Seifert blieb stehen und setzte seine Pfeife, die ausgegangen war, erneut in Brand. Dann stieß er paffend ein Rauchwölkchen aus und schaute in die Ferne. Nachdenklich. Als wartete er auf eine kriminalistische Eingebung.

Der macht auf Maigret, dachte Nettelbeck, auf Maigret oder Nestor Burma. Was für ein Clown.

»Rico ist wahrscheinlich der ehrgeizigste Kollege in unserem Dezernat. Aber auch einer der besten. Wenn der sich in etwas verbeißt, lässt er nicht mehr los. Wie ein American Bulldog.«

»Haben Sie mal ein Beispiel?«

»Da gibt es viele. Nehmen wir den letzten Fall. Rico hatte vergangenen Herbst einen Informanten aufgetan, der uns Beweise für schwere Korruption liefern wollte. Darin sollte unter anderem ein Bundestagsabgeordneter verwickelt sein.«

»Und wie hieß der Mann?«

»Nils Janssen. Ein Hinterbänkler der SPD.«

»Nie gehört.«

»Wir auch nicht. Er gilt aber als sehr einflussreich. Janssen leitet den Ausschuss zur Klärung der Kosten für den Atomausstieg. Außerdem verdient er sich noch ein paar Cent als Anwalt dazu, ist Sozius in der Kanzlei Weinzierl, Janssen & Kierstein. Die gehören zu den wichtigsten Wirtschaftsanwälten in Berlin.«

»Was genau habt ihr Janssen vorgeworfen?«

»Abgeordnetenbestechung. Er soll angeblich mehreren MdBs hohe Geldsummen gegeben haben, damit sie dafür sorgen, dass das Kostenklärungsgesetz im Sinne der Energiewirtschaft ausfallen wird. Dahinter steckt vermutlich eine Lobbyorganisation namens EEC – European Energy Control.«

»Und wie weit seid ihr mit den Ermittlungen gekommen?«

»Hoyers Informant war ein ehemaliger Junganwalt bei Weinzierl, Janssen & Kierstein. Er wurde im letzten Jahr entlassen und kam auf die fulminante Idee, seinen Exarbeitgeber anzuschwärzen. Ich habe mehrmals mit ihm gesprochen, er schien mir ziemlich glaubwürdig. Der junge Mann war fest überzeugt, dass sich genügend Beweise für Janssens Bestechungen finden ließen. Und zwar in seinem Abgeordnetenbüro in Mitte.«

»Habt ihr versucht, seine Immunität aufheben zu lassen?«

»Dazu ist es zum Glück nicht gekommen. Das Ding ist uns schon vorher verreckt. Wir konnten gerade noch verhindern, dass es uns um die Ohren fliegt. Der Junganwalt hat nämlich plötzlich seine Aussage zurückgezogen und die Fliege gemacht. Da haben wir die Ermittlungen sofort eingestellt.«

Die beiden Männer hatten den Parkausgang Katzbachstraße erreicht und betraten den Bürgersteig.

»Und wie hat es der Kollege Hoyer aufgefasst?«

»Er war stinksauer, wollte mit aller Macht erzwingen, dass wir weiterermitteln. Das war natürlich völlig aussichtlos.«

»Hat Nils Janssen möglicherweise dafür gesorgt, dass Hoyers Informant verschwunden ist?«

»Findet unser Gespräch im LKA statt oder anderswo? Was soll's, ist jetzt sowieso egal. Mehr kann ich Ihnen leider nicht bieten. Grüßen Sie Roger von mir«, grinste Seifert und stieß eine dicke Rauchwolke aus, direkt in Nettelbecks Gesicht.

Nettelbeck hustete und hob abwehrend die Hand hoch, wedelte den Qualm weg. Als er sie sinken ließ, war der stellvertretende Chef des Dezernats 34 zwischen zwei geparkten Kleinlastwagen verschwunden.

Nettelbeck schüttelte den Kopf. Was für ein Clown. Immerhin ein Clown mit handfesten Informationen.

Aber die Zaubernummer, die hat er hier schon als Schüler abgezogen. Das weiß ich. Ich war schließlich selber mal jung.

*

Statt in Prenzlauer Berg einen draufzumachen, waren Annika Petzold und Maximilian Limbach in Charlottenburg auf die Piste gegangen. Mitte-West ist gerade ganz groß im Kommen, hatte Annika ihrem neuen Verehrer erzählt. Der war sowieso mit allem einverstanden, was sie vorschlug. Hauptsache, er durfte in ihrer Nähe sein. Diese Haltung fand die Praktikantin gut, richtig super.

Maximilian hatte Annika zu einem extrem angesagten Italiener am Ku'damm eingeladen. Und – Überraschung! – sie hatten sich beide wieder für das gleiche Gericht entschieden. Tagliatelle mit Gambas und Rucola. Anschließend hatten sie sich einen Dessertteller geteilt. Joghurtcreme mit Kakisoße, Mohntörtchen und Feige auf Zimtquark mit Honig. Danach spendierte Maximilian noch eine Flasche Champagner. Sie verstanden sich in jeder Beziehung perfekt, lachten in einer Tour, entdeckten unendlich viele Gemeinsamkeiten: Beide liebten sie die Musik von Helene Fischer, konnten sich über Mario Barth totlachen und Angelina Jolie war ihr favourite Hollywoodstar.

Annika schleppte Maximilian später noch in ein Nachtlokal, das ebenfalls extrem hip war. Auf dem Weg dorthin tauschten sie ihre ersten Küsse aus.

Die *Monkey Bar* lag in der zehnten Etage des Bikini-Hauses, an der Südseite des Zoologischen Gartens. Tagsüber hatte man von hier aus einen sensationellen Blick in das Affengehege, nachts gab es als Ersatz immerhin ein über der Theke platziertes Gorillaabbild. Das vermutlich Barkeeper und Gäste in Schach halten sollte, während draußen auf der Dachterrasse Neonlettern das Motto ›Life is beautiful‹ in den nächtlichen Himmel schickten. Und genau das war es auch. Beautiful. Das Life. Jedenfalls für Annika und Maximilian, die eine freie Couch am Panoramafenster ergattern konnten. Sie interessierten sich jedoch nicht sonderlich für das Affengehege, das sowieso im Dunkeln lag, und setzten lieber die Sache mit dem Küssen fort. In den Pausen besorgte Maximilian neue King-Kong-Cocktails.

Als der Referent zurückkam, checkte Annika auf ihrem Smartphone gerade ihre Nachrichten. Maximilian setzte sich zu ihr, schielte auf das Display. Die Praktikantin hielt das Smartphone jedoch so, dass er nichts sehen konnte.

Doch dann näherte sie sich ihm mit ihren Lippen, flüsterte in sein Ohr: »Möchtest du mal die SMS von deinem Chef sehen?«

»Nur wenn du sie mir wirklich zeigen willst.«

»Und die Anhänge auch?«

»Liegt ganz bei dir, Annika.«

»Ist aber extremely hard stuff, Darling.«

»Hey, I am CDU-Mitglied. We are die Härtesten der Harten.«

»Okay, Sweetie. Ich habe dich gewarnt.«

Annika beugte sich zu Maximilian und sie tauschten einen langen, nicht enden wollenden, feuchten Kuss aus. Nebenbei rief Annika die Selfies auf, die der parlamentarische Staatssekretär Norbert Füting höchstpersönlich für sie geknipst hatte. Ohne sich groß was dabei zu denken. Der Rest war Geilheit. Und ein Klick auf *Send*.

Maximilian musste schlucken. »Oha, das ist mehr … extremely nasty stuff.«

»Ich habe dich gewarnt, Max.«

»Mein Gott, Annika, da warst du doch noch nicht mal siebzehn!«

Die Praktikantin nickte. Tränen traten in ihre Augen. Maximilian sah sie an und musste sie einfach küssen. Mit einer völlig neuen Kussnote. Mit Zärtlichkeit.

Dann nahm er Annika das Smartphone ab. Sie ließ es geschehen, schmiegte sich an ihn. Ist doch toll, wenn man so einen männlichen Kerl an der Seite hat, dachte sie. Was stören da schon die paar IQ-Defizite.

Der Referent sah sich erneut die Fotos an. Und dann noch einmal. Eins nach dem anderen. Sie waren eindeutig, es gab nichts zu leugnen: entblößte Körperpartien, einen unbekleideten Unterleib, einen erigierten Penis, Hände, die mit Glied und Skrotum spielten. Auf den meisten Selfies war auch ein Kopf zu sehen, mit einem wollüstigen Grinsen. Sein Chef.

Maximilian gab Annika das Smartphone zurück. Er war geschockt. In seiner Altmännergeilheit hatte Füting die Fotos an eine zum damaligen Zeitpunkt Minderjährige verschickt. Es war der Super-GAU. Das war ganz klar Missbrauch einer Schutzbefohlenen, den sein Chef begangen hatte. Was für ein widerlicher Kretin. Und was für eine wunderbare Chance.

»Dieses ekelerregende Schwein. Falls du gegen ihn vorgehen willst … Ich unterstütze dich natürlich.«

»Das würdest du wirklich?«

»Selbstverständlich, Annika.«

»Das ist wirklich nett von dir. Ich denke drüber nach. Und dein Job als sein persönlicher Referent …?«

»Ich werde auch ohne Füting Erfolg haben. Vielleicht sogar schneller als mit ihm.«

»Ach ja? Hast du vielleicht schon konkrete Pläne?«

Maximilian nickte und Annika küsste ihn.

Dann erzählten sie sich gegenseitig von ihren Träumen, die sich ziemlich deckten: Karriere im großen Stil machen und ganz viel Geld verdienen. Zwischendurch knutschten sie immer wieder und schließlich tasteten sich Maximilians Hände vorsichtig unter Annikas Pullover. Sie ließ ihn gewähren. Wenn schon einmal alles stimmt, dachte sie, und küsste Maximilian stürmisch.

III

Irina Eisenstein war am Morgen als Erste ins Büro gekommen, da beide Kommissare vor Dienstbeginn noch etwas erledigen mussten.

Nettelbeck hatte Mark Kojo zu der neuen Schule begleitet, auf die der Junge seit den Sommerferien ging. Am Vortag hatte es Ärger gegeben, Mark Kojo war auf dem Schulhof mit zwei Mitschülern aneinandergeraten. Es kam zu einer Prügelei, woran Philomenas Sohn völlig unschuldig war. Doch er wurde ebenfalls zum Nachsitzen verdonnert.

Der Kommissar hatte sich am gestrigen Abend von Mark Kojo den Vorfall detailliert schildern lassen und danach Philomena angeboten, mit der Klassenlehrerin zu sprechen. Seine Freundin fand den Vorschlag ausgezeichnet. Also hatte Nettelbeck den Jungen zur Schule begleitet und die Lehrerin abgepasst. Der Kommissar blieb freundlich, machte ihr jedoch den Vorwurf, die Angelegenheit nicht gründlich genug aufgeklärt zu haben. Wenn er das auf seinen Job übertragen würde, hieße das wohl, dass er den Mörder laufen lassen und die Leiche verhaften würde. Die Lehrerin musste grinsen, nahm es von der humorvollen Seite. Vor allem aber versprach sie Mark Kojo und Nettelbeck, den Vorfall noch einmal aufzurollen.

Wilbert Täubner war zur Hochschule für Wirtschaft und Recht gefahren, um sich mit seinem ehemaligen Professor für Kriminalistik zu treffen. Der Kommissar hatte ihm von Irinas Plänen berichtet, aus studientechnischen Gründen nach Bochum zu wechseln. Von seinem Exprof erfuhr er, dass es die Möglichkeit gab, ein vergleichbares Studium in Berlin an der HWR zu absolvieren. Allerdings müsse seine

Freundin dann parallel Seminare an der FU und der Humboldt-Universität belegen. Selbst eine Promotion sei durch diese Kooperation kein Problem. Irina solle sich im nächsten Jahr rechtzeitig zum Wintersemester 2015/16 immatrikulieren. In diesem Jahr seien die Fristen leider gerade abgelaufen.

Nachdem die beiden Kommissare endlich im Büro eingetrudelt waren, händigte Irina Eisenstein ihnen das Material aus, das sie am Morgen über den MdB Nils Janssen zusammengestellt hatte. Der Bundestagsabgeordnete war siebenundvierzig Jahre alt, studierter Jurist und Abgeordneter der SPD für das Land Hessen. Er gehörte dem Deutschen Bundestag bereits in der dritten Legislaturperiode an und hatte sein Mandat immer als Listenkandidat erhalten. Daneben war Janssen noch Sozius in der Anwaltskanzlei Weinzierl, Janssen & Kierstein in Berlin. Er war zum zweiten Mal geschieden und kinderlos. Mit seiner zwei Jahre älteren Freundin bewohnte Janssen eine Altbauvilla in Darmstadt. In letzter Zeit hatte sich der Hinterbänkler etwas aus dem Schatten hervorgearbeitet, da er den wichtigen Ausschuss zur Klärung der Kosten für den Atomausstieg leitete, dem achtzehn MdBs aus allen Parteien angehörten.

»Hast du auch Informationen über Janssens Zusammenarbeit mit der European Energy Control gefunden, Irina?«, fragte Nettelbeck.

»Nein, der Name sagt mir nichts, er ist nirgendwo aufgetaucht.«

»Ich kenne einen Journalisten, der schwerpunktmäßig über Lobbyismus arbeitet«, sagte Täubner. »Ich frag ihn mal, ob er uns weiterhelfen kann.«

»Mach das«, sagte Nettelbeck. »Möchte jemand Kaffee?«

Täubner nickte, während Irina Eisenstein den Kopf schüttelte.

Nettelbeck verließ den Raum und Täubner suchte auf seinem Smartphone nach den Kontaktdaten des Journalisten.

»Wilbert, mir ist da eine Idee gekommen …«

»Schieß los.«

»Du könntest dich doch nach Nordrhein-Westfalen versetzen lassen.«

»Wie bitte?«

»Es gibt sicherlich einen Kommissar aus dem Raum Bochum, der nach Berlin wechseln will. Was sagst du dazu?«

Der Kommissar sah seine Freundin an. Wollte sie ihn auf den Arm nehmen? Doch als er Irinas fragenden Blick sah, wusste Täubner, dass sie es todernst meinte.

*

Luise Weiland stand unter der Blutbuche, die fast noch alle ihre Blätter hatte. Die meisten waren zwar schon braun verfärbt, aber sie würden auch den Winter über am Baum bleiben. Erst im Frühjahr, beim Austrieb der frischen Knospen, würde die Blutbuche sie abstoßen.

Die alte Dame zog an ihrer E-Zigarette und markierte dann mit ihrem Schuhabsatz die Stelle vor ihr, zeichnete ein kleines Kreuz in die Erde. Hier war der Ort, an dem sie ihre Enkeltochter beisetzen würde. Dann könnte sie täglich mit ihr meditieren, Lotte in ihre Welt aufnehmen, zu ihren anderen Verstorben, zu Herbert und Margo. Dann wäre sie auch ein Teil ihrer Weltgefühle.

Yasser Al-Shaker kam aus dem Wohnzimmer auf die Terrasse und sie winkte ihn zu sich.

»Hier soll Lotte ruhen, Yasser.«

»Das ist ein guter Ort.«

»Wie beerdigt ihr in deiner Heimat eure Toten?«

»Wir wickeln den Leichnam in ein Leinentuch und legen

ihn in das Grab. Ohne einen Sarg und mit dem Gesicht nach Mekka. Die Bestattung sollte nach Möglichkeit noch am Todestag stattfinden.«

»Setzt ihr Grabsteine auf die Ruhestätten?«

»Keine Steine und keinerlei Grabschmuck. Dafür müssen unsere Toten in jungfräulicher Erde beigesetzt werden, es darf noch kein anderer Mensch dort bestattet worden sein.«

»Der Boden hier ist auch jungfräulich.«

»Deswegen ist es auch ein sehr guter Platz für Ihre Enkeltochter. Glauben Sie denn, dass Herr Hoyer die Ausnahmegenehmigung bekommen wird?«

»Meinst du etwa nicht?«

»Ich habe da meine Zweifel. Irgendwie spüre ich, dass er seine Hilfsbereitschaft nicht ernst meint.«

»Meinst du wirklich? Aus welchem Grund?«

»Es geht ihm nicht um Ihre Enkelin. Ich kann mich natürlich täuschen, es ist nur ein Gefühl, aber ich bin überzeugt, dass er eigene Pläne verfolgt.«

»Yasser, du musst dich irren.«

»Nein, ich habe es deutlich in seinem Gesicht gelesen. Herr Hoyer war so aufgedreht, dass er sich nicht einmal verstellt hat.«

Luise Weiland starrte auf das Kreuz zu ihren Füßen. In ihr arbeitete es. War es möglich, dass sie sich in Rico so sehr getäuscht hatte? Sie nahm einen tiefen Zug ihrer Medizin, doch die half ihr auch nicht aus dem Dilemma.

*

Referent Maximilian Limbach saß seinem Chef an dessen Schreibtisch gegenüber und lächelte verbindlich. Seit der letzten Nacht hatte er allerdings jede Achtung vor Staatssekretär Füting verloren. Die, um ehrlich zu sein, schon vorher nicht sonderlich hoch gewesen war. Nachdem sie das morgige Tagesprogramm besprochen und ein paar kleine Änderungen vorgenommen hatten, gingen sie die aktuelle Post durch. Darunter befand sich auch ein Schreiben des HDI e.V., das der Staatssekretär gleich herausfischte, weil es an ihn gerichtet war.

Der persönliche Referent sah den Staatssekretär fragend an. »Ein Irrläufer?«

»Nicht direkt.« Füting lächelte. »Das Schreiben kommt vom Hauptverband Deutscher Industrieunternehmen. Ihnen kann ich es ja sagen, Dr. Limbach, es bleibt unter uns, ich weiß. Der HDI möchte mich als ihren neuen Präsidenten gewinnen.« Staatssekretär Füting lächelte stolz, konnte es sich nicht verkneifen, vor seinem Referenten anzugeben.

»Ist das ein interessantes Angebot, Herr Staatssekretär?«

»Finanziell mit Sicherheit. Wir reden hier von einer Viertelmillion per annum. Plus einiger interessanter Zulagen.«

»Das ist doch fantastisch.« Maximilian Limbach griff heimlich nach seinem Smartphone und schrieb – außerhalb von Fütings Blickfeld – eine SMS. Das beherrschte er mit einer Hand. Ohne hinzugucken. Eine alte MinD-Nummer, die er sich allerdings bereits in der ersten Grundschulklasse beigebracht hatte.

»Für Sie mag das vielleicht fantastisch klingen, Dr. Limbach. Sie stehen ja auch erst am Anfang Ihrer Karriere. Für mich müsste schon noch etwas draufgelegt werden. Ich messe mich da eher an unserem Parteifreund Wissmann. Meinen Sie, ich möchte riskieren, dass Matthias beim nächsten Parteitag seine tuntigen Witzchen über meinen Gehaltsscheck reißt?«

»Dann handeln Sie die Herren einfach hoch«, sagte Limbach und schickte die SMS los. »Das schaffen Sie doch mit links.«

»Ich bin gerade dabei. Mal sehen, was daraus wird. Ich halte Sie auf dem Laufenden.«

»Unbedingt.«

Norbert Fütings Smartphone summte. Er schaute auf das Display und öffnete die eingegangene SMS. Ungläubig starrte er auf den Text:

Ich habe mir deine Fotos angesehen,
Du widerlich kranker Kinderschänder.
Dafür wirst Du grausam bezahlen.
Du entkommst mir nicht.
Der Rächer!

Der parlamentarische Staatssekretär zwang sich zur Ruhe und legte das Smartphone beiseite. »Dann wollen wir uns mal wieder der Post zuwenden. Was haben wir denn noch Interessantes?«

Maximilian Limbach verkniff sich das Grinsen und sah die anderen Briefe durch. Er tat kühl und geschäftsmäßig, aber in seinem Inneren jubilierten hunderttausend kleine Teufelchen. Die Jagd hatte begonnen.

Und es war erst der Anfang.

*

Das *Theodor Tucher* war einer der wichtigsten Lobbyistentreffpunkte. Das wusste sogar Wilbert Täubner, obwohl er das Restaurant noch nie betreten hatte. Es lag am Pariser Platz, ein paar Meter neben dem Brandenburger Tor und in Sichtweite des Boulevards Unter den Linden, der in Hauptstadt-Kreisen schon vor Langem in Unter den Lobbyisten umgetauft worden war.

Gregor Jaeckel hatte sich nach draußen in den Innenhof gesetzt, obwohl es etwas kühl war, denn er war leidenschaftlicher Raucher. Er bevorzugte filterlose Zigaretten, extrem kräftige Marken wie Karo, Roth-Händle oder Gauloises, die Täubner nicht einmal auf einer Party nach fünf Bieren intus angepackt hätte. Sie hatten sich eine Weile nicht gesehen, da der Journalist momentan über den Lobbyismus beim EU-Parlament arbeitete und sich meistens in Brüssel aufhielt. Sie bestellten Getränke und tauschten Neuigkeiten aus. Dann erzählte Täubner dem Freund, dass er für einen aktuellen Fall Informationen über den Verband European Energy Control benötige.

»Das sind doch Lobbyisten, oder?«

»Klar. Von diesen Interessenvertretern wimmelt es hier nur so.« Gregor deutete mit dem Daumen zum *Tucher*. »Geh mal rein. Da ist jeder zweite Typ ein Lobbyist. Wetten?«

»Du bist der Fachmann.«

»Hast du eine Ahnung, wie viele von denen in Berlin rumlaufen? Seriöse Schätzungen gehen von fünftausend Lobbyvertretern aus. Du machst dir keine Vorstellung, wie eng die mit den Politikern verbandelt sind. Diese Pest höhlt die Demokratie immer mehr aus.«

»Glaubst du das wirklich?«

»Ich könnte dir dafür eine Stunde lang Beispiele aufzählen und wäre noch nicht mal annähernd fertig. Manche von diesen Interessenvertretern haben sogar eigene Hausausweise.«

»Ist das ein Problem?«

»Wilbert, die können im Bundestag rumlaufen, wo sie wollen. Nicht nur dort, auch in den unterirdischen Gängen, den angeschlossenen Gebäuden, den Abgeordnetenbüros und Ausschussräumen.«

»Ohne jede Kontrolle?«

»Natürlich. Die können sich problemlos in der Bundestagskantine einen Abgeordneten schnappen und ihn vor der entscheidenden Sitzung noch schnell auf Linie bringen.«

»Kriegt man denn so einfach einen Hausausweis?«

»Wenn du die Unterschrift des Parlamentarischen Geschäftsführers hast, stellt ihn dir die Bundestagsverwaltung ohne Weiteres aus. Die fragen nicht groß: wieso, weshalb, warum.«

»Davon wusste ich gar nichts.«

»Wird ja auch nicht an die große Glocke gehängt. Die CDU und SPD wollen sowieso nicht damit rausrücken, welche Lobbyisten sie beglückt haben. Typisch. Beim Thema Lobbyismus verhindern die Politiker jede Transparenz und torpedieren sämtliche Gesetzesinitiativen.«

»Deine Berufsgruppe ist an deren Machtzuwachs ja auch nicht ganz unschuldig.«

»Das schnelle Geld. Da lassen sich eben viele mit Infos zustopfen und merken nicht, wie sie selber immer mehr in den Sumpf einsacken. Scheißberuf.«

Täubner grinste. »Zum Glück gibt es ja noch einsame Ritter wie dich.«

»Zum Glück«, grinste Gregor Jaeckel. »Was genau willst du über die EEC wissen?«

»Wer steckt dahinter? Welche Strategien verfolgen die? Mit welchen Politikern sind sie vernetzt?«

»Der Verband wird von einem Dr. Laufenberg geleitet. Er war früher in mehreren Vorständen von wichtigen Energieunternehmen tätig. Wahrscheinlich ist er einer der drei finanzstärksten Lobbyisten in Berlin. Wenn nicht sogar die Nummer eins.«

»Was sagt dir der Name Nils Janssen?«

»Der SPD-Politiker?«

»Genau der.«

»Er dürfte vermutlich einer der wichtigsten Ansprechpartner für Laufenberg sein. Janssen leitet den Ausschuss zur Klärung der Kosten für den Atomausstieg. Er dreht also mit an dem ganz großen Rad.«

»Was für ein Mensch ist er? Hat er ein gutes Image oder eher ein schlechtes?«

»Er gehört jedenfalls zu den effizienten Politikern. Unaufgeregt und verbindlich. Das, was man früher blitzgescheit nannte. Ich habe ihn vorletztes Frühjahr mal interviewt. Kein unsympathischer Mann. Der sieht den Lobbyismus durchaus kritisch.«

»Also ein ehrlicher Typ?«

»Was heißt schon ehrlich? Es geht um Politik und nicht um die Zehn Gebote. Du kannst den Leuten sowieso nicht hinter die Fassade blicken. Und einem ausgeschlafenen Typen wie Janssen schon gar nicht.«

»Hältst du es für möglich, dass zwischen Laufenberg und Janssen Kontakte bestehen?«

»Definitiv. Die werden schon einige Male miteinander zu tun gehabt haben.«

»Wir konnten keine Verbindungen finden. Jedenfalls nicht in den Medien und so.«

»Daran siehst du, wie clever echte Politprofis die Dinge handeln. Laufenberg steht an vorderster Front der Energiewirtschaft und Janssen ist derjenige, der das neue Kostenklärungsgesetz maßgeblich mitbestimmen wird. Die haben vielleicht mehr gemeinsame Interessen, als der Außenwelt bewusst ist.«

»Kann sich Janssen dem Druck nicht entziehen?«

»Möglicherweise. Wenn er will. Aber die Energiekonzerne kämpfen mit harten Bandagen. Die lassen nicht locker. Für sie stehen schließlich Milliarden auf dem Spiel.«

*

Martin Nettelbeck war allein im Büro und arbeitete sich durch das Material, dass sie bereits im Mordfall Lotte Weiland gesammelt hatten. Die ersten Puzzlestücke lagen vor ihm, aber ein Muster war noch nicht erkennbar. Diese Situation kannte er zur Genüge, so begannen die meisten Ermittlungen. Am Anfang stand häufig ein undurchschaubares Geflecht aus wackeligen Indizien, sich widersprechenden Fakten und rein auf kriminalistischer Erfahrung fußenden Vermutungen. Das alles galt es nach und nach in einen logischen Zusammenhang zu bringen. Für den Kommissar machte das den größten Reiz an seiner Arbeit aus – das allmähliche Herausfiltern der Punkte, die am Ende schließlich die Beweiskette bildeten. Und die möglichst lückenlos und unangreifbar sein musste, wenn er den Staatsanwalt damit überzeugen wollte. Für Nettelbecks Interesse an logischen Gedankenkonstrukten hatte ungewollt seine Begeisterung für das Posaunenspiel Pate gestanden. *Conny Bauer* stand auf der LP, die Nettelbeck im Sommer 1985 bei einem Tagesausflug in Ost-Berlin gekauft hatte. In einer Musikalienhandlung nahe des Alexanderplatzes. Conrad Bauer spielte darauf Soloposaune. Es handelte sich um ein leicht angeschmutztes Restexemplar der Schallplatte, die ein paar Jahre zuvor bei Amiga erschienen war. Aus irgendeinem Grund war sie in dem Laden vergessen worden.

Nettelbeck hatte zwar bereits von Conny Bauers sagenhafter Platte gehört, aber nicht gewusst, wie er darankommen sollte. Bis er sie endlich gefunden hatte. Es war eine atemberaubende LP, die ihn umgehauen hatte.

Nettelbeck war schon bei Konzerten von Soloposaunisten gewesen, bei Albert Mangelsdorff und Paul Rutherford. Conny Bauer spielte mindestens in derselben Liga. Definitiv. Sein fantastisch improvisierter Freejazz kam leichtfüßig daher und war mit jeder Menge Humor gespickt. Bauer spielte höchst souverän, von den allertiefsten Bassregistern zu den betörendsten Engelslagen.

Aber die Titel der Stücke hatten Nettelbeck zu schaffen gemacht. Er verstand sie nicht. Es waren weibliche und männliche Vornamen:

Axel
Rüdiger
Maxi
Otto
Alma
Lotte

Der Plattentext behauptete zwar, dass etwaige Ähnlichkeiten mit lebenden Personen rein zufällig wären, aber das glaubte Nettelbeck nicht. Er hielt es für DDR-Propaganda und vermutete dahinter eine geheime Nachricht. Fragte sich nur: welche. Alles war äußerst mysteriös. Durch Umstellung der Stücke mittels eines Tonbandgerätes versuchte er, logische Bezüge herzustellen. Probierte tagelang herum. Was ihm gründlich misslang. Dann begann er, aus den einzelnen Anfangsbuchstaben Wörter zu bilden. Doch aus den sechs Buchstaben ließ sich nur ein einziges sinnvolles Wort zusammensetzen:

A M O R A L

War es das, was Conny Bauer vermitteln wollte, war das die unterschwellige Botschaft seiner Platte: Amoral? Und wenn ja, worauf zielte sie oder wer war damit gemeint? Das Regime der DDR? Die wachsweiche unterwürfige Amiga-Führungsclique? Oder die vom Bezirkskomitee für Unterhaltungskunst als minder begabt eingestuften musikalischen Nachwuchskräfte?

Nettelbeck hatte es nie aufgeklärt. Die Platte blieb eines

der vielen ungelösten Rätsel seines Lebens. Vielleicht sollte er Conny Bauer bei seinem nächsten Berliner Konzert einmal darauf ansprechen. Wieso hatte er das eigentlich noch nie gemacht?

Der Kommissar suchte auf seinem Smartphone nach Conny Bauers Album, um sich sein Lieblingsstück *Alma* anzuhören, da klopfte es.

Rico Hoyer betrat das Büro. Er habe zufällig in der Nähe zu tun, wollte sich erkundigen, ob es was Neues gäbe.

Nettelbeck bot ihm freundlich einen Platz an, hielt sich aber bedeckt. »Es geht voran, aber leider nur in Minischritten. Der Durchbruch ist noch nicht in Sicht.«

»Vielleicht kann ich euch weiterhelfen. Lotte hat in den letzten Wochen mehrmals erwähnt, dass ihr jemand nachstellt.«

»Wer denn? Ein Kollege?«

»Jemand aus dem Bundestag. Ein Politiker, Abgeordneter der Grünen.«

»Schau an. Und wie heißt der Mann?«

»Da muss ich passen. Lotte hat keinen Namen erwähnt.«

»Und für welches Bundesland ist er Abgeordneter? Wissen Sie das wenigstens?«

»Tut mir leid, ich habe nur mit halbem Ohr zugehört. Ich konnte ja nicht ahnen … Aber ich dachte, die Information nützt euch trotzdem etwas.«

»Danke, wir werden es nachprüfen.«

»Lotte war in Nahkampftechniken ausgebildet und durchaus in der Lage, sich gegen männliche Übergriffe zu wehren. Tja, nachher ist man immer klüger.«

»Und wieso erwähnen Sie das erst heute?«

»Ich habe ihren Ängsten keine große Bedeutung beigemessen und gleich wieder vergessen. Ich dachte, dass Lotte mal wieder einen harmlosen Anbaggerungsversuch überinterpretiert. Sie war in solchen Sachen etwas empfindlich.«

»Verstehe.« Nettelbeck blickte Hoyer abwartend an, war nicht bereit, ihm eine Brücke zu bauen. Wohin auch immer. Ließ ihn einfach zappeln.

»Haben Sie was dagegen, wenn ich mal kurz in Lottes Akte schaue?«, fragte Rico Hoyer schließlich. »Eventuell fällt mir etwas auf und ich kann noch den einen oder anderen Hinweis geben.«

»Ist grundsätzlich kein Problem, aber der PC ist mir vor zwanzig Minuten abgeschmiert. Ich warte auf unseren ITler. Ein andermal, okay?«

Rico Hoyer nickte, obwohl Nettelbeck ihm ansah, dass er seine Lüge nicht geschluckt hatte.

»Wir checken das mit dem Abgeordneten und halten Sie natürlich auf dem Laufenden.«

»Klar. Ihr wisst am besten, was ihr zu tun habt.«

»Und ob wir das wissen, Kollege«, grinste Nettelbeck. »Deswegen würde ich vorschlagen, dass Sie uns in Ruhe ermitteln lassen. Nicht dass Sie uns am Ende aus lauter Trauergefühlen noch in die falsche Richtung schicken. Das wollen Sie doch auch nicht. Oder?«

Hoyer schüttelte den Kopf und stand auf.

Nettelbeck reichte ihm die Hand und schenkte ihm zum Abschied ein spöttisches Lächeln. *Denn das wird dir auch nicht gelingen. Jedenfalls nicht, solange ich die Ermittlungen leite.*

*

Der Wagen der Bundestagsfahrbereitschaft wartete bereits am Ostausgang des Reichstagsgebäudes auf Staatssekretär Norbert Füting, der jedoch auf den Eingangstreppen von einem anderen Abgeordneten aufgehalten wurde. Füting hatte eigentlich keine Zeit für Plaudereien, er war spät dran, musste unbedingt den Flieger nach Münster/Osnabrück erwischen. In seinem Wahlkreis Münsterland II stand am Abend die Verabschiedung des langjährigen Kreisvorsitzenden Bernhard Füchtenkötter an und er sollte die Laudatio halten.

Endlich konnte Füting sich losreißen und eilte zum Wagen. Der Fahrer sprang heraus und hielt ihm die Tür auf, da summte Fütings Smartphone.

Der Staatssekretär drehte dem Chauffeur den Rücken zu und las die eingegangene SMS.

Du Kinderschändersau! Man sollte
dich ohne jede Narkose kastrieren und
deinen stinkenden Schwanz wegätzen.
Vielleicht mache ich das sogar selbst.
Du hörst noch von mir.
Der Rächer!

In Norbert Füting stieg die Wut hoch. Schnappte Annika jetzt völlig über? Zwar war die Handynummer unterdrückt, aber wer außer ihr sollte ihm sonst so einen schwachsinnigen Dreck schicken? Was war denn schon groß passiert? Das bisschen Knutscherei in ihrem Hauseingang vor drei Wochen? Er hatte ihr ja nicht mal richtig an die Titten gefasst. Und seine Fotos konnte sie doch einfach löschen.

»Warten Sie, geht gleich los«, rief Füting dem Fahrer zu.

Dann scrollte er zum Kontakteintrag von Annika Petzold und drückte die Kurzwahltaste. Sogleich kam die Textmeldung, dass der Anschluss nicht erreichbar war.

*

Annika Petzold war auch am weiteren Abend nicht erreichbar, weder unter ihrer abgemeldeten, noch unter ihrer neuen

Telefonnummer. Seit dem späten Nachmittag lag die Praktikantin mit ihrer Neueroberung Maximilian Limbach im Bett, wo sie schweißgebadet weitere gemeinsame Vorlieben entdeckten. Faszinierende Rollenspiele zum Beispiel. Heureka, schoss es dem Referenten beglückt durch den Kopf: Girls will be boys and boys will be girls …

Erst gegen zweiundzwanzig Uhr stellten sich bei ihnen so was wie Hungergefühle ein. Annika bot an, zwei Pizzen in den Backofen zu schieben. Pizza Tradizionale Hawaii aus dem Hause Oetker. Natürlich inhaltlich absolut identisch, da sie beide die Essensübereinstimmung als ein Wesensmerkmal ihrer aufkeimenden Beziehung akzeptiert hatten. Sicherheitshalber lasen sie sich gegenseitig die Inhaltsangabe der Pizzen vor.

»17 % passierte Tomaten.«

»Okay. 13 % eingelegte Ananasstücke.«

»Yep. 9,7 % Edamer Käse.«

»Dito. 7,7 % gekochter Hinterschinken.«

»Jetzt kommt nur noch Guarkernmehl, Backtriebmittel, Säureregulatoren und so Zeug. Ohne Prozente. Können wir essen, denke ich.«

»Gebongt, großer Meister, geht klar.«

»Ich schreibe unserem Freund mal schnell eine neue Nachricht. Nicht dass er denkt, der Rächer hätte es sich anders überlegt. No way!«

»Grüß ihn von mir«, kicherte Annika und verschwand in der Küche.

Maximilian entwarf eine neue anonyme SMS. Noch fieser, mit noch ekligeren Drohungen. Es war schließlich an der Zeit, die Schraube etwas anzuziehen.

Der Referent hätte niemals gedacht, dass ihm so etwas Spaß machen würde. Er kam aus einem katholischen Haushalt im Saarland, war lange Messdiener gewesen und bevorzugte daher den devoteren Part. Auch beim Sex, wie ihm heute – glücklicherweise – erneut bewusst geworden war. Der Mensch ist eben eine wunderbar widersprüchliche Existenz, grinste Maximilian. Und schickte die SMS los. Damit Norbert Füting in seiner westfälischen Einöde wenigstens ein bisschen Action hatte.

IV

Die Sekretärin führte Nettelbeck und Täubner in Jutta Koschkes Büro. Sie sollten bitte einen Moment warten, die Kriminalrätin werde jeden Moment kommen. Also saßen die beiden Kommissare in der Besprechungsecke und ignorierten die glubschäugigen Fischleichen an der Wand. Stattdessen setzten sie sich gegenseitig über ihre gestrigen Alleingänge in Kenntnis. Nettelbeck berichtete von Rico Hoyers Besuch im LKA, Täubner über sein Treffen mit dem Journalistenfreund.

Je länger Nettelbeck mit Rico Hoyer zu tun hatte, desto zwielichtiger kam er ihm vor. Er konnte zwar nachvollziehen, dass der Kommissar sich über etwaige Fortschritte bei den Ermittlungen informieren wollte, ein persönliches Nachhaken nach so kurzer Zeit war aber völlig unangebracht. In diesem Fall hätte es auch eine Mail getan oder ein kurzer Anruf. Hoyer war augenscheinlich nur darauf aus, Einblick in ihre Akte zu bekommen. Aus welchen Gründen auch immer. Wenn es außerdem zutraf, dass er Lotte Weiland erst vor Kurzem mit einer anderen Frau betrogen hatte, ging es ihm wohl weniger um seine ermordete Freundin. Hoyer hatte offensichtlich ganz andere Motive, Nettelbeck und Täubner auf den Pelz zu rücken. Außerdem verwunderte Nettelbeck, dass Hoyer gegenüber seinen Kollegen die Beziehung mit Lotte Weiland quasi geheim gehalten hatte.

Täubner gab Nettelbeck alle Informationen, die er von Gregor Jaeckel erhalten hatte. Demnach war es für die Lobbyisten ein Kinderspiel, an Hausausweise zu gelangen, mit denen sie sich im Bundestag und den angrenzenden Gebäuden frei bewegen konnten. Möglicherweise war der Mörder ja in ihrem Kreis zu suchen. Sein Journalistenfreund halte es jedenfalls für zwingend, dass Laufenberg als Lobbyist und Nils Janssen als Ausschussleiter miteinander Kontakt hatten und haben.

»Kann er uns dafür irgendwelche Beweise liefern?«, fragte Nettelbeck.

»Da musste er leider passen.«

»Dann ist Hoyer für uns im Moment eindeutig der bessere Ansatzpunkt. Wir müssen herausfinden, was ihn wirklich antreibt.«

»Lass uns noch mal Luise Weiland aufsuchen«, schlug Täubner vor. »Vielleicht hat die Großmutter ja noch ein paar interessante Details zu Hoyer in petto. Wenn sie nicht gerade zu bekifft ist. Soll ich mal checken, ob sie das Cannabis wirklich auf Rezept erhält?«

»Lass das mal schön bleiben. Es geht auch ohne Druck. Und was diesen Dr. Laufenberg betrifft ... ich habe das Gefühl, den Namen irgendwo schon mal gehört zu haben.«

Jutta Koschke betrat ihr Büro und kam somit zehn Minuten verspätet zu der Dienstbesprechung, die sie selber angeordnet hatte. Sie trug einen dicken Stoß Computerausdrucke im Arm.

»Tut mir leid, Kollegen. Ich wurde leider aufgehalten. Geht sofort los.«

Als die Kriminalrätin den Papierstapel auf ihrem Schreibtisch ablegte, segelten die obersten Blätter zu Boden.

Nettelbeck hob einige der Papiere auf, die vor seine Füße geflattert waren – alles Artikel über Bronchialkarzinome. Jutta Koschke riss dem Kommissar die Seiten aus der Hand, ohne diese unangebrachte Reaktion zu kommentieren.

Nettelbeck zog die Augenbrauen hoch, ersparte sich aber eine Bemerkung.

Die Kriminalrätin nahm hinter ihrem Schreibtisch Platz

und die beiden Kommissare informierten sie über den Stand ihrer Ermittlung. Koschke wirkte bei der Besprechung abwesend und ziemlich desinteressiert. Sie stellte lediglich ein paar Pro-forma-Fragen und beendete dann das Meeting, so schnell es ging.

Das war die mit Abstand kürzeste Dienstbesprechung, die ich je mit Jutta hatte, dachte Nettelbeck beim Hinausgehen. Und dann die Nummer mit dem Lungenkrebs … Was hat es denn damit bloß auf sich?

Im Flur kam den Kommissaren Irina Eisenstein entgegen, die mit Wilbert Täubner sprechen wollte. Nettelbeck ließ die beiden alleine und verzog sich in sein Büro.

»Schau mal, Wilbert. Das habe ich gestern Abend ins Netz gestellt …« Irina hielt ihrem Freund ihr Smartphone hin. »Das bist du!«

Täubner las den Text, der in der Stellentauschbörse der Polizeigewerkschaft eingestellt worden war:

Beamter, Dienstgrad KK, Besoldung A9, Besoldungsstufe 2, aus Berlin sucht Tauschpartner in Nordrhein-Westfalen (vorzugsweise im Ruhrgebiet). Zur Kontaktaufnahme bitte Chiffre-Nummer anklicken: WEXY9GQHFL.

»Wie findest du es?«

»Du meinst das ernst, nicht wahr?«

»Ja, sicher. Entweder bin ich es dir wert, oder … Überlege es dir in Ruhe. Wir telefonieren später.« Irina gab ihm einen Kuss und verschwand in ihrem Büro.

Täubner starrte ihr hinterher. Sie war es ihm doch wert. Und noch viel mehr. Aber ein Wechsel ins Ruhrgebiet? Berlin verlassen … Wie konnte er sie nur von dieser Wahnsinnsidee abbringen?

*

Yasser Al-Shaker sah aus seinem Zimmer im zweiten Stock, wie die beiden Kommissare aus ihrem Wagen stiegen und zur Villa kamen. Der Syrer machte sich auf den Weg nach unten, um ihnen zu öffnen. Im Erdgeschoss angekommen, hörte er durch das gekippte Flurfensterchen ihre Stimmen. Dann wurde auf die Türklingel gedrückt. Al-Shaker reagierte aber nicht sofort, sondern lauschte noch einen Moment lang der Unterhaltung.

»Und wenn Rico Hoyer selber in den Mord verwickelt ist?«, fragte Täubner. »Zutrauen würde ich es ihm.«

»Er ist auf jeden Fall dubios. Und er sagt nicht die Wahrheit. Ich bin mir sicher, dass er irgendein doppeltes Spiel spielt.«

»Fragt sich nur, warum. Dass er Lotte Weiland betrogen hat, wird ja nicht ausreichen.«

»Nein, da steckt was anderes dahinter.«

Erneut wurde die Türklingel gedrückt und Yasser Al-Shaker öffnete.

»Guten Tag, die Herren. Sie möchten sicher zu Frau Weiland. Kommen Sie bitte herein.«

Luise Weiland hatte schon beim Aufstehen geahnt, dass es vermutlich der letzte warme Oktobertag werden würde, und sie hatte sich deshalb noch einmal auf die Terrasse gesetzt. Sie trank Tee und rauchte ihre Medizin. Es war bereits die dritte E-Zigarette, den Vaporizer hatte sie längst ausgemustert. Auf ihrem Tablet sah die alte Dame die Angebote verschiedener Steinmetze durch, um sich für Lottes Grabstein Entscheidungshilfen geben zu lassen. Ihr schwebte eine schlanke, sich nach oben hin verjüngende Stele vor, die ein harmonisches Verhältnis mit der Blutbuche eingehen würde. Beim Material schwankte Luise Weiland noch zwischen Jura-Kalkstein aus der Nähe von Eichstätt und indischem

Rainbow-Sandstein, dessen regenbogenartige Struktur sie besonders ansprach. Und die Schrift als vergoldete Edelstahleinlage, dachte sie, nur Lottes Namen, das Geburts- und das Sterbejahr.

Yasser Al-Shaker brachte Nettelbeck und Täubner auf die Terrasse. »Frau Weiland, Sie haben Besuch.«

Die Kommissare begrüßten die alte Dame und erklärten, noch ein paar Fragen an sie zu haben.

»Setzen Sie sich bitte. Möchten Sie auch eine Tasse Tee?«

Nettelbeck und Täubner verneinten und nahmen Platz.

Yasser Al-Shaker zog sich ins Wohnzimmer zurück. Er blieb jedoch in Rufnähe, falls er benötigt wurde. Und um mithören zu können.

»Frau Weiland, uns sind noch einige Punkte im Hinblick auf die berufliche Situation Ihrer Enkelin unklar«, sagte Täubner. »Vielleicht könnten Sie uns da weiterhelfen.«

»Dann stellen Sie Ihre Fragen.«

»Warum hat sich Ihre Enkeltochter auf die Stelle als Personenschützerin beworben? Hat sie mit Ihnen darüber gesprochen?«

»Ja, schon, aber ihre Argumente erschienen mir nicht sehr überzeugend. Ich hatte den Eindruck, als hätte Lotte die Bewerbungspapiere aus einer Laune heraus losgeschickt. Logisch klang es jedenfalls nicht, was Lotte mir erzählt hat.«

»Wie hat sie den Schritt denn begründet?«

»Dass sie einen Einblick in den politischen Alltag bekommen möchte. So ein Unsinn. Sie hat doch immer nur den Kugelfang für diese Breuer-Gebler gemacht. In jedem FDP-Ortsverein hätte Lotte mehr vom Politikmachen mitbekommen.«

»Haben Sie ihr das auch gesagt?«

»Ganz genau so. Da hat Lotte die Eingeschnappte gespielt. Ich habe es jedenfalls bis heute nicht verstanden, warum sie sich da beworben hat. Es ist ja nicht einmal sonderlich karrierefördernd.«

»Ist es möglich, dass Rico Hoyer Ihre Enkelin entsprechend beeinflusst hat?«

»Das ist durchaus möglich. Er hat sie von Anfang an darin bestärkt.«

»Im vergangenen Winter war Herr Hoyer mit einer Ermittlung betraut, die auch ins Bundestagsmilieu führte. Der Fall wurde aber ergebnislos eingestellt.«

»Daraufhin gab es Unstimmigkeiten mit seinen Kollegen«, fuhr Täubner fort. »Herr Hoyer wollte die Ermittlung auf Teufel komm raus fortsetzen, hatte sich anscheinend richtig in dem Fall festgebissen.«

»Wir vermuten, dass er möglicherweise auf eigene Faust weiterermittelt hat. Trauen Sie ihm zu, dass er Lotte überredet hat, sich beim LKA als Personenschützerin zu bewerben?«, fragte Nettelbeck. »Damit sie im Abgeordnetenhaus für ihn gezielt nach Beweisen suchen konnte?«

Luise Weiland antwortete nicht gleich, sondern zog an ihrer E-Zigarette und schaute zur Blutbuche. Sie hatte offenbar alle Zeit der Welt. Und nahm sie sich auch.

Täubner wollte schon nachhaken, doch Nettelbeck hielt ihn mit einem kurzen Blick zurück.

Schließlich schaute die alte Dame die beiden Kommissare an. Eindringlich und hellwach. Und das trotz ihrer Medizin. »Eigentlich kenne ich Rico nicht sehr gut. Aber für meine Enkelin war er so etwas wie die große Liebe. Wenn ich ehrlich bin … ich weiß nicht, ob er hinter ihrem Wechsel steckt.«

»Verstehe. Sagt Ihnen der Name Nils Janssen etwas? Oder haben Sie schon einmal etwas von Andreas Laufenberg gehört? Fiel einer der Namen möglicherweise bei einem Ihrer Gespräch mit Ihrer Enkelin oder Herrn Hoyer?«

»Ich würde Ihnen wirklich gerne helfen. Schon wegen Lotte, aber ... mein Gedächtnis ist nicht mehr das Beste.« Luise Weiland hob die E-Zigarette hoch. »Vielleicht liegt es daran.«

Nettelbeck begann der Hanfgeruch allmählich auf die Nerven zu gehen. Und langsam auch die Frau, die das Zeug rauchte. Am liebsten hätte er Luise Weiland gepackt und durchgerüttelt. *Es war Ihre Enkeltochter, Sie müssen doch bemerkt haben, dass Rico Hoyer sie manipuliert hat.* Doch Nettelbeck sah der alten Dame an, dass ihr Bedauern echt war. Deshalb ersparte er sich einen Kommentar.

Stattdessen tauschte Nettelbeck mit Täubner einen Blick aus: Den Besuch hätten wir uns wirklich sparen können.

*

Dieses miese Dreckstück hatte ihm im Laufe des Vormittages fünf weitere Erpresser-SMS geschickt. Fünf! Allein zwei davon, während er noch im Flieger nach Berlin saß. Jetzt reichte es ihm! Norbert Füting war fest entschlossen zu handeln. Er wusste nur noch nicht wie.

Als der Staatssekretär den nördlichen Lichthof des Reichstagsgebäudes durchquerte, sah er plötzlich seinen Retter. Auf der anderen Seite des Kunstprojekts *Der Bevölkerung*. Dabei handelte es sich um einen langen Kasten in der Hofmitte, in dem völlig planlos grundverschiedene Pflanzen wuchsen. Dazwischen leuchtete der Schriftzug *Der Bevölkerung*. Der Künstler Hans Haacke hatte alle MdBs aufgefordert, aus ihren Heimatorten Erde mitzubringen, sie in den Kasten zu füllen, um durch den in der Erde enthaltenen Samen das Kunstwerk erst zum Leben zu erwecken. Der Staatssekretär hatte selber vor einigen Jahren einen Sack aus seinem Wahlkreis nach Berlin geschleppt. Nichts Besonderes, Mutterboden aus dem Vorgarten seiner Eltern, aber das hatte er wohlweislich für sich behalten. Aber Stiefmütterchen wie bei Mama waren in *Der Bevölkerung* dann doch nicht gewachsen.

Norbert Füting winkte seinem potenziellen Retter zu, darauf hätte er schon viel eher kommen müssen – Bodo Noack, der stellvertretende Leiter der Bundestagspolizei. Der Verlässliche, wie er von den MdBs genannt wurde, der Mann, der immer hilfsbereit war. Dem Staatssekretär war bekannt, dass das Kunstprojekt zweimal täglich durch eine Web-Kamera dokumentiert wurde. Und zwar um 14:00 Uhr und um 20:00 Uhr. Bis zum Mittagstermin war es noch eine knappe Stunde, also konnte er den jovial zurückwinkenden Polizisten unbeobachtet ansprechen.

»Gut dass ich Sie treffe, Herr Noack.«

»Um was geht es denn, Herr Staatssekretär?«

»Ich brauche Ihren Rat. Ein Freund von mir hat sich mit einer jungen Frau eingelassen, eher einer Jugendlichen ... Dumme Sache, das heißt, eigentlich war da gar nichts. Aber sie haben erotische Fotos getauscht und jetzt wird er von der jungen Frau erpresst.«

»Ihr Freund soll zur Polizei gehen und sie anzeigen. Die helfen ihm sofort.«

»Das ist etwas schwierig. Könnte sich nicht einer Ihrer Kollegen darum kümmern? Einfach mal kurz mit der jungen Frau sprechen?«

»Wenn ich davon offiziell erfahre, muss ich es auch zur Anzeige bringen.«

»Könnten Sie es nicht nebenbei erledigen? Ohne es gleich an die große Glocke zu hängen? Sie persönlich am besten?«

»Eventuell. Aber äußerst ungern. Außerdem würde das Ihren Freund eine Kleinigkeit kosten.«

»Und wie viel in etwa?«

»Kommt auf die Umstände an.«

»Danke. Ich richte es ihm aus.«

»Gut. Sie wissen ja, wo Sie mich gegebenenfalls finden, Herr Staatssekretär.«

Norbert Füting nickte und wollte schon weitergehen, da summte sein Smartphone. Er schaute auf das Display – eine neue Rächer-Mail.

»Herr Noack, eine Rücksprache ist nicht mehr nötig. Sie haben den … den Auftrag.«

*

Auf der Rückfahrt nach Schöneberg hatte Täubner spontan vorgeschlagen, in einem Café am Hagenplatz eine Mittagspause einzulegen. Spontan – Nettelbeck musste grinsen. Während sie auf ihre Sandwiches warteten, lenkte Täubner das Gesprächsthema dezent auf Irina Eisenstein. Nettelbeck schüttelte den Kopf und erklärte seinem Kollegen, dass er sich außerstande sähe, für eine der Parteien Position zu beziehen. Er sei seit ein paar Wochen selbst Familienvater, müsse sich permanent mit vorpubertierenden Kids auseinandersetzen und da komme Täubner ihm mit solchen Lappalien.

Allerdings entschuldigte sich Nettelbeck sofort für das Wort Lappalien. Natürlich könnten Beziehungsschwierigkeiten ein echtes Problem darstellen, aber er sei auf dem Gebiet alles andere als ein Experte. Um aber seinen guten Willen zu demonstrieren, werde er nachher die Essensrechnung übernehmen.

Täubner war verwirrt – wollte Martin ihn auf den Arm nehmen? Doch Nettelbeck lächelte freundlich und schob ihm sein bestelltes Sandwich hin. »Lass es dir schmecken, Wilbert.«

Während sie aßen und alles mit Kaffee hinunterspülten, wich Nettelbeck jeder weiteren Konversation mit Täubner aus. Stattdessen vertiefte er sich in die Speisekarte. Sie war auf beigefarbenem Hochglanzpapier gedruckt. Auf der letzten Seite waren die Weine, Sekte und Proseccos abgedruckt. Um Täubners Blicken zu entgehen, studierte Nettelbeck die Liste mit Kennermiene. Plötzlich stutzte er:

Baden – Gutedel trocken
Laufener Altenberg – Edition »Terroir«
– Jahrgang 2012 –
Winzergenossenschaft Laufenberg

Und da fiel es Nettelbeck ein, siedend heiß. Die Lücke in Lotte Weilands Bücherregal war direkt von Perlweiß zu Safrangelb gesprungen. Die fehlende Buchrückenfarbe war Beige. Und auch einer der Namen, die er beim Durchblättern des weggerutschten Buches unbewusst abgespeichert hatte, fiel dem Kommissar ein – Andreas Laufenberg.

»Ich weiß jetzt, wo mir der Namen dieses Energielobbyisten schon mal untergekommen ist. In Lotte Weilands Wohnung. In einem Buch über die unterschiedlichen Atompositionen. Er ist einer der Herausgeber.«

»Und was schließt du daraus?«

»Dass es in dem Bücherregal eine Lücke gibt. Und zwar eine entscheidende.«

»Martin, ich blicke es nicht. Klär mich auf.«

Nettelbeck bestellte noch zwei Tassen Kaffee.

»Ich glaube, dass jemand aus dem Bücherregal von Lotte Weiland ein paar Bände entfernt hat. Nicht viele. Vielleicht vier oder fünf. Vermutlich Bücher aus einer Reihe über Atomenergie. Mit beigefarbenem Einband.«

»Wer glaubst du, kann das gewesen sein?«

»Wer denkst du, besitzt außer der Großmutter noch einen Wohnungsschlüssel?«

»Rico Hoyer …«

»Ja. Und er war es auch, der den Anrufbeantworter manipuliert hat.«

*

Im Schießstand der Villa hatten Luise Weiland und Yasser Al-Shaker seit dem Mittagessen bereits fünf Munitionspäckchen verschossen. Die alte Dame hatte schon fast wieder zu ihrer ehemaligen Treffsicherheit zurückgefunden. Auf ihren Wunsch hin versuchte es ihr Angestellter ebenfalls, erwies sich aber als nur mäßig talentierter Schütze.

»Wie ich bereits sagte, Frau Weiland, meine Waffe ist der Krummsäbel.«

»Das befürchte ich auch.« Die alte Dame legte ihre E-Zigarette auf der Werkbank ab, nahm das Magazin aus der Pistole und bestückte es mit neuen Patronen.

»Trotzdem musst du deswegen nicht gleich so ein betrübtes Gesicht ziehen, Yasser.«

»Das ist es auch nicht. Ich muss Ihnen etwas beichten.« Yasser nahm die E-Zigarette und steckte ein frisch gefülltes Hanf-Depot an den Verdampfer. »Ich habe die Kommissare belauscht, als sie vor der Villa gewartet haben.«

»Und? Was haben sie gesagt?«

»Sie vermuten, dass Rico Hoyer hinter dem Mord an Ihrer Enkeltochter steckt. Zumindest daran in maßgeblicher Weise beteiligt ist.«

»Was …? Das haben sie wirklich gesagt? Hast du dich nicht verhört, Yasser?«

»Nein, ich stand direkt neben dem Flurfenster. Es war unmissverständlich. Ihnen fehlt nur noch das Mordmotiv.«

Geschockt griff Luise Weiland nach ihrer E-Zigarette.

»Sie müssen sie noch ein paar Minuten liegen lassen, Frau

Weiland. Sie können sie erst benutzen, wenn das rote Licht flackert.«

»Es kann doch nicht so schwer sein, den Grund für einen Mord zu finden. Wenn die Polizei dazu nicht in der Lage ist, dann werde …« Der alten Dame entglitt die E-Zigarette und sie drohte zu Boden zu stürzen.

Im letzten Moment fing Yasser sie auf. Mit dem Fuß zog er einen alten Stuhl heran, sodass Luise Weiland sich setzen konnte.

»Ganz ruhig und tief durchatmen.«

Seine Chefin nickte.

»Einfach nur atmen, dann geht es Ihnen gleich besser.«

Nach und nach begann Luise, sich zu beruhigen. Sie griff nach der E-Zigarette, doch Yasser schüttelte den Kopf.

»Warten Sie besser noch ein bisschen.«

»Du hast recht.«

»Soll ich Sie nicht lieber nach oben bringen, damit Sie sich etwas hinlegen können?«

»Das ist nicht nötig. Es geht schon wieder. Aber du kannst mir bei etwas anderem helfen.«

»Natürlich. Wobei denn?«

»Ich werde Rico zwingen, mir die Wahrheit zu sagen. Warum hat er Lotte ermordet? Ich muss wissen, wieso er meine Kleine umgebracht hat. Kann ich auf dich zählen, Yasser?«

»Wollen wir das nicht besser der Polizei überlassen?«

»Denen ist meine Enkelin doch völlig egal. Für sie ist das ein Fall unter vielen. Nein, ich werde mit Rico selbst abrechnen.«

»Herr Hoyer ist ein gefährlicher Mann. Wir sollten ihn nicht unterschätzen.«

Die alte Dame nahm das Magazin und schob es in ihre Walther GSP. Sie winkelte den Arm an, hielt die Pistole hoch, den Finger am Abzug.

»Und er sollte mich nicht unterschätzen. Du hast ja gesehen, was für eine hervorragende Schützin ich bin.«

»Stimmt, das muss ich zugeben.«

»Dann bist du dabei, Yasser?«

»Ich kann Sie die Sache ja schlecht alleine durchziehen lassen.« Der Syrer lächelte. »Wenn Sie es wirklich tun wollen, bin ich an Ihrer Seite.«

Luise Weiland lächelte ebenfalls. »Das wusste ich, Yasser. Du wirst es nicht bereuen. Ich werde dich als meinen Erben einsetzen. Versprochen. Und das mit deiner Staatsangehörigkeit, das regeln wir auch.«

Yasser grinste über das ganze Gesicht. »Dann brauche ich jetzt nur noch einen Krummsäbel.«

*

Rico Hoyer war erstaunt, dass Nettelbeck und Täubner unangekündigt in seinem Büro am Columbiadamm auftauchten. Der Kommissar war alleine und arbeitete an seinem Computer. Für Besucher gab es nur noch eine zweite Sitzgelegenheit, auf der Täubner Platz nahm. In einer Ecke des Raumes stand ein abgewetzter Punchingball, der vermutlich als Einziger wusste, wie das mit Hoyers schiefer Nase passiert war, dachte Nettelbeck und lehnte sich an das Fensterbrett. Ein alter Trick, der einem bei der Vernehmung einen leichten Vorteil gab – den der psychologischen Dominanz. Rico Hoyer musste zu ihm aufschauen und wegen der grellen Nachmittagssonne in Nettelbecks Rücken obendrein noch die Augen zukneifen. Hoyer sollte sich unwohl fühlen, genau das war Nettelbecks Absicht. Auch wenn er davon ausgehen konnte, dass der junge Kommissar den Trick ebenfalls kannte.

»Was führt Sie zu mir?«

»Wir wollen Sie auf dem Laufenden halten«, sagte Nettelbeck. »Hatten wir ausgemacht.«

»Stimmt, das ist nett.«

»Aber ein paar Fragen haben wir trotzdem noch.«

»Nur zu ...«

»Könnten Sie uns bitte mal den Schlüssel zur Wohnung Ihrer Freundin zeigen?«

»Habe ich so was?«

»Haben Sie nicht?«

»Nein, den hat mir Lotte nie gegeben. Ich weiß nicht einmal warum. War aber auch nie nötig.«

»Schon komisch, wo Sie zwei doch so eng miteinander waren.«

»Meine Freundin hat mir ihren Schlüssel schon nach sechs Wochen überlassen«, log Täubner, der noch immer darauf hoffte, dass Irina dahingehend den ersten Schritt machte.

»Sechs Wochen voller Sex, was?«, grinste Hoyer. »Frauen sind eben unterschiedlich.«

»Da haben Sie auch wieder recht«, sagte Nettelbeck. »Etwas anderes, Kollege: Inwieweit haben Sie eigentlich mit Lotte Weiland über Nils Janssen und Andreas Laufenberg gesprochen?«

»Ich sehe, ihr habt über mich Erkundigungen eingeholt.« Rico Hoyer grinste. »Respekt.«

»Das hätten Sie genauso gemacht. Demnach war sie also über Ihre Ermittlungen informiert? Immerhin dürfte sie Janssen und Laufenberg ja öfters im Reichstag über den Weg gelaufen sein.«

»Theoretisch. Sehr häufig war Lotte allerdings nicht dort.«

»Dafür wurde sie nur vierzig Meter entfernt von Janssens Büro ermordet. Luftlinienmäßig.«

»Ich habe für die Tatzeit ein Alibi.«

»Und was für eins, wenn Sie so nett wären?«

»Ich war joggen.«

»Mit Begleitung?«

»Allein. Aber zwischen 8:25 Uhr und 9:10 Uhr habe ich gefrühstückt. Im Gasthaus *Zum Postillion*. Der liegt in Alt-Lübars, auf der Hälfte meiner Laufstrecke. Da bestelle ich immer das Frühstück für Jogger. Müsli mit Sojamilch, eine halbe Grapefruit und eine Tasse Ovomaltine. Kann ich nur empfehlen.«

»Dafür gibt es Zeugen?«

»Ich habe mich fast die ganze Zeit mit dem Wirt unterhalten. Der machte am Nebentisch die Abrechnung für eine Hochzeitsfeier vom vergangenen Wochenende.«

»Noch mal zu Janssen und Laufenberg. Wie genau haben Sie Ihre Freundin über die Aktivitäten der beiden Herren informiert? Kannte Lotte eigentlich die Pläne der Energiewirtschaft?«

»Ich habe im letzten Winter vielleicht zwei- oder dreimal mit ihr darüber gesprochen. Aber nachdem die Ermittlungen eingestellt worden waren, habe ich es abgehakt.«

»Sie sollen sich doch mit aller Macht dagegen gesträubt haben.«

»Stimmt. Ich war natürlich enttäuscht. Aber mir war ziemlich schnell klar, dass ich als Einzelner keine Chance hatte. Damit musste ich Lotte ja nicht auch noch belasten.«

»Wie genau kennen Sie eigentlich Nils Janssen? Wie oft haben Sie sich mit ihm getroffen?«

»Ein einziges Mal. Ganz zu Anfang der Ermittlungen. Danach hat er jeden weiteren Kontakt abgelehnt.«

»Und Dr. Laufenberg?«

»Den kenne ich nur von einem Foto. Bin ihm nie persönlich begegnet.«

»Schade«, sagte Nettelbeck. »Wir haben gleich einen Termin bei ihm. Hätten ihm sonst Grüße ausgerichtet.«

»Ist nicht nötig.«

»Dann wollen wir Sie nicht länger aufhalten, Kollege.« Nettelbeck warf Täubner einen Blick zu und der stand auf.

»Und die Ermittlung? Wollten Sie mich nicht auf dem Laufenden halten?«

»Haben wir das nicht gerade gemacht?«, antwortete Nettelbeck und kniff Hoyer ein Auge zu.

Nachdem Nettelbeck und Täubner sein Büro verlassen hatten, trat Rico Hoyer ans Fenster und starrte auf die Straße. *Was für Wichser! Die glauben im Ernst, die können mich festnageln. Die nicht!* Aber der Kommissar war alarmiert. Er war zwar sehr gut. Aber sie waren zwei Mann gegen einen. Das gab ihnen einen Vorteil. Er musste also doppelt so gut sein wie sie. Mindestens. Und er musste ihnen immer zwei Schritte voraus sein. Das war das Allerwichtigste.

*

Während Täubner den BMW in der Glinkastraße parkte, direkt vor dem Verband deutscher Unternehmerinnen e.V., suchte Nettelbeck im Fußraum nach seinem Smartphone. Es war ihm während der Fahrt heruntergefallen, als er nach der Adresse von Laufenbergs Büros gesucht hatte. Er fand es schließlich unter seinem Sitz, zwischen einem Haufen Jazz-CDs, die er vor Monaten im Wagen deponiert und schon lange nicht mehr gehört hatte. Alben von Carl Fontana, Ray Anderson und Gary Valente. Allesamt tolle Einspielungen.

Als der Kommissar den Schlafmodus seines Smartphones wegdrückte, öffnete sich versehentlich eine App, die ihm Philomena zum Einzug geschenkt hatte. Nettelbeck hatte sie bis heute noch nicht richtig ausprobiert – er verstand die App einfach nicht, wurde aus ihrem Nutzen nicht schlau. Es handelte sich um eine Taschen-Posaunen-App. Nettelbeck starrte auf das Display, das ihm zum x-ten Mal die Bedienungsanweisung abspielte:

Berühren bzw. blasen Sie auf das Display, um einen Ton zu erzeugen. / Ziehen Sie den Finger über das Display, um die Tonlage zu verändern. / Schließen bzw. öffnen Sie den Schallkegel, um die Lautstärke zu regeln.

Und so etwas bezeichnete Robin Eubanks, der immerhin fünf Mal zum besten Posaunenspieler der Gegenwart gewählt worden war, als »ein super Hilfsmittel für Posaunisten«. Wahrscheinlich kippten jetzt langsam auch seine alten Helden um. Das wollte und würde Nettelbeck niemals verstehen. Genauso wenig wie diese App. Selbst wenn sie ein Geschenk der wunderbarsten Frau Berlins war.

»Können wir allmählich mal los, Martin?«

»Klar, natürlich, sofort.«

Die Kommissare stiegen aus und liefen die fünfzig Meter zur Französischen Straße, zu einem etwas zurückliegenden Plattenbau, in dem sich das Büro der European Energy Control befand. Das Gebäude musste kurz vor dem Mauerfall errichtet worden sein. Kleinteilige, backsteinfarbige Fassadenelemente mit Reliefstruktur gaben dem Bauwerk fast ein individuelles Erscheinungsbild.

»Und wie gehen wir vor?«, fragte Täubner.

»Provozieren, Wilbert, erst einmal ein wenig provozieren. Aber gezielt. Und dann werfen wir ihm ein paar unangenehme Brocken hin und schauen, was er damit anfängt.«

»Mehr ist nicht drin, oder?«

»Kaum. Aber falls er darauf einsteigt …«

*

Dr. Andreas Laufenberg war bewusst, dass er seine Karriere nicht zuletzt deshalb so erfolgreich gestaltet hatte, weil er die Fähigkeit besaß, sich auf neue Situationen immer sehr schnell einzustellen. Außerdem hatte er rechtzeitig erkannt, welche enorme Rolle die Energie spielte. Schon bei der ersten Ölkrise war ihm klar geworden, dass Energie über Aktivität oder Stillstand bestimmte. Und dass das vermutlich auch so bleiben würde. Bis dieser Planet endgültig erkaltet war.

Die Erleuchtung kam ihm, als er an den autofreien Sonntagen im Winter 1973 mit Vater und Mutter auf der gesperrten Autobahn entlangstiefeln musste, zwischen Dornstadt und Günzburg. Ausgerechnet er, ein von Testosteronschüben geplagter Vierzehnjähriger, der mit seinen Gedanken ständig bei der ersten Freundin war. Bei Evelyn, einer wirklich Hübschen. Vier Jahre später dachte er nach seinem Abitur an die Gewaltmärsche mit den Eltern. Und erinnerte sich an seine Ölkrisen-Erleuchtung. Studierte deshalb Ingenieurs- und Betriebswirtschaft, perfektionierte die wichtigsten Fremdsprachen.

Nach dem Abschluss seines Studiums stieg er beim Rheinisch-Westfälischen Elektrizitätswerk ein, war in der Forschung tätig, promovierte 1987 zum Doktor der Ingenieurswissenschaften, stieg ins Management auf. Er heiratete, zeugte zwei Kinder, ließ sich scheiden und wechselte nach dem Mauerfall zu Électricité de France, die großräumig den Energiemarkt in Osteuropa erobern wollten. Das ließ sich jedoch sehr zäh an. Er begann, sich mit Kunst zu beschäftigen, kaufte die ersten Werke von Künstlern, unterstützte ihre Aktionen. Traf sich hin und wieder mit weiblichen Nachwuchstalenten, wobei ihn Tänzerinnen am stärksten interessierten.

Zum Jahrtausendwechsel verließ er Électricité de France mit einer Riesenabfindung und wechselte zu Scottish and Southern Energy, wo er 2003 in den Aufsichtsrat aufstieg.

Laufenberg krempelte das Unternehmen völlig um, machte es auch im Bereich erneuerbarer Energien zu einem der Big Player. Und war damit sehr erfolgreich. Nach ein paar Jahren begann er sich jedoch zu langweilen, sah sich nach neuen Herausforderungen um, wollte gerade einen Vertrag bei einem zukunftsträchtigen Windkraftmulti unterschreiben, als er einen Anruf erhielt. e.on Energie und weitere wichtige Energieunternehmen suchten einen Spitzenmann für eine äußerst interessante Aufgabe. Sei er an einem Gespräch interessiert? Selbstverständlich war er das. Laufenberg liebte es, sich auf veränderte Situationen einstellen zu müssen, zumal, wenn damit neben einem exorbitanten Grundgehalt eine Erfolgsprämie von hundert Millionen Euro verbunden war. Ja, neue Positionen mit neuen Herausforderungen und mit neu zu fördernden weiblichen Nachwuchstalenten … Das war seine Welt, die seinen Motor am Laufen hielt und ihm seine spezifische Energie gab.

Deshalb verspürte er auch keine besondere Panik, als ihm sein Sekretariat mitteilte, dass ihn zwei Kriminalbeamte zu sprechen wünschten. Hierarchiehalber ließ er die beiden Herren noch ein paar Minuten warten, während er an die Balletttänzerin dachte, der er am Freitagnachmittag die Dachwohnung am Monbijouplatz zeigen wollte. Sollte sich die bildhübsche junge Frau entschließen, ihm spontan ihre Dankbarkeit auszudrücken, wäre das kein Problem. Die Wohnung war teilmöbliert und verfügte über eine hochwertige Gästecouch. Ein Anflug von Vorfreude ergriff Dr. Andreas Laufenberg und er drückte einen Knopf an seiner Sprechanlage.

»Ich lasse die Herren dann bitten …«

Nettelbeck und Täubner kamen in einen übergroßen Raum, der gar nicht wie das Büro eines Managers wirkte, sondern mehr wie das Arbeitszimmer eines Galeristen oder Kunstagenten. An den Wänden hingen oder lehnten großformatige Bilder, sehr viel mehr, als es Hängeflächen gab. Die Werke waren in den unterschiedlichsten Stilen gemalt worden, darunter befanden sich auch zahlreiche Fotoarbeiten. Auf dem Schreibtisch stapelten sich Kunstbände und -kataloge. Wahrscheinlich über hundert, schätzte Nettelbeck, er fand es seltsam, dass nichts in dem Raum auf Laufenbergs eigentliches Tätigkeitsfeld hindeutete.

Der Lobbyist war eine elegante Erscheinung, er trug einen Maßanzug, die grauen Haare zurückgekämmt, die Ausstrahlung ironisch-distanziert. Seine linke Pupille war erheblich dunkler als die rechte, offensichtlich erweitert und starr. Dadurch zogen seine Augen den Blick förmlich auf sich, wie ein Magnet.

Laufenberg kam den Kommissaren entgegen, mit den lässigen Umgangsformen eines Mannes, der in der großen weiten Welt zu Hause war.

»Was führt Sie zu mir, meine Herren? Der Anlass Ihres Besuches ist mir am Telefon nicht so ganz klar geworden.«

»Wir ermitteln in einem Mordfall, der sich am Montag im Bundestagsbereich ereignet hat.«

»Sprechen Sie von der getöteten Personenschützerin?«

»Ja. Kennen Sie sie?«

»Nein, aber ich habe darüber gelesen. Schrecklich. Wo genau besteht jetzt aber die Verbindung zur EEC?«

»Wir sind bei unserer Ermittlung mehrmals auf Sachverhalte gestoßen, die im Zusammenhang mit Ihrer Organisation stehen.«

»Mit der European Energy Control? Das kann ich mir nicht vorstellen. Inwiefern denn?«

»Darüber können wir Ihnen nur teilweise Auskunft geben.«

»Aus ermittlungstechnischen Gründen vermutlich?«, lächelte Laufenberg.

»So nennt man den Terminus technicus im Allgemeinen beim Landeskriminalamt.«

»Trotzdem, die eine oder andere Andeutung müssten Sie schon machen. Sonst wüsste ich nicht, wie ich Ihnen helfen kann.«

»Beantworten Sie einfach unsere Fragen.« Nettelbeck bemühte sich um ein möglichst unterkühltes Auftreten. Dir bin ich schon lange gewachsen, dachte er. Cool bin ich von Haus aus, Cool ist mein bevorzugter Jazzstil.

»Bitte, fragen Sie ...«

»Die European Energy Control handelt im Auftrag eines Verbundes großer Energiemultis. Trifft das zu?«

»In etwa, ja.«

»Unserer Kenntnis nach hat sie zum Ziel, die rechtlich verbindlichen Kosten der Energiewirtschaft beim Atomausstieg in eine staatliche Bad Bank zu übertragen«, sagte Täubner. »Also letztendlich den Bürger die Zeche zahlen zu lassen.«

»Das trifft nicht zu.« Andreas Laufenberg lächelte. »Ganz und gar nicht. Abgesehen davon, dass man bei Fragen von solcher Tragweite wohl kaum von Zeche zahlen sprechen kann. Er geht immerhin um äußerst wichtige Entscheidungen für einen sehr langen Zeitraum.«

»Was ist dann die Mission der European Energy Control?«

»Den Menschen klarzumachen, dass wir inzwischen in einer Welt voller politischer Unsicherheiten leben. Schauen Sie sich den Zerfall des Ostblocks an, das Wiedererstarken der stalinistischen Kräfte, den neuen Nationalismus. Das hat die Lage völlig verändert.«

»Weshalb?«

»Die Instabilität der politischen Systeme ist heute immens groß, die Kriegsgefahr extrem nah gerückt. Da sollte man logischerweise sämtliche Standpunkte, die die Endlagerung radioaktiver Stoffe betreffen, radikal infrage stellen und auf der Basis heutiger Kenntnisse neu durchdenken.«

»Glauben Sie eigentlich selber, was Sie da erzählen?«, fragte Nettelbeck. »Das ist doch reinster Lobbyistenjargon.«

Laufenberg nahm die Provokation erstaunlich gelassen hin, nicht einmal sein Lächeln verschwand. »Meine Herren, wir mögen politisch ja vielleicht auf verschiedenen Kontinenten beheimatet sein. Aber European Energy Control vertritt immerhin einige der größten deutschen Arbeitgeber. Und dies sehr verantwortlich.«

»Aber dass Sie Lobbyarbeit betreiben, streiten Sie nicht ab, oder?«

»In einer hochkomplexen Welt leisten Menschen wie ich einen sehr wichtigen Beitrag zur Entscheidungsfindung der verantwortlichen Politiker. Denken Sie wirklich, wir laufen durch die Gegend und verteilen Visitenkarten mit dem Aufdruck *Lobbyismus en gros und en détail?*«

»Nein? Was machen Sie dann? Vielleicht sind Sie so nett und erläutern uns Ihre Philosophie.«

»Unser Beruf erfordert im größten Umfang die Gabe zur Einfühlung, feinen Takt und persönliche Zurückhaltung. Dieser Satz stammt nicht von mir, sondern von Jakob Herle.«

»Einer Ihrer Lobbyistenfreunde?«

»Der Mann war Hauptgeschäftsführer des Reichsverbands der deutschen Industrie. Bis ihn die Nationalsozialisten kaltgestellt haben. Und nach dem Krieg haben ihn dann die Kommunisten jahrelang als Klassenfeind inhaftiert. Dabei hat Herle sich nur Gedanken gemacht über die Verantwortung von Industrie und Politik. Und viele kluge Dinge gesagt. Auch über den Lobbyismus.«

»Demnach Ihr großer Lehrmeister.«

»Zweifelsohne. Jakob Herle wollte den demokratischen Austausch fördern, zwischen den Interessen vermitteln, die in unserer politischen Landschaft aufeinanderstoßen. Ihm kam es auf Ausgleich an. Herle war es eminent wichtig, dass eine Interessenvertretung angemessen ist und nicht in verantwortungslosen Lobbyismus abgleitet.«

Nettelbeck hob die Hände, klatschte dann mit Täubner Beifall. Fast synchron. So wie es die Kommissare bei ihrem Gang durch die Glinkastraße besprochen hatten.

»Aber das glauben Sie doch jetzt nicht wirklich, oder?«, fragte Täubner.

»Was Sie uns da erzählen, ist Lobbyisten-Blabla hoch drei«, ergänzte Nettelbeck. »Haben Sie nicht etwas Handfestes?«

Auch diese Provokation steckte Laufenberg locker weg. Er erhob sich und nahm einen Stapel beigefarbener Taschenbücher vom Schreibtischende. Er teilte ihn in zwei Pakete auf. Das eine reichte er Nettelbeck, das andere Täubner.

»Hier finden Sie viele Antworten auf Ihre Fragen. Allerneuste Informationen zum Thema Energie und wie wir verantwortungsvoll damit umgehen können. Solche Informationsschriften herauszugeben, gehört übrigens auch zur Arbeit eines Lobbyisten.«

Nettelbeck kannte die Bücher bereits, wenigstens eins davon. Betont achtlos legte er sie auf dem Boden ab. »Mit welchen Bundestagsabgeordneten haben Sie bei Ihrer Lobbyarbeit besonders häufig zu tun? Nennen Sie uns doch einmal die wichtigsten.«

»Soll ich mit der Bundeskanzlerin anfangen oder reicht Ihnen der zuständige Fachminister?«

»Wir könnten Ihnen auch ein paar Namen vorschlagen. Wie ist es zum Beispiel mit Nils Janssen? Abgeordneter der

SPD und Leiter des Ausschusses zur Klärung der Kosten für den Atomausstieg?«

»Oder wie wäre es mit Herrn Rico Hoyer? Kommissar im Landeskriminalamt 3, Abteilung Wirtschaftskriminalität?«

»Seine Ermittlungen wegen massiver Korruption waren ja schon ziemlich weit fortgeschritten. Und warten immer noch auf die Wiederaufnahme.«

»Glauben Sie ernsthaft, dass wir Verbrechen vergessen, nur weil andere Ermittlungen vorübergehend eine höhere Priorität eingeräumt bekommen? Schon gar nicht, wenn es um Korruption geht. Unterschätzen Sie uns nicht.«

»Wir haben auch eine Mission. Obwohl unser Held nicht Jakob Herle heißt.«

»Wir bevorzugen eher das deutsche Strafgesetzbuch. Und da gibt es auch für Ihre Aktivitäten den einen oder anderen Paragrafen. Sollen wir Ihnen ein paar aufzählen?«

»Machen wir gern, wo wir schon mal hier sind.«

»Ein Wort von Ihnen genügt.«

»Oder sollen wir Herrn Janssen dazubitten?«

»Wir sind da flexibel.«

Andreas Laufenberg hatte keinerlei Anstalten gemacht, die Kommissare bei ihrem Bombardement zu unterbrechen, hatte nur sanft gelächelt. Ganz der coole Hund. Er hob die Hände und klatschte seinerseits den Kommissaren Beifall.

»Chapeau, meine Herren. Chapeau!«

*

Der Daimler Sovereign parkte dreißig Meter entfernt vom Eingang des LKA 3 in Tempelhof, vier Fahrzeuge hinter einem schwarzen Alfa Romeo 159, Rico Hoyers Privatwagen. Luise Weiland saß auf der Rückbank und meditierte, Yasser Al-Shaker hockte wachsam hinter dem Steuer. Da der

Sovereign eine rechts gelenkte Limousine war, konnte er den LKA-Eingang problemlos observieren und tat dies schon seit einer guten Stunde. Inzwischen war bereits die Dämmerung angebrochen.

Im Fußraum vor dem Beifahrersitz lag sein Krummsäbel. Eigentlich war es ein altes Sensenblatt, das Yasser im Werkzeugkeller gefunden hatte. Es besaß eine ähnliche Krümmung wie die orientalische Traditionswaffe. Yasser hatte die Sensenrückseite ebenfalls scharf geschliffen, das Aufsatzstück gerade gebogen und es mit Gaffertape aus faserverstärktem Kunststoff ummantelt, sodass ein Krummsäbelersatz mit akzeptablem Griff entstanden war.

Rico Hoyer trat aus dem LKA-Gebäude und näherte sich seinem Alfa Romeo.

»Er kommt, Frau Weiland.«

Die alte Dame war sofort hellwach und griff in ihre Handtasche, in der sie die Pistole versteckt hatte. »Das wurde auch Zeit.«

»Ich folge ihm mit Abstand. Wie abgemacht.«

Luise Weiland nickte.

Rico Hoyer parkte aus und schlug den Weg in Richtung Schöneberg ein.

Der Syrer wartete einen Moment, dann nahm er die Verfolgung auf. Yasser ging davon aus, dass Hoyer über den Ernst-Reuter-Platz in Richtung Autobahn fahren würde, und war überrascht, als der Alfa hinter der Urania plötzlich in die Keithstraße abbog. Der Kommissar fuhr langsam am Landeskriminalamt 1 vorbei, suchte offenbar einen Parkplatz. Als er keinen fand, versuchte er es in der Wichmannstraße, die links abzweigte.

Yasser blieb auf der Keithstraße, passierte die Kreuzung und hielt in der nächsten Einfahrt. Er sprang aus dem Wagen, lief zur Wichmannstraße zurück und ging hinter einem

Baum in Deckung. So konnte er beobachten, wie Hoyer den Alfa rückwärts in eine Parklücke setzte. Dann stieg der Kommissar aus und kam zurück in die Keithstraße. Zwei Minuten später war Rico Hoyer im LKA verschwunden.

*

Die Etage, in der Nettelbecks Büro lag, war durch ein Zugangskontrollsystem vor unbefugtem Betreten gesichert. Jedem Berliner Kriminalbeamten wurde aber mit seinem Dienstausweis rund um die Uhr der Zutritt gewährt. So auch KHK Rico Hoyer. Der Kommissar stand vor Nettelbecks Bürotür, öffnete das Schloss in achtundfünfzig Sekunden mit seinem Elektropicker und betrat das fremde Refugium.

Hoyer setzte sich an Nettelbecks Computer und fuhr ihn hoch. Es dauerte einige Zeit und derweil sah er sich auf dem Schreibtisch um. Doch da lag nichts Interessantes, alles war klinisch sauber, fast schon krankhaft. Logisch, dachte er, Nettelbeck war in Berlins Landeskriminalämtern als Zwangscharakter verschrien, als Bürobedarfskrüppel. Der Kommissar zog seine PC-Karte durch den Zugangsschlitz, die Programme poppten auf. Hoyer wusste, wo er zu suchen hatte, fand schnell zu den relevanten Dokumenten. Das meiste kannte er bereits: das Ablaufprotokoll des Todestages, die involvierten Personen, die ersten Einschätzungen der ermittelnden Kommissare Nettelbeck und Täubner. Dann stieß er auf seinen Namen.

Rico Hoyer, KHK, LKA 3 – Abteilung für Wirtschaftskriminalität. Hoyer war mit der Toten befreundet (verlobt?). Hoyer hat Lotte Weiland jedoch vor etwa drei bis vier Monaten mit einer Kollegin betrogen. M. N.

Hoyer suchte nach weiteren Informationen, nach den

ganz harten Facts. Und die fand er auch. Im Mailprogramm. Im Ordner Entwürfe. Gerichtet an den Leitenden Kriminaldirektor Roger Delbrück. Und im CC an die Kriminaldirektorin Jutta Koschke.

KHK Rico Hoyer gehört für uns definitiv zum engsten Kreis der Verdächtigen. Wir sind sicher, dass er an den Handlungen, die zum Mord an Lotte Weiland geführt haben, federführend beteiligt war. Uns ist nur noch nicht klar, welchen Part KHK Hoyer in Bezug auf Nils Janssen und Andreas Laufenberg einnimmt. Den des Treibers oder den des Getriebenen? Wir würden daher einen Antrag auf vorläufige Suspendierung des KHK Rico Hoyer vom Dienst befürworten. Mit kollegialen Grüßen, Martin Nettelbeck

Rico Hoyer sprang auf, musste sich beherrschen, die grottenhässliche Medienwand hinter Nettelbecks Schreibtisch nicht zusammenzutreten. Diese Bürobedarfsratte zählte ihn zum Kreis der engsten Verdächtigten. Ausgerechnet ihn, dessen einziges Ziel es war, Janssens und Laufenbergs Machenschaften offenzulegen. Was für eine Riesenscheiße! Hoyer war drauf und dran durchzudrehen. Dann rief er die Entspannungstechniken des Workshops ab, an dem er vor drei Jahren teilgenommen hatte. Während einer polizeilichen Fortbildungsmaßnahme im Sauerland. *Rekreation in Neheim-Hüsten* nannte sich der Workshop, der Themen des systematischen Belastungsausgleichs, der Körpertherapie und ernährungsbedingten Leistungsfähigkeit behandelt hatte.

Der Kommissar entspannte sich und fuhr den Computer herunter. Dann sorgte er dafür, dass alles so aussah, als hätte er den Raum niemals betreten. Rico Hoyer schlüpfte in den Flur, verschloss das Zimmer wieder mit dem Elektropicker und ging gemessenen Schrittes zum Treppenhaus.

*

»Schluss mit Genuss!« Annika kicherte und stellte das Duschwasser auf eiskalt.

»Aaaah!«, schrie Maximilian. »Ich bin noch nicht fertig.«

»Raus, ich habe Hunger.«

Zittern kam der Referent aus der Duschkabine und nahm das Badelaken, das ihm seine Freundin reichte. Die daraufhin nackt vor ihm stand. Er betrachtete ihre üppigen Kurven, doch Annika verschwand in der Dusche. War auch besser so. Sie mussten irgendwo unbedingt noch etwas essen, nachdem sie gleich nach Dienstschluss ins Bett gesprungen waren. Maximilian hatte als Erster geduscht, wollte Annika aber noch etwas necken.

»Bist du sicher, dass ich dir nicht den Rücken schrubben soll? Ist mein Spezialgebiet. Quasi mein Lieblingshobby.«

»Hau ab, Maxe, sonst setzt es Schläge!«

»Wunderbar! Her damit!«

Annika stellte das Wasser an und begann, ein Helene-Fischer-Lied zu singen. »Lass mich in dein Leben, tief in deine Seele sehn. Du bist dort irgendwie, der andre Teil von mir …«

Der Referent lächelte und tanzte in den Wohnraum. Er war glücklich, traumhaft entspannt, sein Leben nahm gerade eine fantastische Wendung. Annika stellte sich immer mehr als Superlos mit sechs Richtigen raus, als 6aus49, einschließlich der Zusatzzahl, sein Euro-Jackpot und das alles geballt – am letzten Tag der Jahresendauslosung.

Maximilian schlüpfte in seine Boxershorts, Hemd und Hose, band sich die Krawatte um und trat vor den Flurspiegel. Alles einwandfrei, egal, welches Lokal sie nachher ansteuern sollten. Den Schlips konnte er gegebenenfalls abnehmen.

Es schellte und der Referent drückte auf die Sprechtaste der Hausanlage. »Ja bitte …?«

Es kam keine Antwort. Stattdessen wurde an die Wohnungstür geklopft. Limbach schaute durch den Türspion, sah einen mittelgroßen Mann mit geschorenem Kopf, der jovial lächelte. Er kam dem Referent bekannt vor und er öffnete die Tür.

»Ja ...?«

Die beiden Männer schauten sich einen Moment an, dann erkannten sie sich wieder: Maximilian Limbach, persönlicher Referent – Bodo Noack, stellvertretender Chef der Bundestagspolizei. Beide mussten grinsen.

»Zu mir wollen Sie kaum«, sagte Limbach. »Ich wohne hier ja nicht. Möchten Sie eventuell zu meiner Freundin?«

»Annika Petzold?«

»So heißt sie. Was hat die junge Dame denn ausgefressen? Ich kann Sie leider nicht hereinbitten. Annika steht gerade unter der Dusche.«

»Ist nicht nötig. Ich möchte Ihrer Freundin lediglich einen Vorschlag machen. Stellvertretend für ...«

»Für einen uns bekannten Staatssekretär möglicherweise?«, unterbrach Limbach.

Bodo Noack lächelte indifferent, dann nickte er süffisant.

»Geht es dabei um bestimmte Fotos, Herr Noack?«

»Auch ...«

Limbach griff in seine Hosentasche und nahm ein Smartphone in einer rosafarbenen Schutzhülle mit silbernen Sternchenapplikationen heraus. Der Referent rief die Fotodateien auf, hielt das Display in Noacks Richtung, scrollte langsam durch die Bilder.

Der stellvertretende Chef der Bundestagspolizei betrachtete die Selfies eines entblößten männlichen Körpers und andere Merkwürdigkeiten. Dazwischen erschien immer wieder ein lüstern grinsendes Gesicht – das des parlamentarischen Staatssekretärs Norbert Füting.

»Heftig, oder?«, fragte Limbach.

Bodo Noack nickte.

»Ich versuche gerade, die Sache im Sinne meines Chefs zu regeln. Herr Füting hat mir gar nicht gesagt, dass Sie ebenfalls damit zu tun haben.«

»Ich wurde auch erst heute Nachmittag von ihm beauftragt.«

»Das passt zu ihm. Nun ja, unser Freund ist im Moment ein wenig panisch. Obwohl das völlig überflüssig ist. Ich regel es alles zu seiner Zufriedenheit. Betrachten Sie Ihren Auftrag als erledigt. Inzwischen ist die junge Dame meinen Vorschlägen betreffs der Fotos ausgesprochen zugänglich.«

»Das ist gut.« Noack steckte die Hand nach dem Smartphone aus. »Brauchen Sie es noch?«

»Gehört mir leider nicht. Aber die Bilder werden noch heute gelöscht.«

»Und es kommen keine SMS mehr?«

»Nein. Und Sie müssen Ihr Honorar auch nicht mit mir teilen«, grinste Limbach.

Bodo Noack grinste ebenfalls. »Die Idee wäre mir auch nicht gekommen.«

»Dann ist ja alles bestens. Ich werde dem Staatssekretär ausrichten, dass wir die Sache geklärt haben. Jedenfalls vielen Dank für Ihre Kooperation.«

»Max, willst du mich trocken rubbeln?«, erklang Annikas Stimme aus der Wohnung.

Noack grinste. »Das sollten Sie sich nicht entgehen lassen.«

»Habe ich auch nicht vor«, sagte Limbach. Er steckte das Smartphone in seine Hosentasche und hielt dem Polizisten die Hand hin. »Würde mich freuen, wenn wir öfter mal Dinge so unkompliziert klären könnten.«

»Ganz meine Meinung. Ich mag auch keine unnötigen Umstände.«

Die Männer verabschiedeten sich mit Handschlag und Bodo Noack verschwand im Treppenhaus.

Maximilian Limbach schmiss die Wohnungstür zu und rannte zum Bad. »Coming, coming, coming!« Noch im Laufen entledigte er sich seiner Krawatte – zur Not gab es immer noch den Lieferservice!

*

Rico Hoyer überquerte die Keithstraße und ging zu seinem Alfa Romeo. Gerade als er losfahren wollte, schoss ein weinroter Daimler Sovereign heran und hielt direkt vor seinem Wagen. Ein Rausfahren war unmöglich. Der Kommissar hupte mehrmals, aber niemand reagierte. Wütend stieg Hoyer aus.

Als er zur Fahrerseite gehen wollte, bemerkte er, dass es sich um ein rechts gesteuertes Fahrzeug handelte. Er drehte sich herum, da wurde ihm durch das offene Rückfenster eine Pistole in die Seite gedrückt.

»Wenn du dich bewegst, knall ich dich ab, du Schwein.«

Rico Hoyer blieb stocksteif stehen, senkte vorsichtig den Blick. Auf dem Rücksitz des Wagens saß Luise Weiland, bedrohte ihn mit einer Walther GSP, Kaliber .22. Eine jüngere Version der Waffe, die in Lottes Wohnzimmer hing.

»Luise, was soll der Scheiß? Bist du völlig bekifft?«

Yasser Al-Shaker war unterdessen aus dem Daimler gesprungen und setzte dem Kommissar einen rasiermesserscharfen Säbel an den Hals. »Leg die Hände nach hinten. Ganz langsam.«

Natürlich, schoss es Hoyer durch den Kopf. Das IS-Arschloch. Er hatte dem Wichser noch nie getraut. Deshalb befolgte er den Befehl auch sofort.

Yasser Al-Shaker nahm seinen Säbel zwischen die Zähne

und fesselte die Hände des Kommissars mit einem Kabelbinder. »Du gehst jetzt schön langsam zum Kofferraum. Eine falsche Bewegung und ich schneide dir die Kehle durch. Verstanden?«

Rico Hoyer nickte und die beiden Männer näherten sich dem Heck des Daimlers. Yasser Al-Shaker öffnete die Kofferraumklappe. »Rein da.«

»Wieso?«

»Wird's bald? Sonst …« Der Syrer erhöhte den Druck auf Hoyers Hals, sodass etwas Blut austrat.

»Scheiße …!« Hoyer ließ sich in den Kofferraum fallen.

Yasser schob seine Beine nach und sah, dass der Kriminalkommissar zu einer Schimpfkanonade ansetzen wollte. Er drückte ihm die Hand auf den Mund. »Kein Wort.«

Yasser sah sich im Kofferraum um und entdeckte hinter Hoyers Beinen einen öligen, hölzernen Bremsklotz, wie er vor Jahrzehnten von sportlichen Herrenfahrern bei Bergfahrten eingesetzt worden war. Um bei einem unerwarteten Stopp ein plötzliches Abwärtsrollen des Kraftfahrzeuges zu verhindern. Der Syrer nahm das Holzstück, taxierte Rico Hoyer und schlug es hart an dessen Schläfe. Knapp und punktgenau. Und schon herrschte Ruhe im Land. Dann schloss Yasser die Kofferraumklappe und setzte sich hinters Lenkrad. Er grinste seine Chefin im Rückspiegel an. »Hat alles bestens geklappt, Frau Weiland.«

»Daran habe ich nie gezweifelt. Wir sind eben ein Dream-Team, Yasser. Meinst du, ich könnte mir jetzt etwas von meiner Medizin gönnen?«

»Wenn Sie es nicht übertreiben …« Yasser Al-Shaker zwinkerte der alten Dame verschwörerisch zu und fuhr los.

*

Annika und Maximilian lagen nebeneinander im Bett. Verschwitzt und glücklich. Es war dann doch der Lieferservice geworden. *Flying Sushi-Master Lehniner Platz* brachte alles in doppelter, vierfacher und sechsfacher Ausführung. Ideal für ihre Marotte der absoluten Nahrungsübereinstimmung. Sie fütterten sich gegenseitig mit den mundgerechten Maki- und Nigiristückchen, zwischendurch las Maximilian seiner Freundin seine Nachrichten an Staatssekretär Füting vor.

»... sag deinen verfaulten Eiern schon mal Goodbye. Bald komme ich. Der Rächer.«

Annika lachte lauthals, prustete Takuanstücke durch den Raum, strampelte wild mit den Beinen. »Ich sehe unseren Nobby förmlich vor mir, wie er seine ... verfaulten Eier ... Max, du bist einmalig!«

»Ich habe dir doch gleich gesagt, dass es funktionieren wird.«

»Stimmt, du hast eben eine richtig kriminelle Ader ... Das gefällt mir. Das gefällt mir sogar sehr. Verfaulte Eier! Uiiiihh!« Erneut wurde Annika von einem Lachanfall geschüttelt. Maximilian streichelte ihr beruhigend über den Rücken.

»Geht es wieder?«

»Ja, danke.«

»Willst du was trinken?«

»Später. Erst machen wir ein Selfie. Von uns beiden.«

»Okay, ich zieh mir was über.«

»Hiergeblieben. Das wird ein Nacktselfie.«

»Wenn du meinst ...«

»Ja, meine ich.«

Annika wälzte sich zum Bettrand, klaubte ihren Büstenhalter und Maximilians Krawatte vom Boden auf. Sie warf ihrem Bettgefährten den rosafarbenen BH zu, band sich selbst seine College-Krawatte mit ausgesprochen hässlichen, grün-blauen Diagonalstreifen um. Dann nahm sie Maximilians Smartphone und lehnte sich an die Rückwand des Bettes.

»Zu mir, Toyboy!«

Maximilian hatte bereits den BH umgebunden und kroch auf allen vieren zu Annika. Langsam, lasziv fauchend, ein zu allem bereiter Panther. Annika erinnerte er zwar mehr an einen Stubentiger, aber geil war es trotzdem. Sie schlang ihre Arme um Maximilian und hielt das Smartphone in die Höhe.

»Cheeeeese!«

Beide lächelten und Annika drückte auf den Auslöser. Noch mal und noch mal und noch mal.

Gemeinsam begutachteten sie die Bilder.

»Ein schönes Paar«, sagte Maximilian.

»Ein außerordentlich schönes Paar. Vor allem die Lady.« Annika kniff ihm in die linke Brust und Maximilian quiekte.

»Und jetzt?«

»Wie jetzt?«

»Löschen wir die Bilder?«

»Wieso, Max? Vertraust du mir nicht?«

»Wir behalten sie selbstverständlich. Logo.«

»Siehst du, geht doch.« Annika kniff Maximilian in die rechte Brust und er quiekte erneut. Dann schmiegte sie sich an ihn.

»Was wünschst du dir denn vom Rächer?«, fragte der Referent.

»Ich darf mir was wünschen?«

»Wir dürfen uns beide was vom Rächer wünschen. Fällt dir nichts ein?«

»Doch.«

»Was denn?«

»Gehen auch große Wünsche?«

»Der Rächer ist spezialisiert auf große Wünsche. Hat er mir selbst gesagt.«

»Ich könnte ein Stipendium für Harvard gebrauchen.«

»Da bist du doch viel zu weit weg von mir. Ich glaube nicht, dass ich den Rächer davon überzeugen kann.«

»Wie wäre es mit London? Oder Paris?«

»Paris würde dem Rächer gefallen.«

»Dort kann man übrigens hinreißende Dessous kaufen ...«

»Un soutien-gorge s'il vous plaît, madame.« Der Referent riss sich den BH vom Oberkörper und wälzte sich auf die Praktikantin. Na warte, dachte er. Doch dann umschlangen ihn Annikas weiche Arme und für den ehemaligen zweiten Vorsitzenden der Jungen Union Schleswig-Holstein tat sich der Himmel auf.

*

Scheiße! Wo bin ich?, dachte Rico Hoyer. Er saß im Dunkeln, in irgendeinem Keller. Zwar trocken und einigermaßen warm, aber er spürte, dass seine Füße gefesselt waren. Und seine Hände auch, hinter dem Rücken. Dann fiel ihm alles wieder ein: Scheiße! Er wollte schreien und merkte, dass ein Knebel in seinem Mund steckte. Doppelte Scheiße! Auf solche Momente war er beim Landeskriminalamt nicht vorbereitet worden. Er hatte Kidnappsituationen immer nur von außen betrachtet. Aus der Position des Ermittlers, des Einsatzleiters, des nachbearbeitenden Kommissars. Aber heute hatte er den Part erwischt, der bei den Schulungen immer »die Arschkarte« genannt wurde. Und dem er immer geschickt entkommen war. Heute war er also der Gekidnappte. Dreifache Scheiße!

Rico Hoyer blickte um sich, konnte in der Dunkelheit jedoch nur wenig erkennen. Er hatte den Eindruck, dass zwei Meter vor ihm ein Tisch stand. Vielleicht. Sicher war er nicht. Er überlegte, welche Möglichkeiten er in seiner Situation besaß. Kurzfristig gesehen gingen sie gegen null. Mittelfristig aber … Es hing alles davon ab, wie er der durchgeknallten Drogeneule und ihrem Hassprediger entgegentreten konnte. Hatte er etwas Interessantes anzubieten? Konnte er mit ihnen ins Geschäft kommen? Er dachte an den Kurs in Neheim-Hüsten, atmete langsam durch die Nase, versuchte, sich zu entspannen. Die große Frage war: Hatte er etwas anzubieten? Und wenn ja: was?

*

Yasser Al-Shaker schob den Makkaroniauflauf, den die Köchin für Luise Weiland zubereitet hatte, in die Mikrowelle. Mit einem Salat dazu sollte er auch für zwei Personen reichen. Er deckte den großen Holztisch in der Küche, an dem nur sehr selten gegessen wurde. Eigentlich nie. Zumindest nicht in der Zeit, in der er bei Luise Weiland beschäftigt war. Die Küchenfenster gingen hinaus zum Garten, öffneten den Blick auf die Blutbuche und auf das Stückchen Rasen, unter dem Lotte beerdigt werden sollte. Doch inzwischen war es draußen dunkel und Yasser konnte nur noch Umrisse erkennen.

Der Syrer dachte an den Bullen im Keller. Sollte er diesem rassistischen Wichser auch was zu essen bringen? Wieso eigentlich? In Filmen ließ man solche Typen immer ein paar Tage schmoren. Bis sie weichgekocht waren und alles nur so aus ihnen heraussprudelte, ihre ganzen Verbrechen und üblen Taten. Weil sie hofften, damit ihr erbärmliches Leben zu retten. Also erst mal Diät.

Auf dem Küchentisch lagen Rico Hoyers Smartphone, sein Portemonnaie und die Dienstwaffe samt Holster. Er musste das Zeug entsorgen. Und zwar schnellstens. Falls die

Polizei, aus welchen Gründen auch immer, in der Villa eine Durchsuchung vornehmen sollte, säßen sie knietief in der Scheiße.

Luise Weiland kam in die Küche und Yasser musste zweimal hinschauen. Seine Chefin hatte sich umgezogen, trug einen orangefarbenen Feincordanzug, der zwar perfekt saß, dessen Schnitt aber verriet, dass er mindestens vierzig Jahre alt war. Vielleicht noch älter. Passend dazu hatte sie einen überbreiten Wildledergürtel umgebunden, in dem ihre Walther GSP steckte, im Mundwinkel ihre E-Zigarette. Die alte Dame wirkte energiegeladen, gar nicht mehr alt, mindestens fünfzehn Jahre jünger. Und ausgesprochen cool, dachte Yasser. Aber das behielt er für sich.

»Wir können sofort essen, Frau Weiland.«

»Sehr gut.« Seine Chefin deutete auf ein Weinregal, das neben dem Vorratsraum stand. »Öffne bitte eine Flasche Château Providence Pomerol. Den 2003er.«

Yasser nickte, holte besagte Flasche und tauschte die Saftgläser gegen Weingläser aus. Dann stellte er den Auflauf und den Salat auf den Tisch. Sie setzten sich gegenüber und der Syrer goss Wein ein.

Luise hob ihr Glas und schaute ihn an. »Es wäre schön, wenn du mich auch duzen würdest. Ich heiße Luise.«

»Yasser …«

»Das weiß ich doch.«

Sie stießen miteinander an und ließen sich den Auflauf schmecken.

»Wie gehen wir jetzt vor, Frau … ich meine, Luise?«

»Wir brauchen ein schriftliches Geständnis von ihm. Unbedingt. Rico muss unterschreiben, dass er Lotte ermordet hat. Oder dass er den Mördern dabei behilflich war.«

»Das sollten wir hinkriegen. Die Frage ist nur, wie lange es dauert, bis wir ihn so weit haben.«

»Was denkst du, wie lange er durchhält?

»Zehn Tage bestimmt. Er ist gut in Form.«

»So viel Zeit haben wir nicht.«

»Dann müssen wir ihn mürbe machen. Wir überlassen ihn erst mal eine Nacht sich selbst ...«

»Und das reicht?«

»Nein, aber dann hält er höchstens eine Woche durch.«

»Immer noch zu lang. Die werden ihn nach spätestens drei Tagen suchen. Und irgendwann kommen sie dann auch zu uns.«

»Wenn wir ihn der Polizei als Mörder übergeben wollen, müssen wir allerdings entsprechende Beweise vorlegen.«

»Und wie kriegen wir die? Hast du eine Idee?«

»In Syrien gäbe es natürlich Wege ...«

»Dann machen wir es wie in deiner Heimat.«

»Meinst du Folter?«

Luise Weiland trank ihr Weinglas mit einem Ruck aus und hielt es Yasser hin. »Bist du so nett ...?«

Ihr Angestellter goss nach. »Luise, du willst ihn wirklich foltern?«

»Zur Not ...«

»Hmmh ... Schaffst du das? Traust du dir das zu?«

»Ich dachte, du hilfst mir dabei.«

»Ich?«

»Du kennst dich doch mit der Materie aus.«

»Ich bin gerade mal zwei Tage gefoltert worden, Luise. Genau genommen waren es nur neununddreißig Stunden. Von irgendwelchen Mudschaheddin-Amateuren in Damaskus. Das macht mich doch nicht zum Profi.«

»Jedenfalls hast du mehr Ahnung auf dem Gebiet als ich. Und du hast einen Krummsäbel.«

»Eine umgebaute Sense habe ich.«

Die alte Dame in dem orangefarbenen Cordanzug lächelte. »Wenn du deine Dishdasha trägst und die Kufiya aufsetzt, siehst du wie Omar Sharifs jüngerer Bruder aus.«

»Wer soll das sein?«

»Mein Jugendschwarm.«

»Der jüngere Bruder?«

»Der Ältere.«

Eine Weile aßen sie wortlos, musterten sich gegenseitig. Versuchten, die Gedanken des anderen zu erraten.

Dann legte Luise Weiland ihr Besteck ab – fertig. »Hilfst du mir?«

»Natürlich, aber ...«

»Gut. Ich wusste doch, du lässt mich nicht hängen.«

»Und was erwartest du von mir?«

»Du kennst aus Syrien die ganzen Tricks. Die speziellen Foltermethoden. Was ist denn mit diesem Waterboarding?«

»Das machen die Amis.«

»Aber bei euch wird das doch auch praktiziert.«

»Wahrscheinlich. Aber ich bin da schon eine Weile weg ...«

»Du könntest bei deinen Verwandten anrufen.«

»Soll ich sie fragen, wie Waterboarding geht?«

»Das wäre prima.«

»Geht nicht. Im Gouvernement Darʿā wurde das ganze Telefonnetz zerbombt. Ich habe seit Monaten mit keinem meiner Verwandten mehr gesprochen.«

»Das tut mir leid.« Teilnahmsvoll drückte Luise Weiland die Hand ihres Angestellten. »Ich weiß, wie es ist, wenn man ohne die Seinen dasteht. Ich fühle wirklich mit dir.« Sie nahm einen Schluck Wein. Dachte nach. »Und Skype?«

»Wie Skype?«

»Skype funktioniert doch immer.«

Yasser starrte seine Chefin an. Skypen ohne intaktes Telefonnetz? Wie sollte das gehen, wie stellte sie sich das vor?

War Rotwein für sie möglicherweise die falsche Droge? Sollte er die restliche Flasche wegstellen? Dann dachte er an Luise Weilands Versprechung. Dachte an das in Aussicht gestellte Erbe. Und – noch wichtiger – an die Möglichkeit der deutschen Staatsangehörigkeit.

»Okay. Ich kläre das mit dem Waterboarding.«

Luise Weiland lächelte. »Wunderbar, Yasser. Und was machen wir jetzt mit Rico?«

»Der Typ soll da unten erst mal die Nacht schmoren.«

*

Seine Wohnung hatte sich in den letzten Monaten ziemlich verändert. Früher war sie stets aufgeräumt gewesen, jedes Ding hatte seinen Platz gehabt. Dafür bedurfte es als alleinstehender Mann mit Putzfrau keines großen Aufwandes. Jetzt lagen in allen Räumen Sachen herum. Bücher, Kleidungsstücke, Spielzeug. Man sah auf den ersten Blick, dass hier nicht nur Erwachsene wohnten, sondern ebenfalls Kinder.

Am Anfang hatte der Kommissar sich im Geheimen am Umkrempeln seiner vertrauten Umgebung gestört. Doch inzwischen hatte er sich daran gewöhnt. Mehr noch, er fand es äußerst angenehm, genoss die neue Lässigkeit geradezu.

Nettelbeck brachte Mark Kojo und Efua Marie ins Bett und las ihnen noch eine Viertelstunde lang vor. Dann knipste er das Licht aus und ging in die Küche.

Philomena hatte inzwischen aufgeräumt, saß am Tisch und trank ein Glas Gingerbeer. Er setzte sich dazu.

»Wie fühlst du dich in deiner neuen Rolle, Martin?«

»Gut. Ja, die Rolle des Familienvaters fühlt sich super an. Ich wusste gar nicht, wie schön das Zusammenleben mit Kindern ist.«

»Heute wurde Mark Kojo nach vorne gerufen und seine Lehrerin hat den Vorfall vor der ganzen Klasse klargestellt. Hat ihnen gesagt, dass sie ihn unschuldig verdächtigt hat. Die Schüler haben danach alle Beifall geklatscht. Hat Mark Kojo es dir erzählt?«

»Nein.«

»Wahrscheinlich wusste er nicht, wie er es ausdrücken soll. Aber glaub mir, Mark Kojo ist sehr stolz auf dich. Endlich hat er auch einen Vater.«

Nettelbeck lächelte. »Dann ist alles in bester Ordnung. Das hatte ich mir gewünscht.«

Philomena beugte sich vor und küsste ihn. »Ich habe übrigens ein Geschenk für dich. Efua Marie hat mir gebeichtet, dass sie eine deiner LPs kaputt gemacht hat.«

»Halb so schlimm«, sagte Nettelbeck, meinte aber exakt das Gegenteil.

»Tu nicht so«, lächelte seine Freundin. »Du hast dich krankgeärgert.«

Er grinste schuldbewusst und sie schob ihm eine in Geschenkpapier eingewickelte CD hin.

»Ich hoffe, sie gefällt dir.«

Der Kommissar packte die CD aus, es war *Eternal Beauty* von Nils Landgren. Nettelbeck mochte den kraftvollen, groovy Funkystil des Posaunisten, der sämtliche Möglichkeiten seines Instrumentes immer wieder mit einer Brillanz zur Geltung brachte, wie es nur ein ganz großer Könner vermochte. Cool und geschmeidig zugleich, heißblütig und voller Wärme, mit Ironie und Spielwitz.

Der Kommissar kannte die CD noch nicht und schob sie gleich in den Player des Küchenradios. Es passierte das, was er befürchtete hatte: Nils Landgren sang. Warum? Was verleitete so viele hochtalentierte Posaunisten bloß dazu, sich als Vokalisten zu beweisen? Reichte ihnen ihr Instrument nicht aus? Landgren war keineswegs allein, reihte sich ein in eine unendlich lange Kette trällernder Tromboneplayer: Jack Teagarden, James Pankow, Joseph Bowie, Fred Wesley, Trombone Shorty, Ray Anderson und und und. Insofern war Landgren sogar in allerbester Gesellschaft. Trotzdem lehnte Nettelbeck singende Posaunisten ab. Schon aus Prinzip.

Nils Landgren spielte auf der CD ausschließlich Balladen und der Kommissar sah, wie seine Freundin fasziniert lauschte. Er musste es widerwillig zugeben – Landgrens Stimme hatte wirklich einen schmelzenden Klang, wie geschaffen für Balladen. Als das gleichnamige Titelstück erklang, griff Nettelbeck nach Philomenas Hand, zog sie hoch und sie tanzten mit kleinen, der Enge der Küche geschuldeten, Schritten um den Tisch herum. Schwebten gleichsam zu Landgrens Stimme und seiner Posaune.

Wenn schon die Zeit der großen Veränderungen gekommen ist, dachte der Kommissar, sollte ich das mit den singenden Posaunisten vielleicht einmal überdenken. Nachher entgeht mir noch was. Und das wäre schade.

V

In der Nacht war Rico Hoyer über den Steinboden in eine Ecke gerobbt. Dort lag eine Plane, auf der er schließlich eingeschlafen war. Als er wach wurde, war der Tag bereits angebrochen, durch ein vergittertes Fenster wurde der Raum einigermaßen erhellt. Wie der Kommissar vermutet hatte, war er in einem Keller gefangen.

Er wurde von jemandem angestoßen, drehte sich mühsam auf die andere Seite. Vor ihm standen Luise Weiland und Yasser Al-Shaker. Sie in einem orangefarbenen Feincordanzug aus den Sixties, er in einem Scheichkostüm. Sie hielt eine Reitgerte in der Hand, er einen Wasserkanister. Was für durchgeknallte Drogenfreaks. Mit solchen Schwachköpfen müsste er doch fertigwerden. Es kam jetzt nur darauf an, kaltblütig zu bleiben, nicht falsch zu reagieren.

Der Syrer beugte sich hinunter und entfernte den Knebel aus Hoyers Mund. Er zerrte den Kommissar hoch, ließ ihn auf einen Stuhl plumpsen.

»Gut geschlafen, Arschloch?«

Rico Hoyer verkniff sich die Antwort.

»Hast du darüber nachgedacht, was wir dir gestern gesagt haben?«

»Kriege ich was zu trinken?«

Yasser sah Luise an und die nickte. Der Syrer öffnete den Kanister und ließ Hoyer ein paar Schlucke Wasser trinken. »Also, wir hören …«

»Ihr könnt mir den Mord nicht in die Schuhe schieben. Ich bin Polizist, ich habe Lotte geliebt.«

»Du hast meine Enkelin mit anderen Frauen betrogen«, sagte Luise Weiland. »Du mieses Stück Dreck.«

»Das stimmt nicht, das ist bloße Verleumdung.«

»Hör auf zu lügen und sag endlich die Wahrheit.«

»Das ist die Wahrheit!«

Die alte Dame schlug dem Kommissar mit der Reitgerte scharf ins Gesicht. Doch Hoyer blieb stumm, verbiss sich alle Schmerzlaute.

»Es hat keinen Zweck, Luise«, sagte Yasser. »Wir vertrödeln nur unsere Zeit.«

»Du hast recht. Bereite alles vor.«

Yasser öffnete einen Kellerraum, in dem altmodische Sportgeräte standen, mit denen Herbert Weiland in den Achtzigerjahren an seiner Fitness gearbeitet hatte. Er zog eine Trainingsbank heraus und stellte die Liegefläche schräg. Dann riss er Hoyer vom Stuhl, durchschnitt dessen Fessel und zwang ihn, sich rücklings auf die Bank zu legen. Yasser fesselte Hoyers Hände in Bauchhöhe, nahm ein paar Springseile von einem Haken und fixierte den Kommissar damit, sodass sich sein Kopf am untersten Punkt der Trainingsbank befand.

»Gleich wirst du reden …« Yasser nahm den Knebel, übergoss ihn mit Wasser und stopfte ihn Hoyer in den Mund. »Viel Vergnügen, Arschloch.«

Luise reichte Yasser einen Putzlappen und der bedeckte damit das Gesicht des Kommissars, dessen panischer Blick verriet, dass er begriff, was sie mit ihm vorhatten. Er wand sich, strampelte und zuckte, konnte sich aber nicht befreien.

Yasser nahm hinter Hoyers Kopf Aufstellung und begoss ihn mit dem Wasser. Langsam, kontrolliert, sodass es direkt in dessen Mund und Nase floss. Da dessen Kopf tief lag, konnte das Wasser unmöglich in die Lunge gelangen. Doch beim Kommissar setzte sogleich der Würgereflex ein und in seinem Gehirn flackerte die Botschaft »Ertrinken« auf. Hoyers Körper sträubte sich, aber vergeblich. Die Springseile hielten ihn fest. Der Kommissar konnte nicht mehr unterscheiden, ob er ein- oder ausatmete, fühlte nur Panik, als ihn das Wasser überströmte. Und in seiner Vorstellung ertrank er schließlich. Immer und immer wieder.

*

Nettelbeck war bester Laune, als er das Landeskriminalamt betrat. Er kam von einem tollen Frühstück, was der Patchworkfamilie auch nicht jeden Morgen gelang. Schon weil ihre Schul-, Arbeits- und Dienstzeiten viel zu unterschiedlich waren. Es war sehr lustig gewesen, nur als Efua Marie ihn mit Nougatcreme beschmieren wollte, damit er ihrem Onkel ähnlich sah – Onkel Wakaso, Onkel Fatau oder Onkel Kwame? –, da hatte er die Runde aufgehoben. Unter Verweis auf eine wichtige laufende Ermittlung.

Im Treppenhaus kam ihm ein Kollege aus dem Dezernat für Brandstiftungen, Explosionen und Gefährdungsdelikte entgegen. Sie hatten schon öfter zusammengearbeitet und mochten sich. Nach einem kurzen Gruß war Nettelbeck schon fast an dem Kollege vorbei, als dieser stehen blieb.

»Martin, was wollte denn Rico Hoyer bei euch?«

»Wie …?«

»Der kam gestern aus eurer Etage.«

»Aus unserer?«

»Ja.«

»Wann soll das gewesen sein?«

»So gegen 19:00 Uhr.«

»Keine Ahnung, war vielleicht bei einem anderen Kollegen.«

Nettelbeck eilte in den zweiten Stock. Er war überzeugt, dass Hoyer sich Zutritt zu seinem Büro verschafft hatte.

*

Ein paar Minuten länger, als in den gegoogelten Artikeln beschrieben, hatte es schon gedauert, bis Rico Hoyer endgültig zusammenbrach. Der Kommissar zitterte am ganzen Körper, hatte wirre Panik im Blick, sein Körper war verkrampft. Er erinnerte mehr an eine wächserne Wasserleiche als an ein menschliches Wesen.

Erstaunlich, dachte Yasser, aber nach den acht Waterboardingbehandlungen mit dem Kanister dürfte das Arschloch vermutlich ebenso viele Nahtoderfahrungen durchlitten haben.

Luise Weiland versetzte Hoyer einen Hieb mit der Reitgerte. Quer über seinen durchnässten Oberkörper.

»Entweder redest du jetzt oder wir beginnen eine neue Sitzung.«

»Ich ... ich ... rede ... rede ... rede ja ...«

»Und du wirst uns deine Aussage hinterher unterschreiben. Ist das klar?«

Hoyer nickte mit verschrecktem Blick. Und dann gestand der Kommissar. Erklärte seinen Folterern, dass er seine Ermittlung gegen einen Bundestagsabgeordneten einstellen musste, obwohl er monatelang dafür gearbeitet hatte. Er wusste, dass die Beweise im Büro des Abgeordneten lagen, aber die Behörde wollte nicht dessen Immunität aufheben lassen. Stattdessen stellte man seinen Fall ein. Hoyer war am Boden zerstört gewesen. Bis Lotte auf die Idee kam, sich als Personenschützerin für einen Bundesminister zu bewerben und in das Abgeordnetenbüro einzubrechen.

»Das soll Lottes Vorschlag gewesen sein?«, fragte Luise Weiland.

»Ja, sie wollte mir helfen. Sie kannte keine Angst. Und sie liebte mich.«

»Aber du hast sie nicht geliebt.«

»Doch, ich wollte Lotte heiraten.«

»Und warum hast du meine Enkelin dann betrogen?«

Hoyer wich dem Blick der alten Dame aus.

»Du weißt es nicht? Soll ich es dir sagen? Weil dir Lotte egal war. Du hast sie nur gebraucht, um an die Beweise heranzukommen. Du hast sie benutzt wie ein Stück Vieh, das man mit Fußtritten fortjagt, wenn es nutzlos geworden ist.« Luise Weiland hob die Reitgerte und schlug auf den Kommissar ein. Immer und immer wieder.

Hoyers geschwächter Körper krümmte sich auf dem Boden zusammen. Sein Anblick erinnerte Yasser Al-Shaker an die Folter, der man ihn in Syrien unterzogen hatte. Er überlegte, ob er einschreiten sollte. Dann dachte er an die versprochene Erbschaft, sah seinen deutschen Pass vor sich und unterließ es.

*

Während Nettelbeck darauf wartete, dass ihn der Leiter der Zentralen Dienste, Abteilung Automatische Datenverarbeitung, zurückrief, telefonierte Täubner mit seinem ehemaligen Professor von der Hochschule für Wirtschaft und Recht. Der hatte ihm eine Mail geschickt, deren Aussage der Kommissar unbedingt gegenchecken musste.

»Ernsthaft? Durch die Absage dieser Studentin ist ein Platz frei geworden? – Natürlich, meine Freundin würde sofort einspringen. – Sicher, sie könnte sich nächste Woche einschreiben. Gar kein Problem. – Ich rede heute Abend mit ihr und wir melden uns am Montag. Ist das okay? – Klasse, vielen Dank. Und schon mal ein entspanntes Wochenende.« Täubner legte den Hörer auf und strahlte Nettelbeck an. »Dem Himmel sei Dank, ich muss nicht ins Ruhrgebiet!«

Ehe sein Partner etwas erwidern konnte, klingelte dessen Telefon. »Nettelbeck? – Grüß dich. Sag mal, kannst du mir sagen, ob sich jemand anderes an meinem PC eingeloggt hat? – Genau, der in meinem Büro. Ich habe keinen anderen. – Klar, ich warte.« Nettelbeck deckte die Sprechmuschel mit der Hand ab und blickte Täubner an. »Was hast du gegen das Ruhrgebiet? Da gibt es tolle Ecken.«

»Und wo bitte?« Täubner grinste spöttisch. »Soll ich etwa durch Industrieruinen stolpern? Die gibt's auch in Berlin.«

»Ich habe mit Philomena und den Kids im Frühjahr eine Radtour im Emscher Landschaftspark gemacht. Der zieht sich von Duisburg bis nach Bergkamen. Ist sehr interessant, wie sich die Natur ihr altes Refugium zurückerobert.«

»Tut sie das?«

»Ja. Aber man muss natürlich ein Interesse an Veränderungen haben. An Bewegung. Über Moshé Feldenkrais sprachen wir bereits, oder?«

Täubner blieb die Antwort erspart, da sich Nettelbecks Telefonpartner meldete.

»Okay. – Gestern Abend um 19:03 Uhr? – Danke dir. – Ebenfalls.« Nettelbeck legte den Hörer auf.

»Rico Hoyer hat gestern bei uns im Büro rumgeschnüffelt. Sorg dafür, dass er umgehend zur Vernehmung kommt. Egal unter welchem Vorwand. Lass dir irgendwas einfallen. Hauptsache, er erscheint hier.« Nettelbeck stand auf. »Ich gehe kurz zu Jutta und informiere sie über den Stand der Dinge. Sie soll sich schon mal darauf einstellen, mit dem Staatsanwalt zu reden.«

Täubner nickte und Nettelbeck verließ das Büro.

Eine paar Sekunden überlegte Täubner, schnell in Irinas Büro hinüberzugehen, doch dann suchte er die Nummer von Rico Hoyers Dienststelle heraus.

*

Sie hatten sich im *Café Einstein Unter den Linden* getroffen, das für beide etwa auf halber Strecke lag. Außerdem mochte Nils Janssen das Wiener Frühstück mit Marillenmarmelade und zwei Eiern im Glas, während Laufenberg die täglich frisch angebotenen Austern Fines de Claire schätzte. Zwar kam ihre Qualität nicht annähernd an die der Bélon-Austern heran, aber er war nun mal Lobbyist in Berlin und nicht in Paris.

Doch heute verzichtete Laufenberg auf Austern, begnügte sich mit einem Großen Braunen. Der Lobbyist wirkte angespannt, was dem MdB zu denken gab. Aber er war geduldig, kam niemals unüberlegt aus der Deckung. Überließ dies grundsätzlich den anderen. Stattdessen zerteilte er die weich gekochten Eier, würzte sie und verspeiste sie genüsslich.

»Willst du gar nichts essen?«, fragte er zwischen zwei Bissen.

»Ich habe Magenschmerzen.«

»Oh, wie kommt's?«

»Unerwarteter Besuch der Polizei.«

»Wieso das denn?« Janssen wartete die Antwort nicht ab, sondern begrüßte eine Abgeordnete der Grünenfraktion, die ebenso wie er aus Südhessen kam. Als die Frau mit ihrer Begleitung einen Tisch am anderen Ende des Lokals bezog, wandte sich der MdB wieder Laufenberg zu.

»Was war der Grund?«

»Zwei Kommissare haben mich gefragt, was ich mit der toten Personenschützerin zu tun hatte. Sie konnten ziemlich direkte Linien zu uns beiden ziehen. Sie wussten bestens Bescheid. Auch die Ermittlungen dieses LKA-Polizisten waren ihnen bekannt.«

»Redest du von Hoyer?«

»Von wem denn sonst? Wie konnte es passieren, dass sie bei mir aufgetaucht sind? Du hast mir doch gesagt, dass du mit dieser jungen Frau nichts zu tun hattest. Darf ich daraus schließen, dass ich dir nicht mehr vertrauen kann? Dann sag es mir besser gleich.«

Janssen lächelte. Das tat er immer in solchen Situationen. Erstens beruhigte es sein Gegenüber ein wenig, wenn er ihm besondere Aufmerksamkeit widmete, und zweitens gab es ihm selbst eine Aura des Unbesorgten, die sich natürlich auf das gemeinsame Problem übertrug. Und letztlich gewann er Zeit zum Nachdenken.

»Du hast dich bislang immer auf mich verlassen können. Und das wird auch so bleiben. Ich kläre das Problem umgehend. Die Polizei wird dich nicht mehr belästigen.«

»Versprichst du mir das? Bei deinem Parteibuch?«

»Bei meinen fünfzig Millionen, Andreas.«

»Dann bin ich beruhigt. Andernfalls hätte ich auf der Stelle Herzflimmern bekommen.«

Die beiden Männer nickten sich wohlwollend an. Sie wussten, dass für irgendwelche Trickereien einfach zu viel auf dem Spiel stand. Für jeden von ihnen.

*

Nettelbeck hatte die Kriminalrätin über den neusten Stand der Ermittlungen informiert und ihr erklärt, dass er vermutlich noch heute einen Haftbefehl für Rico Hoyer brauchen würde. Jutta Koschke hatte alles abgesegnet, ihn nicht einmal mit einem ihrer perfiden Konter oder kleinen Gehässigkeiten gepiesackt. Nur genickt und immerzu »Jaja« gesagt. Irgendwann hielt der Kommissar es einfach nicht mehr aus.

»Jutta, sag mal. Bist du krank?«

»Ich? Wieso?«

»Du bist seit ein paar Tagen nicht mehr dieselbe. Ich finde, du hast dich völlig verändert. Möchtest du mit mir darüber sprechen? Über diese …«

»Was genau meinst du?«

»Ich habe deine Zeitungsausschnitte über diese Bronchialkarzinome gesehen.«

Die Kriminalrätin starrte ihren Kollegen an, dann kamen ihr die Tränen, sie schlug beide Hände vor das Gesicht. Nettelbeck wartete eine Weile, dann legte er behutsam seine Hand auf ihren Unterarm. Sie schüttelte sie ab. »Lass mich …« Dann stand sie auf, drehte ihm den Rücken zu. Er hörte, wie sie schniefte, sah, wie sie sich mit einem Taschentuch das Gesicht trocknete.

Schließlich hatte sie sich wieder einigermaßen im Griff, nahm gegenüber Nettelbeck Platz.

»Ist es so ernst …?«

»Martin, du hast da etwas missverstanden. Nicht ich … Günther hat Krebs. Er liegt seit heute früh in der Charité. Sie machen mit ihm ein paar weitergehende Untersuchungen.«

»Ach du Scheiße. Das tut mir wirklich leid.«

»Danke. Aber zu dem Haftbefehl für Rico Hoyer. Ich bin mindestens bis 18:00 Uhr im Büro.«

»Das ist nicht nötig. Roger kann das ebenfalls regeln, ist gar kein Problem. Fahr du ruhig zu Günther.«

»Meinst du?«

»Natürlich.« Um seine Aussage zu unterstreichen, stand der Kommissar auf. »Bitte grüß Günther ganz herzlich von mir. Ich drück ihm ganz fest die Daumen, dass die Erkrankung einen guten Verlauf nimmt.«

»Ich werde es ihm ausrichten.«

Nettelbeck nickte der Kriminalrätin zu und verließ das Büro.

Jutta Koschke stand auf und packte ihr Smartphone sowie andere persönliche Gegenstände in die Handtasche. Sie hatte Angst davor, in die Charité zu fahren. Angst, dass die Ergebnisse der Untersuchungen alle ihre Hoffnungen zerstören würden.

*

Da Täubner nicht im Büro war, suchte Nettelbeck ihn in der Teeküche. Dort war er aber auch nicht. Also blieb nur noch Irina Eisensteins Büro übrig, dort wurde er fündig.

Die Angestellte im Ermittlungsdienst und sein Kollege hielten sich umschlungen und küssten sich selbstvergessen.

Nettelbeck hustete vernehmlich und die zwei trennten sich voneinander. »Pardon, Wilbert, falls du heute noch Zeit haben solltest, ich bin drüben im Büro.« Nettelbeck drehte sich auf dem Absatz um, doch Irina hielt ihn am Arm zurück.

»Entschuldigung, Martin, einen Moment …«, sagte die junge Frau. »Wir beide haben gerade unser Problem gelöst.«

»Schön für euch.« Nettelbeck verschränkte die Arme vor der Brust. »Wenn das uns allen so ginge, wäre die Menschheit erheblich glücklicher.«

»Martin, komm …«, grinste Wilbert, »… es geht auch um dich.«

»Inwiefern?«

»Du brauchst in Zukunft nicht auf deinen Partner zu verzichten. Irina bleibt in Berlin und wechselt zur HWR.«

»Obwohl sich auf Wilberts Offerte ein tauschwilliger Kommissar aus Essen gemeldet hat.«

»Dann gratuliere ich.« Nettelbeck lächelte beide an. »Ehrlich. Hast du Hoyer erreicht?«

»Nein. Ist unauffindbar. Ich habe es unter jeder Nummer versucht. Er ist auch nicht zum Dienst erschienen. Achim Lebeck gibt uns Bescheid, sowie er Hoyers Handystandort ermittelt hat.«

Nettelbeck nickte und verließ Irina Eisensteins Büro. Das mit den beiden entwickelt sich allmählich zu einer Daily Soap, dachte er. Immer wieder eine neue Wendung, mit der der Zuschauer nicht gerechnet hat. Und natürlich bittersüß …

Was für Kindsköpfe!

*

Auf dem Rückweg vom Büro des Bundestagspräsidenten spürten Staatssekretär Füting und sein Referent Limbach, wie geschafft sie waren. Eine Stunde lang hatten sie gebraucht, um den Mann, der das zweithöchste Staatsamt innehatte, von seiner neusten Idée fixe abzubringen. In einer Rede vor dem Bundestag wollte er den Umstand geißeln, dass bei wichtigen Themen dem einzelnen Abgeordneten mit seinen zwei, drei Mitarbeitern eine immer größer werdende Phalanx von Lobbyisten gegenüberstand. Eine richtige Brandrede schwebte ihm vor.

Füting und Limbach argumentierten, dass viele Lobbyisten gegeneinander antraten und sich durch ihre jeweilige Argumentation in der Konsequenz neutralisierten. Außerdem könne man bei der Gesetzgebung auf den Sachverstand von Verbänden und Organisationen unmöglich verzichten. Man müsse nur gewahr sein, dass deren Sachverstand auch stets auf Interessen fußte.

Der Bundestagspräsident lenkte schließlich ein. Sie hätten recht, ihm käme es bei dem Thema im Grunde auch vor allem auf die nötige Sensibilität an. Aber Gesetzesentwürfe von Rechtsanwaltskanzleien schreiben zu lassen, das ginge eindeutig zu weit. Er werde das mit der Brandrede sein lassen und den letzten Punkt bei Gelegenheit im Plenarsaal klar zur Sprache bringen.

Eine sehr gute Idee, Herr Bundestagspräsident, sagten sein parlamentarischer Staatssekretär und dessen persönlicher Referent. Fast unisono.

In seinem Büro wollte Staatssekretär Füting mit seinem Referenten die Revision der Wahlkampfkostenerstattung durchsprechen, die in den nächsten Monaten auf Wunsch des Bundestagspräsidenten durchgeführt werden sollte, doch Limbach stoppte ihn.

Es gäbe ein akutes Problem.

»Worum handelt es sich?«

»Um Annika Petzold.«

Norbert Füting lehnte sich zurück, grinste breit. »Das hat sich erledigt. Um die Angelegenheit kümmert sich jetzt ein Profi.«

»Bodo Noack …«

Füting war perplex: »Woher wissen Sie das?«

»Wir haben uns gestern in Frau Petzolds Wohnung getroffen.«

»Ist nicht Ihr Ernst …«

»Ich hatte Ihnen doch versichert, dass ich sie von Ihnen fernhalten werde. Und dass Frau Petzold Sie nicht weiter belästigen wird.«

»Das tut sie aber.«

»Ich weiß. Sie hat Ihnen ziemlich unverschämte Mails geschickt.«

»Das wissen Sie also auch?«

»Sie hat sie mir vorgelesen.«

Der Staatssekretär war geschockt.

»Frau Petzold ist eine hochintelligente junge Frau, Herr Staatssekretär, sie lässt sich nicht so einfach unter Druck setzen. Sie kennt ihre Rechte genau. Herrn Noack einzuschalten, war keine sonderlich gute Idee.«

»Er sollte ihr doch bloß klarmachen, dass sie mit diesem Mist aufhören soll!«

»Noack ist ja nicht gerade für Hemdsärmeligkeit bekannt …«

»Es ging doch nur darum, ein bisschen Druck auszuüben. Das wird er schon können.«

»Zum Glück konnte ich Noack davon abhalten. Es wäre der Super-GAU geworden. Frau Petzold hätte ihn umgehend angezeigt und Sie dazu. Was glauben Sie, was für ein gefundenes Fressen das für die Opposition geworden wäre.«

»Malen Sie es nicht an die Wand!«

»Der schöne Posten beim Hauptverband Deutscher Industrieunternehmen wäre dann auch geplatzt.«

»Den will ich sowieso nicht. Im kommenden Frühjahr wird eine Spitzenposition auf europäischer Ebene frei. Die haben mir ein konkretes Angebot unterbreitet. Und das Salär … Dagegen zahlt der HDI Peanuts. Das muss ich den Herren heute Abend auch noch schonend beibringen.«

»Erst einmal sollten Sie diese blöde Sache klären, Herr Staatssekretär.«

»Aber wie? Wie komme ich da bloß raus?«

»Entspannen Sie sich und lassen Sie mich das machen. Ich werde mich mit Frau Petzold noch einmal unterhalten. Ich habe schon ein wenig vorgebaut.«

»Wie lautet Ihr Plan?«

»Ihr einen Deal anzubieten, den sie nicht ablehnen kann. So sagt man es doch in einschlägigen Kreisen. Soll ich sie gleich mal anrufen?«

»Das Handy ist abgeschaltet.«

»Ich habe mir gestern ihre neue Nummer geben lassen.« Der Referent holte sein Smartphone heraus und tippte darauf herum.

»Hallo, Frau Petzold, hier spricht Dr. Limbach. Wie

geht's, wie steht's? – Haben Sie über unsere gestrige Unterhaltung nachgedacht? – Das ist gut. Wie wäre es denn mit einer Tasse Kaffee? – Schön, so in zwanzig Minuten im Dachgartenrestaurant? – Ich bin immer pünktlich.« Der Referent steckte das Smartphone ein und machte das Victoryzeichen. »Ich kriege das hin. Das verspreche ich.«

Man sah Norbert Füting die Erleichterung an. »Danke, Dr. Limbach. Wie kann ich das jemals wiedergutmachen?«

Nie im Leben, du Kinderficker, dachte Maximilian Limbach. Aber dann lächelte er verbindlich. »Können Sie mich nicht für die Stelle beim Hauptverband Deutscher Industrieunternehmen vorschlagen, Herr Staatssekretär? Ich stände ewig in Ihrer Schuld.«

Norbert Füting überlegte kurz, dann nickte er. »Gut, hauen Sie mich da raus, dann besorge ich Ihnen den Posten.«

*

Die beiden Männer gingen am Märkischen Ufer entlang in Richtung Jannowitzbrücke. Der kleinere der beiden konnte sich nicht erinnern, mit dem baumlangen Bundestagsabgeordneten jemals außerhalb des Reichstagsgebäudes oder der Bannmeile gesprochen zu haben. Aber Nils Janssen hatte auf einen neutralen Ort gedrungen.

»Die Leute von der Mordkommission haben meinen Geschäftspartner in seinem Büro aufgesucht«, eröffnete er das Gespräch.

»Dem würde ich nicht zu viel Bedeutung beimessen. Das ist eine reine Routinemaßnahme.«

»Unsinn, man hat ihn in Verbindung mit mir und mit meinem Ausschuss gebracht. Viel näher kann man uns ja wohl nicht kommen. Die Kommissare vermuten einen direkten Zusammenhang mit dieser toten Personenschützerin.«

»Bleib gelassen. Die ermitteln immer in alle Richtungen. Aber bei dir beißen sie sowieso auf Granit.«

»Mein Geschäftspartner hat mir klar zu verstehen gegeben, dass das Honorar für meine Beratung massiv gefährdet ist. Wenn du nicht dafür sorgst, dass die Ermittlungen in unsere Richtung schnellstens eingestellt werden, dann …«

»Was ist dann, Nils?«

»Dann kannst du nicht mit meiner Hilfe rechnen. Ich werde wegen deiner krankhaften Mordlust meine Existenz nicht aufs Spiel setzt. Du hättest diese Frau nicht töten dürfen. So ein Wahnsinn.«

»Du hast mir den Auftrag gegeben. Alles geschah allein auf deine Veranlassung hin. Da kommst du nicht raus.«

»Solange man den Stick nicht findet … Zum Glück ist er ja, wie du so schön plastisch gesagt hast, im Orkus.«

»Und wenn die Kollegen doch an deine Daten kommen?«

»Ich habe eine neue Festplatte eingebaut.«

»Ich rede von dem USB-Stick, Nils.«

Nils Janssen blieb stehen, schaute seinen Gesprächspartner an, plötzlich sehr argwöhnisch. »Was ist mit dem Stick?«

»Er liegt in einem Schließfach.«

»Du Dreckschwein …«

»Ich musste mich absichern. Warum, sehen wir ja gerade.«

»Ich will den Stick.«

»Natürlich, du bekommst ihn auch. Aber ich erwarte im Gegenzug ein angemessenes Honorar.«

»Honorar …«

»Genau, Nils. Für das Wiederbeschaffen deiner Daten. Und für meine Konfliktbewältigung mit der Personenschützerin.«

Hunderte Gedanken schossen durch Janssens Kopf, er sortierte sie blitzschnell, wog ab, legte eine Route fest. »An welche Summe dachtest du?«

»Eine Million, auf einem Überseekonto.«

»Um so viel Geld lockerzumachen, brauche ich Monate.«

»Ich habe Zeit.«

»Ich aber nicht. Ich will den Stick sofort.«

»Dann mach mir ein Angebot.«

»Du bekommst zweihundertfünfzigtausend Euro. Bar. In kleinen gebrauchten Scheinen.«

»Das klingt gut. Und wann soll die Übergabe stattfinden?«

»Heute noch. Am frühen Abend.«

*

Luise Weiland saß im Wohnzimmer alleine am Tisch, vor ihr lagen Schreibpapier und Briefumschläge. Die alte Dame hatte ihr Testament aufgesetzt, ohne dafür ihre Medizin zu Hilfe nehmen zu müssen. In den nächsten Stunden wollte sie einen absolut klaren Kopf haben. Als Alleinerben hatte sie jetzt Yasser Al-Shaker eingesetzt, den sie in ihrem Vermächtnis als überaus verdienstvollen Angestellten gelobt hatte.

Sie las das Testament noch einmal durch und unterschrieb es. Dann faltete sie das Blatt und schob es in ein Kuvert, das mit *Luise Weiland – Mein letzter Wille* beschriftet war. Auf dem Tisch lagen bereits zwei weitere Umschläge. Auf dem einen stand *Rico Hoyer – Geständnis*, auf dem anderen *Yasser Al-Shaker – Sofort zu erledigen*.

Die alte Dame hatte tagsüber einige wichtige Anrufe getätigt, die Yassers Zukunft betrafen. Dafür musste sie teilweise alte Kontakte bezirzen, beziehungsweise die Begleichung längst vergessener Gefälligkeiten einfordern. Aber es hatte sich gelohnt, nun war alles auf den richtigen Weg gebracht. Luise Weiland durchdachte ihr weiteres Vorgehen. Jetzt begann die letzte Phase. Sie war entschlossen, den Mörder ihrer Enkeltochter seiner gerechten Strafe zuzuführen. Und niemand würde sie daran hindern.

*

Der BMW bog vom Parkplatz in die Keithstraße ein und Täubner gab Gas. »Rico Hoyer hält sich im Moment in der Burgunderstraße auf, in Luise Weilands Villa. Zumindest sein Handy ist dort geortet worden. Kollege Lebeck gibt uns sofort Bescheid, falls sich was ändert.«

»Gut.«

»Was ist mit dem Haftbefehl?«

»Darum kümmert sich Roger Delbrück.«

»Wieso erledigt Jutta Koschke das nicht?«, fragte Täubner. »Macht sie doch sonst immer.«

»Sie hat momentan andere Probleme. Ihr Mann ist krank. Jutta hat sich freigenommen.«

»Was Schlimmeres?«

»Weiß man nicht, abwarten.«

Nettelbeck war nicht in der Stimmung, die privaten Angelegenheiten der Kriminalrätin mit seinem Kollegen zu erörtern. Er mochte Günther Koschke, der Mann tat ihm leid. Nettelbeck nahm die CDs, die er am Vortag unter dem Sitz gefunden hatte, und überlegte, welche er in den Player schieben sollte.

»Hast du irgendwelche besonderen Musikwünsche, Wilbert?«

Täubner zuckte mit den Achseln. »Habe ich, aber die kannst du mir sowieso nicht erfüllen.«

»Bist du da sicher?«

»Definitiv, Martin. Das setzt nämlich ein Interesse an musikalischer Veränderung voraus, das dir nicht mal dein Kumpel Feldenkrais zutrauen würde.«

Nettelbeck schaute schnell aus dem Seitenfenster, damit Täubner sein Grinsen nicht bemerkte: Was für eine Retourkutsche – da hat aber jemand lange dran gebastelt!

*

Während die Kaffeemaschine arbeitete, füllte Yasser Al-Shaker eine Schale mit Müsli und goss Milch dazu. Luise Weiland hatte ihn gebeten, dem Gefangenen im Keller seine Henkersmahlzeit zu bringen. Yasser hielt diese Wortwahl für übertrieben. Ihr Plan sah vor, den Kommissar am Spätnachmittag in den Kofferraum des Daimlers zu verfrachten und ihn irgendwo in den Rieselfeldern freizulassen. Weit draußen, mitten in der Pampa. So blieb ihnen genug Zeit, Rico Hoyers Geständnis bei der Polizei abzugeben und eine Fahndung nach dem Flüchtigen auszulösen. Der Syrer goss Kaffee in einen Becher und stellte die Sachen auf ein Tablett. Den Säbel zwischen den Zähnen, trug er das Essen in den Keller.

Hoyer saß auf dem Boden, seine Hände waren mit Kabelbinder an ein Gasrohr gefesselt. Er hatte Hunger und Kopfschmerzen. Noch immer spürte er die Nachwirkungen des Waterboardings, eine grauenvolle Erfahrung, die ihn verändert hatte.

Dann hörte er Schritte auf der Treppe und Yasser Al-Shaker kam mit einem Tablett in den Keller.

»Ich bringe Ihnen etwas zu essen. Anschließend fahren wir an den Stadtrand und ich lasse Sie dort frei.«

»Sie meinen, Sie erschießen mich.«

»Nein. Wir wollten Ihr Geständnis, nicht Ihr Leben. Und die Erklärung haben Sie ja unterschrieben. Ich werde jetzt eine ihrer Hände losmachen, damit Sie essen können.«

Der Syrer stellte das Essen ab und schnitt mit dem Säbel einen der Kabelbinder durch. Bedächtig schob er das Tablett zu Hoyer und ging in die Hocke, wachsam, den Säbel in der Hand.

Hoyer beugte sich vor und aß einen Löffel Müsli. Dann trank er einen Schluck Kaffee, spürte, dass er noch richtig heiß war. Der Kommissar tat, als wollte er den Becher abstellen, schnellte plötzlich vor, kippte dem Syrer die heiße Flüssigkeit ins Gesicht.

Yasser schrie auf, der Säbel fiel auf den Kellerboden.

Mit einer Hand noch immer an das Gasrohr gefesselt, machte Hoyer einen Breakdance-Powermove, den er als Jugendlicher auf dem Schulhof gelernt hatte. Eine halbe Drehung auf den Schultern und dem oberem Rücken um die eigene Achse, bei der die geöffneten Beine den Boden nicht berühren. Windmill hieß dieses Bewegungselement. Der Kommissar modifizierte den Ablauf allerdings.

Am Ende umschlossen seine Beine den Oberkörper des Syrers, hart und unerbittlich, wie zwei tödliche Hummerscheren.

Mit der freien Hand bekam Hoyer den Säbel zu fassen. Er zog Yasser an sich, hielt die Waffe an dessen Kehle. »Soll ich dir den Hals durchschneiden, Hassprediger? Oder bevorzugst du ein paar Runden Waterboarding?«

Der Syrer war zu geschockt, um zu antworten, starrte den Kommissar entsetzt an.

Hoyer schnitt auch den anderen Kabelbinder los. Er zwang Yasser Al-Shaker zum Aufstehen.

»Wo sind meine Sachen? Meine Pistole.«

»Ich weiß nicht …«

Hoyer hieb mit dem Säbel in Yassers Kinn, zog die Klinge bis zum Halsansatz herunter. Das Blut schoss nur so heraus.

»Antworte! Wo ist meine Waffe?«

Luise kam die Treppe herunter, erfasste die Situation mit einem Blick, riss ihre Pistole aus dem Gürtel.

»Lass ihn los, Rico. Sofort. Sonst …«

»Was sonst?«

»Sonst knalle ich dich ab wie einen räudigen Hund!«

Hoyer schob den Syrer wie einen Schild vor sich her. »Versuch's doch.«

Luise zielte und drückte ab. Plopp! Doch der Schuss ging daneben.

Der Kommissar lachte auf, kam der alten Dame immer näher.

Luise Weiland tat so, als würde sie auf Hoyers Kopf zielen, und der verstellte ihr mit Yasser die Schussbahn.

Luise riss die Pistole nach unten, feuerte zweimal: Plopp! Plopp! Direkt in Hoyers Oberschenkel.

Der Kommissar schrie vor Schmerz, stieß Yasser zu Boden, hieb mit dem Säbel auf Luise Weiland ein. Mit aller Kraft. Traf ihren Oberkörper, einmal … zweimal … dreimal. Bis die alte Dame es schaffte, ihre Pistole hochzureißen und eine Patrone in Hoyers Kopf jagte. Sie schoss weiter, drückte ab, bis das Magazin leer war und der Kommissar mit geborstenem Schädel zu Boden sackte.

*

Nettelbeck und Täubner waren von der Autobahn auf die Spanische Allee abgefahren, befanden sich also höchstens noch drei Minuten von Luise Weilands Villa entfernt, als Achim Lebeck sich meldete. Rico Hoyers Smartphone habe den Standort Burgunderstraße verlassen und bewege sich jetzt in südlicher Richtung. Im Moment befände es sich kurz vor dem Hohenzollernplatz.

Täubner wechselte die Fahrtrichtung und bog in die Alemannenstraße ab. Nach anderthalb Minuten hatten sie den Hohenzollernplatz erreicht. Achim Lebeck meldete sich über die Freisprecheinrichtung.

»Jungs, Rico Hoyer ist gerade in die Normannenstraße abgebogen.«

»Danke, Achim!« Täubner beschleunigte und der BMW nahm die Verfolgung auf.

Die Normannenstraße war ziemlich schmal, an beiden Seiten parkten Pkws, sodass Täubner Slalom fahren musste. Er brauchte eine Weile, bis er endlich einen vor ihnen herschleichenden Müllwagen überholen konnte. Der Kommissar beschleunigte, fuhr weiter, bis die Normannenstraße auf einer Querstraße endete.

»Achim, wir sind jetzt An der Rehwiese. Müssen wir links oder rechts fahren?

»Das Smartphone ist hinter euch.«

»Ist nicht wahr …«

»Doch.«

»Okay, okay.« Täubner schaute zu Nettelbeck. »Wir müssen es gerade überholt haben.«

Nettelbeck warf einen Blick in den Rückspiegel: »Der Müllwagen.«

Täubner nickte.

*

Yasser Al-Shaker steckte zwei der Briefe ein, die auf dem Wohnzimmertisch lagen. Die Sanitäter hatten bereits seine Wunde versorgt und ihm einen Verband angelegt. Der Syrer sah auf der Straße vor der Villa weitere Einsatzfahrzeuge vorfahren, die die Kommissare geordert hatten. Dann nahm er den Brief mit Hoyers Geständnis und ging in die Eingangshalle.

Dort hatten die Sanitäter gerade die Trage mit Luise Weiland abgestellt und schlossen sie an ein Beatmungsgerät an, für das im Kellertreppenhaus kein Durchkommen gewesen war. Die alte Dame war notverarztet worden und bewusstlos.

Der Syrer ging zu Nettelbeck und reichte ihm einen Umschlag. »Das soll ich Ihnen von Frau Weiland geben ...«

»Danke.« Der Kommissar öffnete den Brief, überflog Rico Hoyers Geständnis, las es ein weiteres Mal und steckte es in die Jackentasche.

Die Sanitäter trugen Luise Weiland vorsichtig aus der Villa. Yasser schickte ihr einen wehmütigen Blick hinterher.

»Wenn Sie Frau Weiland ins Krankenhaus begleiten möchten, können wir unser Gespräch auch dort führen.«

»Wirklich?«

Nettelbeck nickte und wandte sich an Täubner, der soeben die Villa betrat.

»Martin, der Leichenwagen ist da.«

»Gut. Organisiere du bitte Hoyers Abtransport, ich rufe Roger an.«

Täubner nickte.

Yasser Al-Shaker nahm seine Jacke von der Garderobe und lief aus dem Haus. Gerade rechtzeitig, um noch zu Luise Weiland in den Krankenwagen zu springen, ehe die hinteren Türen zugeschlagen wurden und das Fahrzeug sich in Bewegung setzte.

*

Staatssekretär Norbert Füting hatte mit seiner Frau telefoniert und ihr mitgeteilt, dass er mal wieder das Wochenende über in Berlin bleiben müsse. Einfach zu viel Arbeit. Sie hatte es teilnahmslos aufgenommen. Wie immer in den letzten Jahren.

Es klopfte an die Tür und Maximilian Limbach betrat mit guten Nachrichten den Raum: Er habe mit Annika Petzold einen Vergleich getroffen, dem der Staatssekretär nur noch zustimmen müsse.

»Wie sieht der aus?«

»Frau Petzold übergibt Ihnen sämtliche Fotos, einschließlich des Smartphones, und unterschreibt eine Erklärung, die Sie von allen Vorwürfen aus der Vergangenheit und der Zukunft freistellen wird.«

»Sehr gut. Und was erwartet sie im Gegenzug von mir?«

»Am liebsten hätte Frau Petzold ein Stipendium für einen Studienplatz in Paris. Acht Semester. Dafür bräuchten Sie nicht einmal in die eigene Tasche greifen. Sie kennen bestimmt einige Stiftungen, die so eine exzellente Abiturientin mit Kusshand fördern werden.«

»Die kenne ich in der Tat. Will sie sonst noch was?«

»Eine einmalige Zahlung als Mietzuschuss. Paris ist teuer. Sie wollte dreißigtausend, aber ich habe sie auf vierundzwanzigtausend heruntergehandelt. Sie müssen natürlich nicht zustimmen. Falls Sie sich dagegen entscheiden sollten, wäre ich sehr geehrt, Ihre anwaltliche Vertretung übernehmen zu dürfen.«

»Um Gottes willen, selbstverständlich bin ich einverstanden.«

»War doch nur ein Scherz, das mit der anwaltlichen Vertretung, Herr Staatssekretär«, gluckste Limbach. »Dann gehe ich rüber und bringe alles in trockene Tücher.«

»Machen Sie das, Herr Doktor. Und ein schönes Wochenende.« Füting ließ sich auf seinen Schreibtischstuhl fallen, doch Limbach machte keine Anstalten, das Büro zu verlassen.

Der Staatssekretär blickte seinen Referenten fragend an. »Ist noch was?«

Limbach war für einen Moment sprachlos und Füting lachte laut los.

»Keine Panik, ich rufe jetzt sofort die Herren vom HDI an und kündige ihnen an, dass Sie an der Besprechung teilnehmen werden. Versprochen ist versprochen! Sie hätten gerade mal Ihr Gesicht sehen sollen, Dr. Limbach. Den Scherz konnte ich mir einfach nicht verkneifen.«

Maximilian Limbach zwang sich zu einem Lächeln. Bleib ganz ruhig, dachte er. Bald hat sich das mit dem Arsch erledigt. Dann kommen die rosaroten Zeiten.

*

Der Kommissar lehnte am BMW und schaute zur Villa auf der anderen Straßenseite, wo Wilbert Täubner immer noch mit der Einsatzabwicklung beschäftigt war. Und zwar zu Recht, er hatte das schließlich in dem Alter auch immer machen müssen. Der Fluch des niedrigeren Dienstgrades.

Nettelbeck war ziemlich geschlaucht und dachte, dass er eigentlich dringend ein Nickerchen machen müsste. Fragte sich nur, wo. Aber bei seinem noch anstehenden Tagesprogramm war das keine so gute Idee. Als sein Smartphone klingelte, hatte sich das Thema erst einmal erledigt.

»Nettelbeck?«

»Hier spricht Nils Janssen, Abgeordneter des Deutschen Bundestages. Meiner Kenntnis nach versuchen Sie seit ein paar Tagen, sich über mich ein Bild zu verschaffen. Wieso rufen Sie mich nicht einfach an?«

Der Kommissar war perplex. Dachte nach. Entschloss sich zu einem Frontalangriff. »Sie dürften Ihre Firewall doch wohl kennen. An Ihrer Immunitätsschranke haben sich bereits meine Kollegen die Zähne ausgebissen. Das brauche ich nicht.«

»Gehören Sie zu den Ängstlichen, Kommissar Nettelbeck?«

»Eher zu den Gründlichen. Was kann ich für Sie tun, Herr Abgeordneter?«

»Ich werde erpresst.«

»Womit?«

»Es geht um Frau Weiland, die tote Personenschützerin.«

»Dann sollten Sie in mein Büro kommen.«

»Tot oder lebendig?«

»Das überlasse ich Ihnen. Wie wäre es mit morgen früh?«

»Der Erpresser will sich noch heute mit mir treffen. Nicht morgen, nicht übermorgen und nicht nächsten Monat. Heute.«

»Kennen Sie die Person?«

»Ja. Sie kennen ihn übrigens auch.«

»Ich?«

»Es handelt sich um einen Ihrer Kollegen von der Polizei beim Deutschen Bundestag. Wollen Sie raten, wer?«

»Sie sollten besser sofort in mein Büro kommen. Jetzt gleich.«

»Das geht nicht. Ich erwarte jeden Moment seinen Anruf.«

»Möchten Sie mich danach zurückrufen?«

»Ja. Das möchte ich.«

*

Der Beamte der Bundestagspolizei hatte nach seiner freitäglichen Marathonsitzung im Fitnessbereich gründlich geduscht. Er überlegte, ob er noch kurz in die Sauna gehen sollte. Heute war gemischter Geschlechtertag, also hatte er keine homosexuellen Attacken zu erwarten. Das kam zwar nicht sehr oft vor, doch er ging solchen Momenten konsequent aus dem Weg. Dann dachte er an sein Gespräch mit dem Bundestagsabgeordneten und ging in die Umkleidekabine. Als er in Boxershorts, Socken und offenem Hemd dastand, meldete sich sein Smartphone. Er fummelte das Gerät aus seiner Sporttasche heraus.

»Momentan außer Dienst.«

»Ich bin's, Nils.«

»Dann selbstverständlich im Dienst.«

»Ich habe die zweihundertfünfzigtausend. Bar. Wie besprochen.«

»Gut. Und ich habe den USB-Stick. Wo wollen wir uns treffen?«

»*Rasthof Avus*, auf dem Parkplatz.«

»Da war ich das letzte Mal während meiner Ausbildungszeit. Warum treffen wir uns nicht in Strausberg? Oder gleich in Frankfurt/Oder?«

»Das ICC liegt direkt gegenüber und ist zu Fuß erreichbar.«

»Mag ja sein. Wir sollten uns trotzdem woanders treffen.«

»Dann auf dem Busbahnhof an der Masurenallee. Aber nur sehr ungern.«

»Der Platz ist genauso beschissen.«

»Ich muss um acht Uhr im ICC sein. Bei einer wichtigen Preisverleihung.«

»Dann schwänz die eben ...«

»Geht nicht, ich bin einer der Preisträger.«

»Im Ernst? Wofür kriegst du denn einen Preis?«

»Für ›Anregungen und Reflexionen zur parlamentarischen Auseinandersetzung mit dem Thema Energie in der europäischen Einigung‹.«

»Klingt gut. Wirklich toll. Gratuliere.«

»Danke. Also treffen wir uns auf dem *Avus*-Parkplatz, ja? Sagen wir in fünfundvierzig Minuten?«

»Einverstanden. Welchen Wagen fährst du?«

»Einen BMW X6 in Carbonschwarz.«

»Ich habe das gleiche Modell. In Pyritbraun. Wie viel PS hat deiner?«

»Vierhundertfünfzig.«

»Wow! Der xDrive50i, dann solltest du vor mir da sein.«

»Fährst du etwa den M50d?«

»Ja. Aber nicht mehr lange.« Der Beamte der Bundestagspolizei beendete das Gespräch. Nächste Woche würde er sich einen besseren Wagen kaufen. Dann konnte er es sich ja leisten.

*

Martin Nettelbeck hatte Roger Delbrück telefonisch darüber informiert, dass der Kriminalhauptkommissar Rico Hoyer von Luise Weiland erschossen worden war. Die kriminelle Energie war aber offensichtlich von Hoyer ausgegangen. Dessen unterschriebenes Geständnis zum Mordfall Lotte Weiland läge Nettelbeck ebenfalls vor. Demnach habe Rico Hoyer die Polizeihauptmeisterin Weiland gezielt zum Geheimnisdiebstahl im Bundestag eingesetzt und somit ihren Tod herbeigeführt.

»Böse, böse das Ganze«, sagte Delbrück. »Wer hängt denn außerdem da mit drin? Weitere Leute von uns?«

»Gut möglich. Polizeibeamte, Politiker ... Vielleicht schnappe ich heute noch einen oder zwei, Roger. Drück mir die Daumen.«

»Sehr gut, Martin, das ist die richtige Einstellung. Am Ball bleiben.«

»Du kennst mich doch. Ich halte dich auf dem Laufenden.«

»Gut, dann machen Sie mal weiter.«

Seit wann siezte ihn Roger, fragte sich Nettelbeck und schloss daraus, dass sein alter Partner gerade in einer Runde mit Polizeibeamten saß, die rangmäßig über ihm standen. Wen gab es denn noch oberhalb von Roger? War er denn noch nicht auf der Götterebene angekommen? Nettelbeck konzentrierte sich darauf, die wichtigsten Berliner Führungspersönlichkeiten aufzuzählen:

Direktor beim Berliner Polizeipräsidenten
Präsident der Bundespolizeidirektion
Direktor des Landeskriminalamtes
Direktor beim Bundeskriminalamt
Präsident des Bundeskriminalamtes

Das waren schon ein paar. Aber nach oben hin wurde die Anzahl der Postenträger bekanntlich immer geringer. Einem Roger Delbrück standen immerhin noch zweihundertfünfzig Martin Nettelbecks gegenüber. Aber wie viel Kriminalbeamte, die täglich tief im Dreck wühlten, standen dem Direktor des LKA gegenüber? Und welcher einsame Held dem Präsidenten des BKA? Alles Fragen, die Nettelbeck nicht beantworten konnte. Und deren Antworten ihm im Grunde auch egal waren. Karrieremäßig war er zufrieden mit dem, was er erreicht hatte. Mehr war vermutlich sowieso nicht drin. Zum Glück, wenn er an Jutta Koschke dachte. Und vor allem an seinen alten Freund Roger.

*

Staatssekretär Füting saß am Schreibtisch und sah sich die Selfies an, die er Annika Petzold geschickt hatte. Für besonders anstößig hielt er sie nicht, im Gegenteil – eigentlich fand er sie sogar ziemlich gelungen. Als erotische Fotos wohlbemerkt. Wenn er da an die Sachen im Internet dachte … Dann löschte er ein Bild nach dem anderen, legte die eidesstattliche Erklärung und das Smartphone der Erpresserin in seinen Safe. Schloss ihn ab und griff zum Telefon.

»Dr. Limbach, vielen Dank. Ich betrachte die Sache damit als erledigt. Seien Sie so nett und kommen Sie bitte um 19:30 Uhr in mein Büro. Dann können wir gemeinsam zu der Verabredung gehen. Ein bisschen Frischluft wird uns guttun. Man wird ja sonst ganz rammdösig in diesem alten Kasten. Dann bis nachher.«

Der Staatssekretär legte den Hörer auf. Eigentlich keine schlechte Idee, wenn Limbach zum Hauptverband Deutscher Industrieunternehmen wechselte. Einen Vertrauensmann im HDI zu haben, der ihn frühzeitig mit Infos spickte, konnte seiner eigenen Karriere nur nützlich sein. Genüsslich öffnete Norbert Füting die Mappe mit den Bewerbungsunterlagen für die Praktikumsplätze beim Präsidenten des Parlaments der Bundesrepublik Deutschland.

Er überflog noch einmal seine Vorauswahl, doch im Grunde wusste er, dass er sich längst entschieden hatte. Die blonde junge Dame mit dem pfiffigen Pony und dem Augenbrauenpiercing. Ganz schön frech. Ob sie wohl noch woanders gepierct war? Die Hübsche kam aus dem Elbsandsteingebirge, aus Porschdorf in Sachsen.

Füting lächelte. Aus Sachsen, aus Sachsen, wo die schönen Mädchen an den Bäumen wachsen. Dann nahm er sich fest vor, dieser Praktikantin keine Selfies von sich zu schicken. Es sei denn, sie würde ihn ausdrücklich darum bitten. Und wer weiß, wer konnte so etwas schon vorhersagen …

*

Der Waffenverkäufer war noch in der Probezeit und es sah gar nicht gut aus. Wenn er heute nicht mindestens einen Umsatz von tausendfünfhundert Euro machte, brauchte er morgen gar nicht erst wieder hier aufzuschlagen. Bedauerlicherweise hatte er bislang nur Ware für fünfhundertsechsundneunzig Euro verkauft. Eine Schreckschusspistole Walther – das aktuelle Sonderangebot – für einhundertneunundneunzig Euro, ein Leatherman-Set aus der Limitierten Edition für Sammler und Liebhaber für zweihundertneunundvierzig Euro und vier Pakete Büchsenmunition, zweihundert Schuss für einhundertachtundvierzig Euro. Es fehlten noch neunhundertundvier Euro. Scheiße. Und in einer Stunde war Ladenschluss. Ein Mann betrat das Geschäft, sah sich um.

Der Waffenverkäufer ging zu ihm, setzte sein freundlichstes Lächeln auf. »Guten Tag, der Herr. Womit kann ich Ihnen behilflich sein?«

»Führen Sie Schutzwesten? Diese Kevlardinger?«

»Natürlich. An was dachten Sie? Lediglich Stichschutz oder auch ballistischen Schutz?«

»Ich möchte eine mit Komplettschutz. Das Beste vom Besten. Der Preis spielt keine Rolle.«

Gott hat mir ein Wunder geschickt, dachte der Waffenverkäufer, halleluja! Dann griff er in ein Regal und legte eine Schutzweste auf die Theke. »Dann zeige ich Ihnen unser Topmodell, mit dem Sie perfekt gesichert sind.«

Der Mann befühlte das Material. »Scheint mir ein bisschen dünn zu sein.«

»Es fehlen ja auch noch die ballistischen Einlagen.«

»Ah ja …«

»Diese Unterziehschutzweste ist eine Art Wechselhülle, die Sie mit verschiedenen ballistischen Einlagen bestücken können. Sie ist ultraleicht und nach der aktuellsten SK1-Richtlinie zertifiziert.«

»Das klingt doch schon besser. Dann möchte ich eine Schutzweste in meiner Größe mit allen ballistischen Einlagen, die reingehen.«

»Das machen wir, kein Problem. Ich nehme an, Sie legen auch Wert auf seitlichen Schutz?«

»Auf so viel Sicherheit wie möglich.«

»Dann bestücken wir die Weste am besten mit unseren Ultra-Ball-Inserts. Die sind das Nonplusultra. Die mittlere Eindelltiefe liegt bei 19 mm, der ballistische Grenzwert V50 bei beeindruckenden 525 m/s.«

»Und damit kann mich keine Kugel töten?«

»Nein. Was Besseres gibt es auf dem Markt nicht.«

»Dann nehme ich das alles.«

Der Waffenverkäufer nahm das Maß des Kunden, suchte die entsprechende Weste heraus und füllte sie mit den notwendigen ballistischen Einlagen. »Möchten Sie auch noch eine Schutzwestentragetasche?«

»Eine Plastiktüte reicht. Was macht das Ganze?«

»Moment …« Der Waffenverkäufer trat an die Kasse und gab die Beträge ein. »… dann wären wir bei eintausenddreihundertsiebenundachtzig Euro.«

Der Mann legte sieben Zweihunderteuroscheine auf die Theke. »Der Rest ist für Ihre nette Beratung, schönen Tag noch.« Er nahm die Plastiktüte und verließ das Geschäft.

Der Waffenverkäufer sah ihm mit all der Wärme hinterher, zu der er nach diesem ungewöhnlich stressigen Arbeitstag noch fähig war. Dann dachte er, dass Gott doch auf der richtigen Seite stand. Da hatte die National Rifle Association of America völlig recht: Solange ein unbescholtener Mann sich zwanglos für einen gerechten Kampf ausstatten konnte, solange gab es auch einen Gott.

*

Auf dem Parkplatz des Autobahnrasthofs *Avus* standen etwa vierzig Fahrzeuge, die meisten davon waren Lkws. Das Gelände lag inmitten eines Geflechts mehrspuriger Autobahnen, deren zahlreichen Abzweigungen und Zubringern. Die wenigsten Berliner hatten den Parkplatz je befahren, geschweige denn betreten.

Nettelbeck und Täubner hatten sich mit ihren Dienstwagen strategisch gut am Rande einer Stellfläche mit Transportfahrzeugen platziert, die sie als Blickschutz benutzen konnten. In der Mitte des Platzes stand Nils Janssens Wagen, ein großer Oberklasse-BMW.

Ein zweiter BMW kam auf den Parkplatz gefahren, umkreiste einmal das komplette Gelände, bis er schließlich auf Janssens Fahrzeug zufuhr und davor hielt.

Nettelbeck und Täubner stiegen aus ihrem Dienstwagen, verständigten sich lautlos.

Nils Janssen hatte seinen BMW ebenfalls verlassen und schritt auf den anderen Wagen zu, dessen Fahrertür geöffnet wurde. Ihm entstieg ein jovial lächelnder Mann, der stellvertretende Leiter der Bundestagspolizei, Bodo Noack. »Auf die Minute pünktlich, Nils.«

»Kennst mich doch. Hast du den USB-Stick dabei?«

»Ja.« Noack griff in seine Jackentasche und legt den Stick auf das Fahrzeugdach.

»Darf ich?«

»Bitte.«

Nils Janssen nahm den USB-Stick, betrachtete ihn und steckte ihn ein.

»Und das Geld?«

»Ist im Kofferraum.«

Bodo Noack ging zum Heck von Janssens BMW und öffnete die Klappe. Dort stand eine große Ledertasche. Er zog den Reißverschluss auf. In der Tasche lagen lediglich ein paar Bündel Geldscheine.

Im Schutz der geparkten Transportfahrzeuge hatten Nettelbeck und Täubner sich bis auf vier Autolängen an Noack und Janssen herangeschlichen. Sie gingen hinter einem Toyota-Pkw in Deckung, zogen ihre Waffen.

Noack nahm die Geldbündel aus der Tasche, wog sie drohend. »Das sind keine zweihundertfünfzigtausend …«

»Nein. Fünftausend.«

»Was soll der Scheiß?«

»Ich lass mich von niemandem erpressen, Bodo. Auch von dir nicht. Das ist alles, was du kriegst, steck es ein und mach dich vom Acker. Ich habe den Stick … Mehr Kohle gibt es nicht.«

Bodo Noack zog seine Pistole. »Ich will mein Geld.«

»Leck mich, Arschloch!«

Noack riss die Waffe hoch, schoss dem Abgeordneten in die Brust. Plopp! Plopp! Plopp!

Nils Janssen torkelt rückwärts, seine Hände gingen hoch. Er sackte zu Boden.

Täubner sprang aus der Deckung, die Waffe mit beiden Händen umklammert.

Noack beugte sich zu Janssen hinab, gab erneut einen Schuss in dessen Brust ab. Plopp!

»Nein, Wilbert, nein!«, schrie Nettelbeck, doch Täubner drückte ab, traf den hochkommenden Noack mit einem Kopfschuss. Der stellvertretende Leiter der Bundestagspolizei schwankte und brach tot zusammen.

Nettelbeck lief zu Nils Janssen. Der Leiter des Ausschusses zur Klärung der Kosten für den Atomausstieg rappelte sich langsam hoch.

Nettelbeck öffnete Janssens Sakko, sah die Schutzweste und stieß den Abgeordneten zu Boden. »Drecksau!«

Nils Janssen grinste und sparte sich jeglichen Kommentar.

*

Die Vierergruppe im *Salon Oriental* hatte hervorragend gespeist. Köstliche Gerichte von der aktuellen Wildkarte. Hirschbraten, Rehrücken und Wildschweinmedaillons. Der *Berlin Capital Club* war bekannt für seine exzellente Bezugsquelle in der Schorfheide. Frisch geschossene Jungtiere im idealen Verzehralter.

Der Kellner brachte eine Flasche Marillenbrand von Ziegler ins Hinterzimmer, goss ein und die vier Männer bedienten sich.

Der ältere der vier erhob sich zu einem Toast. »Herr Dr. Limbach, wir freuen uns sehr, dass wir Sie als neuen Präsidenten des Hauptverbandes Deutscher Industrieunternehmen gewinnen konnten.«

Maximilian Limbach deutete eine dezente Verbeugung an.

»Wir wissen natürlich, wie ungern Staatssekretär Füting sie gehen lässt, aber nichts ist wichtiger als der richtige Mann am richtigen Fleck. Da stimmen Sie mir doch zu?«

»Das haben Sie exakt auf den Punkt gebracht«, sagte Norbert Füting. »Ich wüsste niemanden, der den Anliegen Ihres Verbandes im Kreis der Bundestagsabgeordneten so gut Gehör verschaffen wird, als, so viel darf ich wohl sagen, unser Freund Dr. Limbach. Ich kann Ihnen versichern, dass ihm mein Ohr immer offenstehen wird.«

»Ich danke Ihnen allen und verspreche, dass ich Ihr Vertrauen in jeder Art und Weise rechtfertigen werde«, sagte Maximilian Limbach. »Danke, danke, danke.«

»Dann gibt es nur noch eins zu sagen: cheers!«

»Santé!«

»Salute!«

»Na zdrave!«

Die Männer lachten und kippten den Digestif.

Maximilian Limbach spürte, wie die Marille seinem Körper wohlige Wärme schenkte.

Beschwingt tippte er unter dem Tisch eine SMS und schickte sie los.

Grandios! Hat alles geklappt. Paris ist gebongt!
Zieh dir schon mal was Scharfes an. Bis later.
Dein Rächer-Baby, quiek, quiek!

*

Mehrere Streifenwagenbesatzungen hatten den Parkplatz großräumig abgesperrt, Wilbert Täubner gab Anweisungen für das weitere Vorgehen.

Hundert Meter entfernt stand Martin Nettelbeck mit Nils Janssen neben dessen BMW.

»Ich muss dringend zur Preisverleihung, Herr Kommissar. In zehn Minuten werde ich auf die Bühne gerufen. Verschieben wir die Befragung doch auf morgen früh. Oder besser gleich auf Montag. Ich stehe Ihnen selbstverständlich für alle Fragen zur Verfügung. Sie brauchen dafür nicht einmal meine Immunität aufheben zu lassen. Ist das ein Angebot?«

Nettelbeck senkte seine Stimme, obwohl niemand in der Nähe war. »Glaub bloß nicht, dass du davonkommst. Ich werde den Fall wieder aufrollen. Verlass dich drauf. Und jetzt verpiss dich, du Wichser.«

Nils Janssen grinste. »Klar. Träum schön weiter, Junge.« Der Bundestagsabgeordnete stieg in seinen Pkw und fuhr davon.

Der Kommissar sah ihm nach. Mit versteinerter Miene. Unmöglich zu erraten, was hinter seiner Stirn vorging. Dann atmete er einmal tief durch, drehte sich um und blickte über den Parkplatz.

Auf der anderen Seite des Platzes kam Roger Delbrück angefahren. Der Leitende Kriminaldirektor hielt neben Wilbert Täubner und stieg aus. Die beiden wechselten ein paar Sätze.

Nettelbeck gab sich einen Ruck und ging zu ihnen.

»Hallo, Martin.«

»Du kommst zu spät, Roger. Lotte Weilands Mörder ist tot.«

»Sagte mir Kollege Täubner gerade.« Delbrück steckte einen grünen Briefumschlag in seine Brusttasche. »Dann ist der ja wohl wertlos.«

Nettelbeck nickte verdrossen.

»Hatte er irgendwelche Hintermänner? Kommen wir an die ran?«, fragte Delbrück.

»Wenn Noack noch leben würde vielleicht«, sagte Nettelbeck. »Aber so ...«

Wilbert Täubner schaute bekümmert zu Boden, wich Nettelbecks Blick aus. »Kann ich etwas tun, um den Ermittlungen noch eine Wende zu geben?«, fragte er kleinlaut.

»Könntest du«, sagte Nettelbeck.

»Und was genau?«

»Lass dich nach NRW versetzen.«

Täubner starrte Nettelbeck entgeistert an.

»Geben Sie ihm ein paar Stunden, Kollege Täubner«, sagte Roger Delbrück. »Der kriegt sich schon wieder ein. Solche Situationen habe ich früher oft genug mit Martin durchgemacht.«

»Dann kümmere ich mich mal um die Spurensicherung«, sagte Täubner.

»Gute Idee«, presste Nettelbeck hervor. »Mach ihnen klar, dass ich den Bericht morgen Mittag auf meinem Schreibtisch haben möchte. Und keine Minute später. Tritt ihnen gegebenenfalls massiv auf die Füße.«

Täubner nickte und entfernte sich, schon ein bisschen erleichtert.

»Hätte man Noacks Tod verhindern können?«, fragte Delbrück.

»Vielleicht.« Nettelbeck zuckte die Achseln. »Mir ist aber auch erst Sekundenbruchteile vorher klar geworden, was abläuft. Janssen hat uns alle verarscht.«

»Wieso?«

»Der hat Noack gezielt in die Falle gelockt, kam hier in voller Sicherheitsmontur an. Janssen hat es eiskalt in Kauf genommen, von Noack angeschossen zu werden. Wir müssen diese Ratte endlich zur Strecke bringen.«

»Hmh ...«

»Bist du nicht der Meinung?«

»Meine Meinung spielt keine Rolle. Der Oberstaatsanwalt lehnt es strikt ab, Nils Janssens Immunität aufheben zu lassen. Sinnlos. Keine Chance. Ich könnte tagelang auf ihn einreden.«

»Hast du es wenigstens zehn Minuten lang versucht?«

Delbrück grinste und gab Nettelbeck einen kameradschaftlichen Puff auf den Oberarm. »Komm, Junge. Du kannst nicht ewig träumen.«

Nettelbeck wich einen Schritt zurück. »Den gleichen Scheiß hat mir vor fünf Minuten Nils Janssen gesagt. Fast wortwörtlich. Bist du jetzt auch Mitglied im Club der arroganten Arschlöcher?«

Delbrück sandte einen genervten Blick zum Himmel. »Nicht *die* Nummer, Martin.«

»Früher hättest du jedenfalls nicht so schnell klein beigegeben.«

»Es gibt doch Gründe, die dafür ...«

»Ja, ja«, schnitt ihm Nettelbeck das Wort ab. »Die kenne ich auch alle.«

Dann ließ er seinen alten Partner stehen, stieg in seinen Dienstwagen und fuhr davon.

Der Leitende Kriminaldirektor blickte ihm frustriert hinterher.

Wilbert Täubner trat an Delbrücks Seite. »Lassen Sie ihn ein paar Tage in Ruhe. Der kriegt sich wieder ein.«

»Meinen Sie?«, fragte Delbrück.

Täubner nickte. Aber sicher war er da nicht.

*

Der Kommissar hatte außerhalb des *Campus Virchow* geparkt und schritt langsam über das Klinikgelände, um sich abzureagieren. Er war über seine Kollegen mehr als verärgert. Sowohl sein alter Partner als auch sein derzeitiger hatten ihm massive Knüppel zwischen die Beine geworfen. Sie waren mitschuldig daran, dass Nils Janssen mit seinen Machenschaften ungehindert weitermachen konnte. Nettelbeck war überzeugt, dass es ihm gelungen wäre, den Bundestagsabgeordneten zu stellen. Aber jetzt war dieser Traum zerplatzt, jetzt war er voll gegen die Wand gelaufen. Genauso wie Rico Hoyer. Manchmal war seine Arbeit wirklich zum Kotzen.

Er war über zwanzig Jahre bei der Kriminalpolizei, und wenn man von seiner Strafversetzung zur Abteilung Beschaffung mal absah, hatte Nettelbeck den Job immer gern gemacht. Aber in letzter Zeit bekam er zunehmend den Eindruck, dass die Binsenweisheit *Die Kleinen hängt man auf, die Großen lässt man laufen* immer mehr zur Realität wurde. In den vergangenen Jahren waren bei der Berliner Polizei und Justiz massiv Stellen gestrichen worden. Mangels Kapazität konzentrierte sich die Polizei zunehmend auf die kriminelle Unterschicht, da sie dort Erfolge mit weniger Aufwand erzielen konnte. Die kriminelle Elite hingegen blieb häufig unbehelligt. Sei es, dass die Beweislage bei ihnen schwieriger war, sei es, dass sie sauteure Anwälte engagieren konnten, die mit ihren zahllosen Eingaben die Gerichte auf Jahre zuballerten. Bis der Fall schließlich eingestellt wurde. Zwar war es wohl schon immer so gewesen, aber erst seit ein, zwei Jahren empfand Martin Nettelbeck es zunehmend als Belastung.

Manchmal fragte sich der Kommissar, ob er möglicherweise in einer Midlife-Crisis steckte. Obwohl, gab es überhaupt so etwas wie eine kriminalpolizeiliche Midlife-Crisis? Und falls ja, war er dann nicht geradezu berufen, seine Situation aufzuschreiben und allen mitzuteilen? Das könnte für die vielen gequälten Kollegen, die sich weltweit mit dem gleichen Problem herumschlugen, möglicherweise eine große Bereicherung sein. Je länger er darüber nachdachte, umso brillanter fand Nettelbeck die Idee. Nahezu bestsellerverdächtig:

DIE MIDLIFE-CRISIS DES
KRIMINALPOLIZISTEN MARTIN N.
Wie er in sie hineingeriet, gegen sie ankämpfte
und fast in ihr umkam

Ihm war klar, er hatte einen Scheißjob. Vielleicht war es Zeit für eine Veränderung. Neue Bewusstheit durch Bewegung erlangen. Im Sinne von Moshé Feldenkrais. Die Sachen hinwerfen, sich mit einer eleganten Drehbewegung aus dem Polizeidienst verabschieden. Aber so einfach war das nicht. Er war jetzt nicht mehr alleine. Er hatte eine Familie, für die er sorgen musste. Philomena und die Kids, etwas Besseres hätte ihm nie passieren können. Im Gegensatz zu seiner Arbeit war er privat so glücklich wie nie zuvor.

Außerdem war das mit der Veränderung auch so eine Sache … wenn er an Wilbert Täubner und Irina Eisenstein dachte. Nettelbeck nickte dem Empfangspförtner zu und betrat die Chirurgische Station.

Er ging durch den Krankenhausflur, suchte das Zimmer 107. Luise Weiland war vor drei Stunden von der Intensivstation in ein Einzelzimmer verlegt worden.

Am Ende des Flures öffnete sich eine Tür und zwei Männer traten in den Gang. Ein gepflegter älterer Herr mit silbrigen Haaren und schwarzem Anzug, der eine dicke Collegemappe unter den Arm geklemmt hatte, und Yasser Al-Shaker. Der Syrer trug einen teuren italienischen Anzug mit einer cremefarbenen Rose im Revers. Seine ausgesprochene Eleganz wurde nur durch einen auffälligen Halsverband gestört. Al-Shaker verbeugte sich förmlich vor dem älteren Herrn.

»Vielen Dank, das waren sehr schöne Worte, die Sie für uns gewählt haben.«

»Es war ja auch eine besondere Trauung. Vermutlich die schnellste, die ich je gemacht habe. Und wie Sie es hinbekommen haben, dass der Präsident des Kammergerichtes Ihnen innerhalb eine Tages eine Freistellung vom Ehefähigkeitszeugnis bescheinigt hat … Chapeau, das ist mir auch noch nie untergekommen. In vierunddreißig Jahren noch nicht.«

Yasser hob beide Hände, so als wollte er sagen, dass die Wege des Herrn unergründlich seien. Aber er wusste, dass sie das nicht waren. Sondern dass man an den Weggabeln hin und wieder ein bisschen manipulieren musste. Die Männer verabschiedeten sich per Handschlag und der ältere Herr ging zu den Fahrstühlen.

Yasser Al-Shaker lächelte Nettelbeck an. »As-salāmu ʿalaikum. Herr Kommissar, Sie kommen goldrichtig. Sie ist jetzt wach.«

»Wie geht es Frau Weiland?«

»Schlecht, ihre Wunden sind sehr ernst. Die Ärzte machen uns nur wenig Hoffnung. Eigentlich keine.«

»Das tut mir leid.«

Der Syrer nickte traurig und Nettelbeck hatte das Gefühl, dass er es ernst meinte.

Luise Weiland lag in einem Krankenhausbett, an medizinische Geräte angeschlossen. Links und rechts von ihrem Kopf war auf dem Kopfkissen je eine rote Rose platziert. Die alte Dame hatte die Augen geschlossen, wirkte plötzlich sehr alt. Nichts erinnerte Nettelbeck mehr an die bekiffte, aber kraftvolle Person, die er fünf Tage zuvor kennengelernt hatte.

»Hallo … Luise«, sagte Yasser sanft. »Wir haben Besuch.«

Luise Weiland öffnete die Augen. Sie erkannte Nettelbeck trotz des Morphiums, das ihr ein Tropf zuführte. »Herr Kommissar, nett, dass Sie gekommen sind.«

»Guten Abend, Frau Weiland. Sie machen ja Sachen.«

»Manche Sachen muss man eben machen. Aber Sie haben uns noch gar nicht beglückwünscht. Oder hat er das schon, Yasser?«

Der Syrer schüttelte den Kopf.

»Ich wurde vor zehn Minuten mit Herrn Al-Shaker getraut.«

»Gratulation. Da kann ich Ihnen beiden nur alles Gute wünschen.«

»Vielen Dank. Meinen Sie, ich sollte Yassers Nachnamen annehmen? Wie hört sich das an: Luise Al-Shaker? Klingt das gut?«

»Nun … das ist vermutlich Geschmackssache.«

»Wahrscheinlich.«

»Frau Weiland, Sie haben Rico Hoyer mit Absicht erschossen. Richtig?«

»Er hatte mich fast umgebracht. Und er war für Lottes Tod verantwortlich.«

»Dafür wird man Sie vor Gericht stellen.«

»Glauben Sie?«

»Das ist der übliche Weg.«

»Dazu wird es nicht kommen. Nicht bei meinen Verletzungen. Ich werde sterben. Sehr bald. Tut mir leid für Sie.«

»Für mich? Weshalb?«

»Weil Sie dem Recht so nicht Genüge tun können.«

»Manchmal ist das auch nicht nötig. Manchmal sucht sich das Recht seinen eigenen Weg.«

»Denken Sie, dass das bei mir der Fall ist?«

»Würden Sie sich das wünschen?«

»Ja, das wäre ein schöner Abschluss meines Lebens.«

»Dann sollte sich das Recht vielleicht auch bei Ihnen einen eigenen Weg suchen«, sagte Nettelbeck. »Und wenn es das Schicksal will, dann wird es so kommen.«

»In schā'a llāh«, sagte Yasser Al-Shaker. »So sei es.«

Luise Weiland ergriff die Hand ihres Mannes und die beiden lächelten den Kommissar an.

»Hat Yasser etwas zu befürchten ...« Die alte Dame stockte, holte mühsam Luft, setzte dann mit schwacher Stimme fort, kaum hörbar, sodass Nettelbeck näher an das Bett treten musste. »Wegen Rico ... wird man Yasser ... wenn ... wenn ich nicht mehr da bin ...?«

Nettelbeck schüttelte den Kopf. »Nein, Sie brauchen keine Angst zu haben. Der Tod von Herrn Hoyer wird allein Ihnen zugerechnet. Ihre Aussage entlastet Ihren Mann vollständig.«

»Gut, dann ist alles getan. Dann kann ich beruhigt gehen.«

Nettelbeck überlegte kurz, ob er darauf etwas erwidern sollte. Doch dann nickte er dem frisch vermählten Ehepaar zu und verließ wortlos den Raum.

*

Im Krankenhausflur musste Nettelbeck einen Moment in eine Nische ausweichen, als zwei Pfleger ein Bett mit einem anästhesierten Patienten in eines der Zimmer schoben. Als der Kommissar die Stufen zum Foyer hinabstieg, blieb er irritiert stehen.

Auf der Besucherbank saß Jutta Koschke und wühlte in einer Reisetasche, die vor ihr stand.

»Jutta …?«

Die Kriminalrätin blickte hoch. Mit rot geränderten Augen. Sie brauchte einen Moment, bis ihr klar wurde, dass es ein Kollege war, der sie angesprochen hatte.

»Ich habe Günthers Fischlexikon vergessen …«

Nettelbeck nahm neben seiner Vorgesetzten Platz. »Wie geht es ihm? Gibt es etwas Positives?«

»Nein, nichts. Der Krebs wurde zu spät erkannt. Viel zu spät.«

»Und was bedeutet das?«

»Günther hat nur noch eine Chance, wenn er sich sofort operieren lässt. Und besonders groß ist die auch nicht. Es hat überallhin gestreut.«

»So schlimm?«

»Ja. Und danach muss er eine Chemotherapie machen. Mit zusätzlicher Bestrahlung. Aber ob das noch hilft? Das kann uns keiner sagen.«

Nettelbeck wusste nicht, wie er reagieren sollte. Er drückte sanft die Hand seiner Vorgesetzten.

»Wenn ich irgendetwas tun kann, Jutta …«

Die Kriminalrätin schüttelte den Kopf. »Ich werde mich morgen beurlauben lassen. Für sechs Monate. Ich muss jetzt bei Günther sein. Ihm beistehen.«

»Das solltest du. Das ist das Beste für euch beide.«

Jutta Koschke unterdrückte einen Weinanfall und sah Nettelbeck an. »Martin, ich habe immer gedacht, dass du ein

Riesenarschloch bist. Das allergrößte, das bei der Kripo rumläuft. Ist wohl angebracht, dass ich mich da korrigiere.«

»Nicht nötig, Jutta, das wäre zu viel Veränderung für heute«, sagte der Kommissar.

»Da hast du wohl recht.« Die Kriminalrätin versuchte ein Lächeln, was ihr aber misslang. Sie zog den Reißverschluss der Reisetasche zu.

»Du sagst mir, wenn ich Günther besuchen kann, ja?«

»Mache ich. Sprich bitte mit den anderen. Ich werde kaum Zeit haben, auf der Dienststelle vorbeizukommen.«

»Geht klar.«

Die beiden standen auf.

»Manchmal ist das Leben fürchterlich grausam, Martin.«

Der Kommissar nickte. Für die einen war das Leben entsetzlich brutal, während die anderen im Glück schwelgten. Doch diesen Gedanken behielt er für sich.

»Grüß Günther bitte, wenn er wach ist.«

Jutta Koschke nickte. Dann nahm sie die Reisetasche, ging die Stufen hoch und verschwand im Krankenhausflur.

Als Nettelbeck aus der Chirurgischen Station kam, fröstelte er, allmählich wurde es Zeit, den Übergangsmantel gegen etwas Wärmeres auszutauschen. Veränderungen, dachte er, überall drängten sich ihm Veränderungen auf. Selbst bei seiner Garderobe.

Draußen war es ungewöhnlich dunkel und der Kommissar blickte zum Himmel. Kein Stern hing am Firmament, nur tiefschwarze Wolkenzusammenballungen waren zu erkennen. Ihm schwirrten die mannigfaltigsten Gedanken durch den Kopf. Während er zum Ausgang des *Campus Virchow* ging, ließ der Kommissar die letzten Tage Revue passieren. Bodo Noack, Nils Janssen, Rico Hoyer, Luise Weiland, Yasser Al-Shaker … Alles Menschen, die straffällig geworden waren. Und gegen die er Mordermittlungen geführt hatte. Zwei dieser Straftäter waren tot, eine dritte Person lag im Sterben. Na und? Was hieß das schon? Was bedeutete es für ihn? War er seiner Arbeit überhaupt gerecht geworden? Was hatte er vorhin noch gesagt? Manchmal sucht sich das Recht seinen eigenen Weg. Ob das zutraf? Vielleicht sogar im Fall von Nils Janssen? Nettelbeck wusste es nicht.

Er würde jedenfalls an Bord bleiben, weiter seiner Polizeiarbeit nachgehen. Ob er wollte oder nicht. Er konnte sowieso nicht viel ändern. Musste das machen, was möglich war. Offensichtlich war dies seine Bestimmung.

Als Nettelbeck zum Nachthimmel schaute, trat hinter einer Wolke der Mond hervor. Eine hauchzarte Sichel, die kurz für ihn aufblitzte. Der Kommissar lächelte und sogleich verschwand sie hinter einer pechschwarzen Wolkenbank.

Tja, dachte er, so kann es uns allen ergehen. Dem Mond, Kommissar Nettelbeck und dem Rest der Bevölkerung. Trotzdem musste man weitermachen. Mit oder ohne Hilfe. Irgendwie. Doch wenn wir Glück hatten, stand jemand an unserer Seite und half uns durch das ganze Elend. Mit einem aufmunternden Lächeln oder ein paar nett gemeinten Kopfnüssen. Hoffentlich. Und wenn das Schicksal es will, dann wird es auch so kommen.

Oder wie Yasser Al-Shaker es ausgedrückt hätte:

In schā'a llāh, Herr Kommissar.

Schlussbemerkung

Dieses Buch ist ein Werk der Fiktion, alle Figuren sind frei erfunden. Einige der politischen Sachverhalte habe ich mir ebenfalls ausgedacht. Weder gibt es einen parlamentarischen Staatssekretär beim Bundestagspräsidenten noch einen Ausschuss zur Klärung der Kosten für den Atomausstieg und auch kein Bundesministerium für Raumordnung und Städtebau.

Trotzdem war es mir beim Schreiben wichtig, dass sich Wirklichkeit und erzählerische Fantasie möglichst tief ineinander verschränken. In jüngster Vergangenheit sind mehrere Fälle sexuellen Missbrauchs in der Bundes- und Landespolitik publik geworden, demzufolge einige Politikerkarrieren abrupt endeten. Und seitens der Energiewirtschaft gibt es augenblicklich massive Bemühungen, die Kosten für die Atommüllendlager auf Deutschlands Bürger abzuwälzen. Da deckt sich die Fiktion des Romans mit der Realität.

Danksagungen

Die ersten Kapitel dieses Romans entstanden im April 2014 auf der Insel Juist, während meines Krimistipendiums Tatort Töwerland. Mein besonderer Dank gilt Thomas Koch von der Juister *Buchhandlung Koch* für seine äußerst herzliche Betreuung.

Ebenso danke ich Hans-Georg Peters und seinen Mitarbeitern vom Hotel *Friesenhof*. Es ist wunderbar, von so perfekten Gastgebern umsorgt zu werden. Und wenn das dann noch auf der schönsten Sandbank der Welt geschieht …

Und obwohl ihm dieses Buch ja bereits gewidmet ist, geht ein besonderes Dankeschön an Helge Kain, Rechtsanwalt und Polizeibeamter a. D., der die Entstehung dieses Romans von Anfang an begleitet und mich in kriminalistischen und rechtlichen Fragen umfassend beraten hat. Wie er das inzwischen seit bereits zwanzig Jahren macht.

Mein Dank gilt weiterhin meiner Lektorin Jana Puppala und allen Mitarbeitern des Grafit Verlages.

Darüber hinaus danke ich Heide Woicke und Lars Wittkamp für ihre Unterstützung.

Mehr mit Martin Nettelbeck

Rainer Wittkamp

Schneckenkönig

ISBN 978-3-89425-416-2
Auch als E-Book erhältlich

Der strafversetzte LKA-Kommissar Martin Nettelbeck bekommt eine Bewährungsprobe, als ein Ghanaer tot aufgefunden wird. Schon die Identifizierung der Leiche ist schwierig: In der afrikanischen Gemeinschaft will den Mann niemand gekannt haben. Nettelbeck taucht ein in eine faszinierende Welt und stößt auf ein dubioses Missionswerk. Doch ihm sitzt die Zeit im Nacken – er muss Ergebnisse liefern, sonst droht ihm auf ewig ein Bürojob ...

»Cool ist ein überstrapaziertes Wort. Aber genau so schreibt Rainer Wittkamp. Saucool.« Buchjournal

Kalter Hund

ISBN 978-3-89425-430-8
Auch als E-Book erhältlich

Ausgezeichnet mit dem ›Krimi-Blitz‹!

Eine Hitzeglocke nimmt den Berlinern die Luft zum Atmen – und vier Menschen treffen Entscheidungen, die sie mit kühlem Kopf vielleicht nicht getroffen hätten. LKA-Ermittler Martin Nettelbeck hat Mühe, die Leichen einzusammeln ...

»Einer der besten deutschen Großstadt-Noirs der letzten Jahre, ohne Frage tolle Unterhaltung.« Ulrich Noller, WDR ›Piazza‹

Stumme Hechte

ISBN 978-3-89425-469-8
Auch als E-Book erhältlich

Der gemeinsame Urlaub von vier hochrangigen Polizeibeamten findet ein jähes Ende, als nach einer durchzechten Nacht einer tot aufgefunden wird. Für Kommissar Nettelbeck spricht vieles für Selbstmord, doch plötzlich mauern die überlebenden Freunde bei der Befragung. Fingerspitzengefühl ist vonnöten, schließlich handelt es sich um einflussreiche Kollegen. Als dann noch die kleine Tochter seiner Lebensgefährtin entführt wird, liegen Nettelbecks Nerven blank.

Ein Ermittler, der keine Tabus akzeptiert

Martin Calsow

Quercher und die Thomasnacht

ISBN 978-3-89425-423-0
Auch als E-Book erhältlich

Ein harmloser Auftrag führt LKA-Ermittler Max Quercher zurück in seine alte Heimat am Tegernsee. Doch die örtliche Politprominenz formiert sich und für Quercher beginnt ein Kampf ums nackte Überleben.

»Ein Krimidebüt der Extraklasse.« Recklinghäuser Zeitung

»Ein Kriminalroman, der jede Zeile wert ist. Fantastisch geschrieben, sehr spannend umgesetzt.« www.buchtips.net

Quercher und der Volkszorn

ISBN 978-3-89425-441-4
Auch als E-Book erhältlich

Bei einem Ausflug werden vier Kinder entführt, ihre Erzieherin brutal getötet. Aufgrund unterschiedlicher Indizien keimt in Max Quercher der Verdacht, dass jemand Rache nimmt wie einst der Rattenfänger von Hameln. Aber niemand schenkt dieser ›spinnerten‹ Idee Gehör. Quercher sieht nur einen Weg, die Kinder zu retten – und der führt weit an den offiziellen Wegen vorbei …

»Kräftig menschelnd, absolut spannend!«
Angelika Bohn, Ostthüringer Zeitung

Quercher und der Totwald

ISBN 978-3-89425-452-0
Auch als E-Book erhältlich

Max Quercher soll die Hintergründe des Todes des Vermögensverwalters der zerstrittenen Adelsfamilie von Valepp klären. Der LKA-Ermittler findet heraus, dass der tote Prokurist zu einem konservativ-katholischen Machtzirkel gehörte, dessen undurchsichtige Strukturen weit in die höchsten Zentren der bayerischen Elite hineinreichen. Und einige dieser einflussreichen Kreise tun alles, um Quercher möglichst schnell zu stoppen ...

grafit

Hat Ihnen dieses Buch gefallen und
möchten Sie wissen, wie es weitergeht?

Dann abonnieren Sie unseren Newsletter,
wir halten Sie auf dem Laufenden!